U0926349

魅丽文化
花火工作室

徐徐图她

江山不孝 著

江苏凤凰文艺出版社
JIANGSU PHOENIX LITERATURE AND ART PUBLISHING, LTD

图书在版编目（CIP）数据

徐徐图她 / 江山不孝著 . — 南京 : 江苏凤凰文艺出版社，2019.11
ISBN 978-7-5594-4077-8

Ⅰ . ①徐… Ⅱ . ①江… Ⅲ . ①长篇小说 - 中国 - 当代
Ⅳ . ① I247.5

中国版本图书馆 CIP 数据核字 (2019) 第 219865 号

徐徐图她

江山不孝 著

出 版 人　张在健
责任编辑　张　倩　王　青
特约编辑　夏　沅　滕思思
装帧设计　苏　荼
内页设计　刘芳英
出版发行　江苏凤凰文艺出版社
　　　　　南京市中央路 165 号，邮编：210009
网　　址　http://www.jswenyi.com
印　　刷　湖南新华精品印务有限公司
开　　本　880mm × 1230mm　1/32
印　　张　10
字　　数　218 千字
版　　次　2019 年 11 月第 1 版，2019 年 11 月第 1 次印刷
书　　号　ISBN 978-7-5594-4077-8
定　　价　38.60 元

目录

02:05 03:15

第一章
有那么想她

美国纽约，曼哈顿大桥。

刺耳的刹车声伴随爆鸣声四下起伏，滚滚浓烟卷着烧灼的气浪直冲云霄。放眼望去，扭曲的烈焰火舌撕开了深夜的浓黑，远处巡警车裹挟着尖锐的鸣笛声疾驰赶到现场。

染血的担架陆续抬走一个又一个伤者，最前方，黑色宾利的车前盖已经因为巨大的冲撞力而变形。褐发碧眼的警察撑着车门往里看，驾驶座上的华裔男性血流不止，已处于半昏迷状态。

男人搭在方向盘上的手里还夹着一支没点燃的烟，烟身已经被血浸得软烂发涨。

警察扬声叫来两个同事打碎车窗。

大片黏腻腥热的血与汽油流过沙砾往外蔓延，医护人员小心翼翼地挪人上担架。无意识间，男人痛苦地扭动了一下，一枚暗金色的方块物件顺着裤袋滑落出来。

"NYPD Can you hear me?! How do you fe…（我是纽约市警察，能听见吗？！你感觉怎……）"

警察眼角的余光瞥见反光的金属物件，瞳孔骤缩。

那是一枚 Zippo 打火机，在滑出男人裤袋后磕在了担架的边缘，半开着盖，迸溅着细小的火星，自担架向满是汽油的水泥地直坠而下——

“Get down!(趴下！)”

一声轰然巨响，火光冲天。

“……播报完路况，下面来听一则财经新闻：恒新集团股份有限公司自三年前于纽交所成功上市后，其科技分部顺利进驻华尔街。而集团实际控股人沈洪生于昨天在纽约不幸逝世，其现任CEO肖……”

一辆黑色的迈巴赫驶离机场。车内，助理装好新手机卡，恭敬地把崭新的手机递给男人。

男人刚从美国连夜赶回国，登上国际航班的前一秒他还在开会，连行李都没来得及收拾，身上的黑西装未脱，衬衣领口处的银色领撑泛着冷感的金属光泽，像浸了一身的清冷霜寒。

助理不敢怠慢，递过新手机后又拿过一套换洗衣物：“肖总，这是按照您的尺码定的，您是要就近去酒店换还是——”

“不用换。”男人打断她的提议，“继续说。”

“融汇基金的负责人马上要见您，银行那边也在等着。”助理低头看文件，她手里的行程排到一周后，汇报的语速飞快，“对了，使馆那边已经通过了遗体运回申请，预计最快凌晨能到。二少爷和小姐都在B市，我这里的联系资料都是齐全的，要不要先通知他们？”

等了几秒，男人并没有出声。

助理领会他的意思，习以为常地往后翻，继续道：“还有几个董事都想跟您私下约时间谈，但银行那边比较急，如果我们的律师——”

话说一半，男人戴腕表的手自斜侧伸过来。他修长的手指按住了助理的文件册，往前翻一页，停住。

重新翻回了联系资料表那一页。

男人已经收回手。助理不明所以地转头看过去，见轻薄的新手机正抵着他掌间的虎口处，他的拇指指腹缓缓摩挲着黑色屏幕。

肖闻郁英隽的眉眼深邃而沉静，光影自他眼尾斜出漆黑疏晦的一道弧。

他目光停留在联系表的那一行字上，言简意赅：

“打给沈琅。”

“砰！”

窗明几净的写字楼内，设计师助理艰难地抱着一摞建筑图纸从会议室里出来，用脚碰上门，上楼，路过沈琅半开着门的办公室，探了个脑袋：“哎呀，沈工您醒了啊？”

“刚醒没多久。”沈琅问，“要不要一起喝下午茶？”

沈琅正俯身穿高跟鞋，细白的指尖勾着香槟色的鞋跟，裸露的半截脚踝精致。她抬眼看过来的时候动人得要命。助理目光躲了一下，第无数回深深叹息。

都是女人，怎么就差别这么大呢。

“我就不跟着去了，组里都在说您那个曲面长廊的力学模型建得漂亮，我想留下来再研究研究立面图。”助理刚来没多久，还处在为工作抛头颅洒热血的鸡血阶段，视沈琅为偶像标杆。想了想她又问：“刚醒没多久就喝茶，对胃不好吧？”

沈琅忙着拆扎头发的耳机线，回得很洒脱：“没事，不惯着它。”

耳机线是她不久前没找到发绳的时候，随手扯过来绑长发用的。沈琅昨晚累得在办公室的休息室倒头就睡，下午刚醒，现在才想起来要拆。

沈琅带的小组已经为新项目连轴转了近两个月，下周就得交图。她作为项目负责人连熬两天夜，终于提前在今天出了报审图。

助理靠在门边看沈琅拆耳机线。

为了缠紧长发，细线被主人连打几个死结。助理见沈琅微垂着头拆线，不小心打到脖颈儿，白嫩细腻的后颈皮肤迅速晕上一道红痕。她似乎觉得疼，几不可察地皱了一下眉。

太神奇了。助理心说，沈工带项目的时候领着全组加班加点，再吃苦受累都不怕，竟然也会怕这么一点疼。

还有，要不是那天她心血来潮想跟偶像买双同款，都不知道沈琅脚上那双高跟鞋原来是某个小众的高奢品牌，要五位数。

沈工一双穿了不过两天的鞋，要她整整三个月的工资。

助理咋舌。

“我要去‘隐市’，真的不一起去喝茶？”整组通宵到今天凌晨五点，沈琅的手机早就不知道没电多久了。她给手机插上充电，准备出门。

助理摇头。沈琅叹息：“留你这样的美人在公司加班，是对公司全体男性职工的仁慈。毕竟模型图稿都改得千篇一律，但养眼美人却难得一见，比养殖花卉更值得珍惜，你说对吧，陈工？”

后半句话是对正巧路过的某位男士说的。

男人胸前的工作牌上写着职位：华慕建筑设计事务所——E组结构工程师。

什么珍惜？

满脑子都是测算验算建模的工程师被问得一愣，迷茫地停下脚步跟门口的两位对视半晌。他在瞥见助理手上半人高的一摞图纸后，一拍脑袋，后知后觉地“啊”了一声，连忙帮助理分担了大半。

“哎，不好意思啊，刚才不知道有这么多，都让你搬过来是太重了……”

“不用不用，真没事……”助理更不好意思，红着脸回，“谢谢了。”

“都是同事，跟我客气什么。”

沈琅跟看戏似的看了半天，低声笑着问小助理：“现在有人替你分担工作，跟不跟我去喝茶？”

哇，沈工太撩了。

助理迟疑片刻，抓住残存的意志摇头坚持：“我还是不去了。”

听沈琅要去“隐市”喝茶，助理补了一句，“不过……您要去的话，能帮我买幅玄周先生的字吗？”

“嗯？”

“他不是名气很大吗，我妈就喜欢收藏字帖。听说他开的茶馆就在我们公司附近，我妈老催着我去要一幅。”助理悄声八卦，“听说玄周先生是个年轻帅哥，是不是真的？”

华慕建筑设计事务所所在的商业写字楼地处市CBD，距离写字楼不过两百米的商业街上有家茶馆，中西茶品齐全，茶点做得精致，牌匾上书“隐市”两个字。

名字取自“小隐隐于野，大隐隐于市”，开茶馆的是一名书法大家。

对。书法家，还特别年轻。

玄周先生声名远播。在寸土寸金的商业地段开茶楼，周围的金领白领上班族没事就喜欢跑到“隐市”喝一次价值四位数的下午茶，顺便求幅小字。

就连沈琅负责项目的甲方有时候也跟着瞎凑热闹，请人来项目剪彩仪式上画匾题字。

“做书法先生都能这么有商业头脑，不如哪天我辞职跟着你混算了。”茶馆二楼，沈琅喝完粥，靠进藤木软椅里，“我都想好了，我们合资在迪拜买块地，做个酒店建设项目，我还能负责方案和工程，到时候我们年薪过亿，双赢。怎么样？”

荀周一身素青长衫，坐在沈琅对面摇摇头。

他人模狗样地喝完茶，掏出游戏掌机打游戏，毫不犹豫地甩她一句：“跟你合作我亏死。”

沈琅虚心请教：“哪里亏？”

“白给吃喝白题字，我不亏吗？”

今天这顿早餐——确切说是下午茶，沈琅手机钱包一样没带就来了。

沈琅和荀周是多年朋友，她经常来他这里喝下午茶。厨房小妹跟沈琅早就混熟了，一听她熬夜工作睡到下午，还开小灶给煮了排骨粥端上来。排骨肉炖得糯香软烂，嫩黄的姜丝煮出鲜味，香气四溢。

荀周沉痛：“她对你简直比对我这个亲老板还亲。”

今天沈琅来得很巧，正好碰上本地某本生活杂志来茶馆为美食专栏拍片取材。

杂志方那里一早就跟茶馆打好了招呼，派来的是几个年轻的小姑娘，拍完一楼茶厅，紧接着上二楼拍雅间。二楼各个雅间之间用绘山水虫鸟的屏风做隔断，里窗对着茶楼的空中花园，古色古香，韵味十足。

一群人闹哄哄地上二楼，顿时安静了。

二楼就沈琅和荀周两个人。

荀周刚打输一局游戏，气得放下游戏掌机喝口茶压压惊，侧颜棱角分明，不说话的时候温文儒雅，简直仙得像一幅画。

来拍片的几个小姑娘眼睛都看直了，刚想问能不能拍，只见荀周喝完茶，又掏出游戏机，伸手就热情地招呼她们：

“唉哟，来拍宣传片的吧？来来来，拍她就行甭拍我，她比较上镜……”杂志社给茶馆做免费宣传不要白不要，荀周游戏都不打了，创作灵感爆棚。

“来镜头往这儿拉，给个喝茶特写，白瓷粉釉的茶杯得拍啊，就这一只值我十几来万呢……手工蜀绣的屏风也拍进去，我排队排了三个月才给做的……哎，对了，就这个角度，漂亮！”

几个小姑娘刚戴上的滤镜稀碎。

沈琅心里记了荀周一笔，不过她好歹白吃了荀周一餐，非常大度地让拍了。

她长得确实漂亮，五官精致。杂志社的人比建筑设计事务所的人眼光毒辣，沈琅手腕上那条看着设计简单的细链都是某牌的纯手工限量款，全身上下金贵得像瓷洋娃娃，即使笑得再亲昵，还是隐约有股冷淡骄矜的气质在。

摄影的小姑娘起初有些犹豫，沈琅一句“不拍了吧，让这么可爱的摄影师拍我可能还要倒给钱”，五分钟后，几人迅速混熟。

小姑娘跟沈琅聊时尚八卦，把荀周当布景板，俨然厨房小妹二世。

荀周想了半天，觉得还是因为沈琅这张嘴太能哄人了。

沈琅简直就是本行走的骚话全集，人如其名——“浪”，不论男女老少，对着谁都能哄出花儿来。不知道是先天无师自通，还是身在大家族，后天训练出来的生存本领。

毕竟沈家人是出了名的难搞。她爷爷重男轻女，大哥手段狠毒，二哥手段阴毒，后两者自相残杀多年。沈琅要真没点本事，怎么能安然无恙到现在。

谈话间，沈琅的助理拿着手机慌慌张张地找过来了。

“沈，沈沈沈工，我楼上楼下都找一圈了。”助理跑得直喘气，缓了缓说，“您手机都振动疯了，我没敢接电话，别是有什么急事吧？”

沈琅的手机没电关机整整一天，她忙着交图没顾得上充电，之前出公司也没带手机。

此刻手机电量已经充满，五十几个未接来电，四十多个来自沈立珩。

她二哥。

“谢谢。”沈琅打白条给助理点了一份下午茶套餐，在荀周的死亡凝视下站起身，刚要回拨，又一个号码打了进来。

陌生号码。

平时这种陌生号码沈琅看见都会直接挂掉，但今天她心情好得不得了，慢悠悠地接起来，连带着声音也含着笑。

电话对面的男人刚一开口，沈琅就接过了话题。

“不贷款，不买房，不投保险。”她扯谎张口就来，“上周我做传销被关了，今天刚从拘留所里保释出来，连吃饭的钱都没有，要不我跟着你混吧？”

荀周正打着游戏，闻言从屏幕上抬起头，给了她一个“接着演”的鼓励眼神。

旁边杂志社的小姑娘配合地又扛起了摄像机。

对方没再出声，沈琅叹气：“不骗你啊小哥哥，是真的没钱。”

戏越演越过了。

男人终于开口，这回不是“喂”了，直接叫了她的名字：“沈琅。”

对方的声音低沉悦耳，沈琅没想到现在的推销电话已经神乎其神到了知道她名字的地步，她笑：“你知道我是谁？”

男人顿了顿，反问：“你以为我是谁？”

不是推销电话。

沈琅反应过来，模糊捕捉到电话另一头传来恭敬的一句：“肖总，到了。”

姓肖。

沈琅在脑海中迅速地筛去数百条名目，最后停在一个近乎不可能的名字上。

气氛陷入短暂的沉默。荀周打完一盘游戏，亲眼见到对面的沈琅收起了笑，神色复杂地愣怔一瞬，随后眉眼舒展地重新露出笑容。

一连串的表情变换用了不到十秒，川剧都没她能变脸。神了。

电话对面是肖闻郁。等冷静下来，沈琅已经又换了一副神情。

她轻佻时候的表情很好看，足够勾人却不显色气，略过久别重逢的寒暄，张口就来了一句："宝贝儿想我吗？"

荀周："这个别拍。"

摄影小姑娘："哦。"

她的声音这么多年都没什么变化，动情慵懒，尾音不自觉带着软糯，像是天生的，和多年前在游艇上的声音逐渐重合。

【二哥，就是条听话的狗而已，你有什么好担心的？】

车外刚下过一场雨，车内似乎闷着气压。沉默良久，肖闻郁望向窗外，声音沉稳得像是在圆桌会议室谈公事："你觉得呢？"

居然不是"滚"。沈琅潜意识还把他当成七八年前的肖闻郁，口无遮拦道："我也很想你。"

【给个甜枣哄哄就好了。】

"手机号码是国内的，你已经回国了？"

肖闻郁握着手机，一言不发地听着沈琅的随口调侃。她的声音像近在耳侧，温热的气息一点点拂过耳廓，因为熬过夜而带着软糯的鼻音，勾起他这么多年深埋在晦暗角落里的全部记忆。

她刚才没认出他来的时候，也是用的这种声调，甚至更温软轻松一些。

肖闻郁靠上真皮车座椅背，合起眸听沈琅的声音。他微仰着脸，脖颈儿的弧度自喉结往下绷成一线，像是在压抑着什么快要破开的情绪。

这么多年，她或许跟谁都是这么说话。漫不经心，却在无意中招人。

或许是只打过一次照面的邻居，或许是事务所共事的同事，甚至是打来陌生电话的推销员。

…………

“是刚下飞机？”沈琅得寸进尺地逗他，“不会第一个打的电话就是给我的吧？有这么想我？”

这句话问出口，沈琅都觉得自己有点儿过了。

肖闻郁已经回了国。他这么多年没回国，突然回国，一定是因为出了什么大事——

如果真是沈家出了事，肖闻郁又在这时候给她打电话，那他不是已经掌控住了国内的局势，打个电话给她这个昔日的“仇家”炫耀，就是对情势没把握，打电话来试探虚实。

沈琅忽然想起她二哥沈立珩给她打的几十个未接电话，很快就有了判断。

沈家出事了。但她还不知道出了什么事。

沈琅当然不会让肖闻郁觉察出来她还一无所知，佯装气定神闲地闲聊了几句，一声一句“宝贝儿”，听对方半天没开口，她一看手机，果然挂了电话。

还没说什么呢就挂了？

沈琅好整以暇，浑然不知电话另一头有人暗流汹涌。旁边荀周看她笑得跟揩到印度神油一样，她随手把电话号码存了，换上新备注：“The Pure”。

小纯情。

“情”字刚打出来，沈立珩的电话紧接着打了过来。

“喂？”

“怎么才接电话？！”沈立珩怒声低斥，“你现在在哪儿？”

沈琅避开众人走到远处，闻言蹙眉问：“出什么事了？”

沈立珩急得一天一夜没休息，嗓音嘶哑：“老爷子过世了！”

沈琅心脏猛地一跳。

国内北京时间的昨天中午，纽约深夜，沈立新在参加一场商业酒会后醉驾，瞒过巡警上了曼哈顿大桥，因发生连环车祸于当晚死亡。

老爷子近年来身体每况愈下，五年内连做三次心脏搭桥手术，本来就常年躺在纽约长老会医院的疗养病房里。当晚听到沈立新车祸去世的消息，老爷子突发心梗，没熬过出CCU。

沈琅眼皮突跳，敛着长睫，问："过世了？"

沈立珩再三深呼吸，还是忍不住低骂了一句，才把话接下去："说是突发心梗死在纽约的医院。"

"沈立新也死了。"

沈立新是沈琅的大哥。

沈琅缄默良久，才问："怎么死的？"

"酒驾出了车祸。"沈立珩快急疯了，"别问他了！现在重要的不是这个。"

沈家家大业大，人情凉薄，别说沈琅他们几个平辈之间暗潮汹涌，就连沈老爷子和自己的孙子孙女都面和心不和。

老爷子和沈立新毫无预兆地相继去世，翌日美股开盘不久，消息传遍，公司股价暴跌。

沈家百年基业面临冰川危机。

突如其来的死亡变故带来的悲伤还没来得及蔓延到神经百骸，对权力的欲望和不安就抢先一步驱使了言行。沈立珩烦躁地捏了捏鼻梁，才说："肖闻郁回国了。带着遗嘱。"他说，"算算时间该到机场了。"

"这么多年，我都快忘了还有这人。他这次突然带着老爷子的遗嘱回国，肯定不单单是回来参加葬礼。"事情来得猝不及防，沈立珩捏了捏眉头，居然向沈琅讨主意，"你觉得呢？"

她觉得？

自从七年前肖闻郁跟着老爷子去了美国，从此就杳无音信，连从前把他视为废物的沈立珩都没放在心上，没想到这次却带着遗嘱回来了，说不定还是以老爷子的名义。

沈立珩一直明里暗里地在跟沈立新争夺沈家财产，对肖闻郁这个寄养在沈家的养子毫不在意。

但看现在的情况，似乎不可能再毫不在意了。

沈琅回忆了一遍她刚刚把人当小狗逗的情形，沉默了一瞬。

她觉得不太妙。

“做不了，没法做。”

周五大清早，华慕建筑设计事务所的会议室里，长桌两侧两拨人对峙着，气氛剑拔弩张。

坐在靠门位置的鬈发姑娘埋头记会议记录，看了一眼手表，心里的白眼都快翻上天了。在一片争执声中，鬈发姑娘索性打开手机翻起了娱乐新闻。

两方争吵间，会议室的门被打开。鬈发姑娘往旁边一看，沈琅穿着一身掐腰黑裙推门进来，挑了一个她旁边的位置坐下。

“沈工？”鬈发姑娘吓了一跳，低声问，“沈工您怎么进来了？”

沈琅被临时拉过来撑场子，边挑重点地翻桌上堆成册的结构立面图，边问：“怎么样了？”

“还吵着呢，这都快吵了三小时，我们组的结构师都被气跑了。”

现在正吵着的两拨人，一拨是华慕事务所正负责某商业大厦项目施工图的C组，一拨是负责项目设计图的方案组。一方觉得方案组出的图简直天马行空，技术不可行；一方觉得出图效果完全符合甲方预期，怎么合理化是施工图这组的事。

吵到现在，谁也没妥协。

会就开在自己的地盘上，却压不住对方的嚣张气焰。C组的结构师气得开会开到一半，扔下全组人跑去茶水间冷静冷静，刚往手臂上连拍了两片尼古丁贴片，转头就看见了来倒咖啡的沈琅。

沈琅是E组的项目负责人，本来今早来事务所处理完项目收尾工作后，等着她的就是连续一周的假期。

鬈发姑娘看着坐在原本结构师座位上的沈琅。后者很快扫完一摞图，接着打开结构师留下的笔记本电脑，面色不改地翻转放大模型的细节。她化着淡妆，睫毛鬈翘细长，侧脸轮廓精致漂亮。

惊鸿一瞥的大美女。UCL 建筑院高才生。事务所结项效率最高的金牌 E 组项目负责人。

这是鬈发姑娘对沈琅的全部印象。

“沈工，谁来了都不管用。”鬈发姑娘悄悄抱怨，“该讲的我们都讲了，他们就是不听！非说顶楼天台的设计没问题，坚持说顶层那块也不受力，他们设计出花儿来都行……气死我了。”

沈琅含笑撑着脸听完了，从手袋里摸出颗小东西递给她：“幸好你没被气跑，不然等下我吵架的时候都没有底气。”

鬈发姑娘以为递过来的是 U 盘什么的，拿到手里才发现是一块锡纸包装的黑巧克力。

又贴心又会安慰人，比自己那个跑路的组长好多了。鬈发姑娘拿着巧克力，泪流满面地补上印象。

争执在继续。对方喊停：“稍等，关于我方的设计到底合不合理，我想请我们的总设计师——”

“请律师来比较合理。”

出声的是一直没说话的沈琅。

对面方案组的发言人被打断，诧异地向这边投来目光。男人盯着这张陌生的面孔，回忆半天没叫出来沈琅的名字。

眼前是一个美人，男人轻慢的神色顿时放柔了些，刚想解释，沈琅站起身投影电脑屏幕，微笑：“按照贵组的设计，天台受力的问题我们不提，先来看看十六楼到十九楼的落地窗。”

大屏幕上是落地窗的结构放大图。

“设计近十米的外墙长高窗，独立处于框架梁外。想法很好，设计得也很漂亮，但很可惜，贵组似乎并无任何过梁或挑梁的设计。

“到底是不小心遗漏还是设计大胆我不清楚，因为更遗憾的是，我们的结构师现在因为贵方的拒绝沟通而暂时罢工，所有相关数据的受力结构分析都无法进行。所以我方不得不进行妥协。”

沈琅顿了顿，道：“那么妥协以后呢？”

“承载过重，楼层塌方，到时候签图的责任在谁，我觉得还是有必要请律师来共同商讨一下。贵组觉得呢？”

一片哑然。

沈琅还嫌嘲讽语气不够，补了一句：“天台的问题好像不是那么重要了吧？”

何止不重要，落地窗的问题简直严重多了。

对方讷讷：“所以……”

“所以，”沈琅合上笔记本，“关于细节问题，我们要不要请结构师回来再探讨探讨？”

散会。鬈发姑娘放下手机，含泪膜拜：“沈工你太牛了，听你吵架比看娱乐新闻有意思多了。我以后能不能跟你混？”

“平时见不到。”沈琅弯眸粲然一笑，将挖墙脚进行到底，“我不呛自己人。”

沈琅收拾东西准备走人，瞥见鬈发姑娘手里亮着屏的手机，屏幕上正打着醒目的一行娱乐新闻标题，她的目光不由多停留了一会儿。

“著名影星宓玫息影五年后车祸丧夫，采访提及并无重回影坛打算”

“沈工你也知道宓玫啊？”新闻闹得沸沸扬扬。鬈发姑娘以为她感兴趣，拿起手机翻给她看，“以前好有名的，拿过三金影后，我们全家都喜欢看她的电影。”

沈琅心说她何止知道。

“她老公以前也很厉害，大公司的 CEO，叫新什么来着……哦对，沈立新。之前宓玫嫁进豪门不要太幸福，狗仔还曝光过一顿早餐都值上万，夸张吧？宓玫结婚以后就息影没演戏了，好像是跟着她老公一起移民去了国外。”

鬈发姑娘说：“可惜她老公前两天在国外出车祸去世了，也没有孩子。

听说她今天都没回国参加葬礼，这得多难过啊。”

“不过豪门家的事也轮不到我们难过，人家再惨都能过得比我们好吧。”鬈发姑娘注意到沈琅一身简约的束腰黑裙，问，“欸，对了沈工你下午忙吗？不忙我请你吃饭吧，当谢谢你帮我们组呛人了。”

“下午有安排，改天我请你吃饭。”

“去哪儿啊？”

沈琅笑了笑：“参加葬礼。”

鬈发姑娘没当真，开玩笑道：“那沈工记得帮我物色几个豪门帅哥。”

午后的天气半阴不晴。恒新集团前董事长和前 CEO 接连逝世的消息闹得满城风雨，葬礼却低调地办在沈家旧宅。

来探口风的媒体纷纷被隔绝在外。参加追悼会的豪车接受安检，从宽阔的铁门驶入沈宅外道，下车由迎宾带领穿过前厅，签到进入大礼堂。

沈琅一路走来，有不少宾客认出她是沈家大小姐，纷纷停下点头致意。一片嗡声低语中，她穿过迎宾室进入灵堂，掀起白幡入内。

灵堂内的灯色亮白如昼，除了两排守着的保镖，此时灵位前只跪着沈立珩。

沈琅默不作声地接过香，叩拜完起身：“二哥。”

“都斗这么多年了，没想到最后死了居然是因为醉酒出车祸。”沈立珩扫过老爷子的遗像，目光在沈立新那张严肃板正的黑白照上停留片刻，回头问沈琅，“琅琅，你难过吗？”

沈立珩虽然是沈琅的哥哥，但两人在五官上没有丝毫相似的地方。他高眉吊眼，五官线条凌厉，不笑的时候透着一股刻薄狠厉的气息。沈琅眼看着灵堂里这三人你来我往争了这么多年，心里明白沈立珩巴不得老爷子早点退位让贤，沈立新也趁早滚蛋，剩下一个沈立珩就能独揽沈家大权。

老爷子当年对自己的亲儿子都不见得多待见，更别提自己的孙子了。就算这几年身体差到已经提早给自己买好了墓地，老爷子也坚持在疗养院开视频会议，从没见他松口放权给几个后辈。

这一死，叹息是有，太难过还不至于。

沈家人都薄情是真的。

“所有人这次都以为没了老爷子和沈立新，最得利的应该是我。”沈立珩站起身，让保镖退出去，面色阴冷，“这么多年，我都不知道有人深藏不露。一个没爹没妈的养子都能爬到我头上来。”

沈琅很快地皱了一下眉。

昨天沈立珩给沈琅打过电话。当时他那么崩溃的原因当然不只是因为沈家人的死亡，而是此次过后，老爷子遗嘱里的股权重新分配，加上集团内部新一轮的洗牌，占股最多的竟然不是沈立珩。

而是肖闻郁。

居然是肖闻郁。

一个沈家原来司机的养子。沈老爷子一时兴起收的义子。即使按辈分算是沈琅几人的“长辈”，年龄却和沈立珩相差无几。

最重要的是，他身上流的不是沈家的血。

“我就知道！我早就该发现了……当初在游艇上我就该弄死他！”

沈家人极端排外，更何况突然冒出一个差不多年龄的陌生人当自己的长辈。沈立珩当年的脾气比现在大多了，知道这事以后差点没真出人命。他沉着脸来回踱步：“这七八年他跟着老爷子去美国杳无音信，我以为没事了……”

怎么可能没事。

当年就是狼崽子，野外放逐多年，现在指不定已经成了凶狠的头狼。

遗像上的老爷子面目慈祥，这恐怕是他这辈子最和善的一次，而他的孙子毫无所觉，仍在焦躁地盘算。沈琅垂眼盯着看了一会儿，摘下别在胸前的白玫瑰，轻轻地放在遗像旁。

“我们现在要怎么办？”

“当年我们那么针对肖闻郁，他来者不善，肯定不会让我们好过。”沈立珩说，“我一个人不行，琅琅，我需要你。”他想到什么，突然笑得有些神秘，问沈琅，“琅琅，你知道现在集团高层那帮人私底下都叫你什么吗？”

沈琅抬眸看向沈立珩，眯了眯眼。

她一身暗纹掐腰的黑裙，长发贴合着肩脊优美的曲弧顺下来，皮肤在明亮的顶光映衬下白皙细腻。即使神情不像平时那样多情，也美得异常动人。

“叫你‘底牌’。”

外面忽然热闹起来。

沈立珩走到灵堂门口，看了一眼，脸色更沉：“肖闻郁。”

肖闻郁以沈家义子、集团现任实际控制人的身份前来吊唁。沈立珩憋着一口血，掀开白幡离开灵堂。

阔别七年，即使昨天已经在短暂的通话中听过声音，再见到真人还是觉得有点儿新鲜。

见到肖闻郁，来吊唁的宾客凑了上去寒暄，像是早就在等他。一朝天子一朝臣，所有人都想着攀附恒新集团未来的东家。

远处被众人簇拥的男人身形颀长挺拔，一身黑西服内搭黑衬衣，外套口袋同样别着白玫瑰，除此之外连腕表都没戴，身边跟着黑裙女秘书。

变了太多。

沈琅饶有兴致地观察他，肖闻郁似有所觉，抬眸，隔着人群遥遥与她对视。

他瞳色黑沉不见底，眼角眉梢间是不带任何女气的英隽漂亮，内敛中裹着凌厉的锋芒，从头到脚的金贵气。

沈琅以前是真正的大小姐，娇生惯养，吃不了一点苦，把没身份没背景的肖闻郁当条狗。

这么些年，她以为沈立珩和沈立新最终会角逐出一个结果。她不争不抢谁也没得罪，最后哪一边赢了都影响不到她。

没想到有人狼子野心。

狗成了当家主人。

沈立珩还在礼堂里跟人交谈，沈琅扯了个借口要离开。刚走到前厅接过迎宾手里的车钥匙，低声问了几句，又绕路返回沈宅的后花园。

“你知道肖闻郁的股份都是怎么来的吗？”沈琅回忆起沈立珩在灵堂里说的话——“沈立新在纽约发生车祸，老爷子心梗死在病床上，两个人的医院死亡信息正式确认是在美股开盘以后。他抓着这点机会，第一时间做空了公司的股票，捞了一大笔钱。”

“消息传出以后股价暴跌，他又大规模回购散股，吞并股东转让的股权。沈立新死后股权没人继承，他跟几个股东联手杠杆操作，以低到离谱的价格回购了所有的股份。快，狠，准。”

沈琅穿过玻璃长廊。

花园绿植葱郁，草坪喷泉旁，黑裙女秘书收起合同后退一步，向肖闻郁旁大腹便便的男人鞠躬示意：“高总，我代肖总送您出去。”

“下周遗嘱生效，肖闻郁占三十五的股份，我二十七，你十。到时候公司重新开选举会，他可能就是董事长。”沈立珩当时说，“但六个月后继承的股权能重新转让。琅琅，你跟哥哥在同一艘船上，只要半年后你那百分之十的股份并给我，我就还有机会。”

恒新集团股份的百分之十是一个天文数字，足以填充一家普通资管公司的资金池。

花园里突然多了一个沈琅，女秘书带着高总经过她，停下微微致意：“小姐。”

“我们合伙，你就是决定最终牌面的那张‘底牌’。”沈立珩说，“到时候你想要什么我都可以给你。”

回忆中止。沈琅停下脚步，目光打量站在不远处的肖闻郁。

肖闻郁已经在灵堂里上过香，胸前的白玫瑰也早就摘掉，他西装外套了件黑色的长大衣，正半敛着眸戴腕表。他余光瞥到沈琅，动作稍顿，扣好腕表的金属扣，抬眼看过来。

七八年，有如脱胎换骨。两人对视，沈琅再浪也没当面把“小纯情”说出口，她友好地伸出手。

“好久不见了，”沈琅说，“肖……先生，有时间吗？我们谈谈？”

天色很暗，阴云低垂。肖闻郁沉默地看她，没有回握。男人眉骨深邃，鼻梁坚挺，斑驳黯淡的光色透过他的睫毛打下一片疏影，看不出他在想什么。

虽然以前肖闻郁在沈宅住过两年，但他和沈琅不怎么熟，甚至在沈琅的记忆里，两人还有着并不愉快的过节。

“肖总不会还记得以前的事吧？以前小孩子开玩笑，都这么多年过去，听过也就算了。”沈琅仿佛完全忘记她昨天还不明情况地叫人“宝贝儿”，“昨天你挂了我一回电话，有些话还没来得及问。

“我的律师告诉我，这次遗嘱继承我会得到公司百分之十的股份。”

沈琅抬眼与肖闻郁对视。

她的瞳色很浅，是剔透的浅褐色，看人的时候近乎轻佻多情。肖闻郁收回目光，神情疏离。

“不知道肖总对我那百分之十有没有兴趣？”

都说现在的肖闻郁心机深沉，手腕凌厉，游刃有余。

沈琅刚在心里感慨现在的小纯情是不像以前那般青涩稚嫩了，但还是话少得跟雕塑没什么两样，雕塑就开了口：“为什么？”

“我有自己的事业，没什么野心，即使没有家族股份也能过得很好。”沈琅说，“我相信等到半年后，你手上的股份不止现在的三十五，不过到时候我这百分之十对你来说是锦上添花，何乐而不为呢？”

“疏不间亲。”肖闻郁停顿，问得很直接，“为什么要跟我合作？”

沈琅明白他想问什么。她与肖闻郁以前的关系从来都不算好，七八年没见，两人和陌生人差不多。更何况她二哥还巴望着她的这百分之十能是自己的翻盘底牌。别说肖闻郁没想到，沈立珩大概死都不会想到，沈琅会莫名其妙地反水去向肖闻郁抛橄榄枝。

她要转让股权给他，就必然会有条件。

“我想等半年以后，肖总能帮我一个忙。虽然是个小忙，但恐怕只有你能帮我了。”沈琅嘴角带笑，又伸出手，“合作愉快？”

求人都是一只昂起脖颈儿的猫，天生高贵。

肖闻郁不动声色地与她回握，一触即收。他的指骨修长，只握沈琅的指尖，动作带着成熟男人的绅士分寸。

沈琅刚想转身离开，收回的手腕蓦然一紧。

在短暂的茫然间，她被男人干脆利落地拉了过去，指掌贴上她的后颈皮肤，俯身按在怀里。

一个简单有力的拥抱。

多年没见，小纯情这么奔放？沈琅错愕。

肖闻郁身上清冽陌生的气息随之笼过来，拥抱不紧，但触觉温暖。沈琅的手指动了动，没挣开。她鼻尖蹭着他做工考究的大衣领，笑意里含着鼻音："肖总，我要你帮的那个忙挺正经的，不用这么急着给我投怀送抱吧？"

肖闻郁的声音近在耳侧，清明而低沉，解释简洁："你哥在。"

沈琅不说话了。

她视野受限，别说背后的沈立珩，就连肖闻郁此时的神情都看不见。

另一边，沈立珩在前厅听说肖闻郁跟公司某位董事洽谈合约，阴沉着脸跟了过来。

花园里只有两人。肖闻郁像是正跟自己身边的小秘抱得难舍难分，沈立珩扑了个空，止步在长廊出口，冷着脸离开。

四周安静得只有虫鸣。

隔着单薄的衣裙，怀里的人柔软温热，搭在他大衣上的手指纤白，手腕骨很细。肖闻郁垂眸看沈琅，她鬓角藏着一颗细小的痣，只有撩起长发时才能看见。

像暗流涌动后才得以见光的欲望。

拥抱不过十几秒。

肖闻郁下午还安排了会，司机将车停在沈宅门口，给老板发了一条信息。他示意沈琅先走，后者走了两步又回头，突然问他："今天很冷吗？"

肖闻郁看她，眸色很深，目光沉稳平静：“嗯？”

沈琅指着他，以一种非常缠绵的语气说：“耳朵红了。”

这句话尾音拖得很轻，狎昵意味十足，跟多年前在沈琅成人礼那天的音调如出一辙。

02:05 03:15

第二章
你耳朵红啦

八年前，沈琅十八岁成人礼。沈宅宴会厅富丽堂皇，灯火通明。

“你去理那个废物干什么？”沈立珩喝完香槟，不悦地训沈琅，“不就是老陈收的养子吗？我都不知道老爷子看重他哪里，让他去公司，让他跟我们住一起。还收义子……我看直接让他姓沈得了！”

一旁的沈立新面色沉着：“就算爷爷看重他，那天在游艇上你也不该差点把人淹死，搞得人家骨折，到现在还坐着轮椅。”

道貌岸然。沈立珩冷哼：“哥，你别以为我不知道，你在公司里也没少给他使绊子吧？”

眼看着两位又要闹起来，沈琅放下酒杯，抓了一把酒心巧克力往外走。

“你们吵得我好烦，我出去玩一会儿。”沈琅一身系带白礼裙，巴掌大的小脸看着人畜无害，笑靥中带着娇贵的少女气，“他比你们好玩。”

前院草坪，喷泉淙淙。

水流声几乎要盖过耳机里的新闻播放，肖闻郁刚想转动轮椅离开，耳边传来的流利英腔中突然插播进了一声中文的招呼声。

肖闻郁抬眼看，明眸善睐的少女就站在离他两步远的地方。

“你快把我两个哥哥逼疯了。”沈琅弯腰看他，唯恐天下不乱，声音糯糯的，“现在前厅里都是名媛淑女，你又长得这么好看，肯定有见了就喜欢上你的。我二哥明里让你骨折，大哥又暗里挤对你，我要是你，现在就推着轮椅进去转一圈气死他们。”

这句纯粹是瞎扯。宴会厅里推轮椅，不知道要让多少人看笑话。

肖闻郁已经在沈宅住了一年多，沈琅闲着无聊，偶尔碰到这位话少人闷的就会上嘴闲聊几句，时间久了，发现这位有时候的反应还蛮有趣的。

肖闻郁的年龄和沈琅的二哥差不多，但看上去却比她大哥还要沉稳隐忍。他冷淡地瞥她一眼，不气不怒，转动轮椅要走。

“今天是我生日。你不理我没关系，我请你吃巧克力，吃吗？”沈琅摊开手掌，白皙小巧的掌心躺着纯黑包装的巧克力球，“黑巧，无糖的。赏个脸吧？”

轮椅停住了。

她以前几乎没有低声下气的时候。

一年半前，肖闻郁以沈家司机养子的身份被领进沈家，没过多久老爷子就收他做了义子，还反常地将他安插进了沈家公司。一时间猜测什么的都有，周围人看肖闻郁的眼神多多少少比原来尊重了点。

但沈琅不。

肖闻郁还记得，某天他和公司几位高管在沈家私设的高尔夫球场上碰到沈琅，她一身白色运动服，过来邀请人一起打球。

沈琅大哥说："我们在场的几个以前都是跟你打过球的，再打也没意思，琅琅你不如喊个新的人陪你玩……闻郁怎么样？”

沈琅问也没问，拖着尾音笑："他不会啊。”

少女支着球杆，站在修剪齐整的葱绿草坪上，白色运动服下是被日光晒出红晕的皮肤，细汗晕染着一层水光，在阳光下亮得刺眼。

高尔夫是富人们闲来无事消遣的游戏，而肖闻郁在来沈家前只是一个被人接济长大的孤儿。

即便凭自己的本事考进国内顶尖学府，即便后来被沈老爷子收为义子、边读着大学边进公司高层历练，但在沈琅眼里，他还是格格不入的。他一定不会打高尔夫。

傲慢却理所当然。

而此时沈琅轻下来的声音像丝绸软缎，温水里浸泡过般黏糊柔软，腻死人般多情。肖闻郁盯着看了她半晌，挑了一颗巧克力："生日快乐。"

嗓音清冽好听。

然而这种温情没能持续多久。高浓度的酒心巧克力，酒味醇烈，肖闻郁猝不及防被呛得嗓子发热，掩唇别过头，不住地闷咳。

沈琅跟逗狗似的，笑出一个无辜的小酒窝："Cheers（干杯）！"

一句调侃还不够，罪魁祸首又补刀："你耳朵红啦。"

肖闻郁抿唇。

他再怎么狼狈都是挺直肩背的。他看向沈琅，漆黑的眸光中有如晦暗雨夜冲刷过的清亮，仍旧红着耳朵，赏了她一个字：

"滚。"

沈琅滚了。

她其实也没想到他能被呛得这么厉害，顺嘴调戏了一句，估计把人惹毛了。

想了想又回头，见肖闻郁慢慢转着轮椅往别墅南侧去，左腿上打着厚重的石膏纱布，动作艰难缓慢。她折回来，上手搭了把轮椅扶手，边推边嘴欠：

"顺路，一起滚。"

沈琅无心的一句话，像当面骤然打开了肖闻郁心底深埋多年的一瓶陈酒，炙热滚烫，浓郁热烈。

秋风飒飒，气氛死一般寂静。

半晌，肖闻郁眯了眯眼，波澜不惊地抬手松领带。他跳过她那句调侃，又回到了不久前两人草率结束的口头合约，问："你想要我帮你什么忙？"

肖闻郁继续："我不做没把握的事。你没有明确告知转让股权的交换条件，这让我很难相信这份协议的诚意。”

看来这回耳朵真的是被冻红的。

沈琅的目光扫过肖闻郁的耳廓，停在他英隽的脸上。不贫了。

“肖总如果不放心，可以请律师来跟我拟协议。”沈琅没说具体内容，只是递了一张名片给他，“至于我未来的那个要求，我相信对你来说也只是举手之劳。”

名片用银线勾边作花纹，纸面喷了点淡香水，气味不甜，后调带着隐约的草木香。这张精致的名片就跟它的主人一样，透着一股浪得没边儿的雅致。

华慕建筑设计事务所，建筑设计师。

沈琅：“百分之十的股份换一个不大不小的要求，我自认为很有诚意。你难道不想要吗？”

他想要……

肖闻郁将名片收进西服内侧口袋。他抬手理过衬衫领上的黑色领撑，拇指扣着领撑慢慢摩挲，带着禁欲般的清明冷静。

如果他的秘书在这里，就只会毛骨悚然地喊一句冷静个鬼哦！

肖总上一回这么慢条斯理地理领撑，还是五年前公司期货合同差点被逼仓，预估亏损上亿美元的时候。

商人本质趋利，他不会不同意。沈琅又问：“合作愉快？”

肖闻郁深深地看她，低声回：

“合作愉快。”

沈琅这次负责的项目提前出了图，足足空出一周的闲暇，周末跟组里同事约出去开了一次庆功派对。等她半夜开车回公寓，手机上多了两条短信。

一条助理的报平安，一条男同事的殷勤问候。

沈琅出电梯，在公寓门口回了助理的短信，关手机，刚抬头想开指纹锁，一眼瞥见门口角落里缩了一个黑团团。

黑团团刚从酒吧午夜场回来，醉得不省人事，像是被感应灯给晃醒了，开口是一道娇嗔的女声，带着一股酒味：“琅——琅——”

沈琅蹲下：“许许？”

浓妆艳抹的女人身上披着一件男人的外套，抬起脸，酒意朦胧地又要喊：“琅——”

“欸欸欸，听见了。”沈琅认出闺密，扶她起来，“安静点宝贝儿，再吵可就对不起你这名字了。”

许许跟着笑：“嘘，嘘——”

沈琅一个人住三室两厅的复式公寓，从家具到摆件都是追求舒适简约的美式装潢，二楼还搭了一层，一间书房一间客房。许许每来一次就要感叹一回：“琅琅，你说你住这里多好，以前怎么这么想不开，跑去住都没厕所大的地下室？”

四年前也不知道沈琅抽什么风，娇生惯养的大小姐，连擦破皮都疼到皱眉，居然想不开跑去住了很长一段时间的地下室。

比当初选择建筑设计这种受苦受累的职业还要让人无解。

沈琅在厨房倒水，无色无味的纯净水，出于对醉酒人士的人文主义关怀，还顺手揪了一片盆栽里的薄荷叶当装饰。她把水递给许许，随口扯：“住大公寓有什么意思？爱上你这个蹦迪到半夜不回家的人，只有地下室才适合苦情的我。”

这女人嘴里真的没有正经话。

两人是发小，工作又是同城，许许一个月总有那么两三次要到沈琅这里来过周末。

许许的父亲是某跨国制药公司的高管，母亲是她爸众多情人中的一个。许许不想过插花瑜伽下午茶的生活，转头当了某本前沿时尚杂志的编辑，下了班后的夜生活比杂志要丰富。

沈琅进浴室洗澡，顺手将许许换下来的男人外套扔进门口的脏衣篓，隐约闻见外套上的男士香水。她问：“换了款香水，不是上回那一位？”

“早换了。本来说好的只是玩玩，要是哪天没感觉了就分得爽快点，结果他非要跟我谈真感情，没意思。”许许享受征服男人的新鲜感，换男伴的频率快得像时尚潮流变更。

“你呢？”

沈大小姐二十多年没开出一朵桃花来，眼光挑剔到许许都快怀疑她打算出家了。

沈琅大言不惭：“都排着队呢，等我一个个试。”

话音刚落，她放在茶几上的手机屏幕一亮，接连跳出来几条短信。

陈工：【沈工，你安全到家了吗？怎么不回信息，是已经睡了吗？】

陈工：【晚安。】

等沈琅洗完澡出来，许许见她拿起手机看了一眼，没回复，面色如常地随手又把手机扔回去。许许撑着脸感叹：“你看看，你看看，我是真敢玩，你也就敢嘴上说说。”

沈琅拧开卧室的台灯，弯唇一笑没说话。

她刚洗完澡，乌黑长发的发梢还湿漉漉地滴着水，只穿浅灰色睡裙，白皙的皮肤笼着水汽。灯下看美人，有一股脆弱朦胧的美。

太脆弱了。许许终于想起来她今晚是来干吗的了，她来安慰沈琅的。

沈家的白事闹得人尽皆知，连她杂志社同组的同事茶余饭后都在谈论。许许把安慰的招数在心里过了个遍，不动声色地挤上闺密的床：“睡不着，来聊聊天？”

沈琅：“看电影吧。”

“也行。”套路没成，许许随机应变，“看点温情片吧，催眠。”

许许心里想的是等会儿看温情片容易起话题。别看沈琅表面云淡风轻，心里不知道藏着多少难受，等情绪发泄出来了说不定就会好点。

接着，她见沈琅点开一部电影，满封面的纸醉金迷，*The Ascent of Money*（《金钱本色》）。

经济纪录片。

许许：这算什么温情片？

沈琅靠在舒软的床上，嘴角弯出个笑：“听说遗产分配后我在公司占股百分之十，我打算提前适应生活的温情，想想怎么花。”

许许一时无言以对。

接下来连着几天里，刨去葬礼后的善后事宜和必须由本人出面与律师沟通遗嘱外，沈琅这个短暂的假期过得还不算糟糕，等到坐在偌大的会议室里时，还记得点一杯加糖的拿铁。

“啪！”

沈家家族企业，恒新集团的顶层会议室里，坐在沈琅旁边的沈立珩反手将文件拍在红木会议桌上，往后靠进真皮椅里，对询问的女助理面无表情道：“一杯美式。”

神色阴戾，听着火气不小。

会议的重要人物还没来，在场的众股东上一刻还在窃窃私语，见状互相交换了个眼色，议论声轻了许多。

助理刚任职，第一次负责股东会的茶水，手足无措地僵在原地，都不知道该不该继续问下去。沈琅从文件册里抬起头，笑了笑，补充了一句：“他要三勺脱脂奶，不加糖。”

助理感激不尽，忙不迭鞠躬离开。

沈琅合上手里的文件，心里大概清楚自己二哥这股滔天的怒气是怎么来的了。

听说前两天在恒新的董事会选举会上，肖闻郁意料之中地通过董事长选举，并且由暂任CEO转正，兼任CEO。

而最终沈立珩被聘请为CBO。

总经理，连副董都不是。

董事会里过半的人向着肖闻郁，副董还是肖闻郁从公司在华尔街分部里带来的人，都是一群吃里扒外的东西。

沈立珩气得不轻，找人把肖闻郁在美国分部这七年干的事调查了个遍。顺着联系网，沈立珩意外地发现，公司前几年几桩经典的资产重组并购案和跨国融资案背后竟然都有肖闻郁的名字。

不仅如此，这个在他记忆里销声匿迹的“废物”，这几年似乎在华尔街声名鹊起。

不怪沈立珩知道得晚，他只负责公司在亚太区的经营，美国那边则常年由老爷子和沈立新坐镇。

他和沈立新向来就不和，更别指望沈立新能给他透露什么消息了。

这把牌，沈立珩眼看着自己开局就要输了。

“琅琅，等会儿在股东会上会投票选出新的董事会成员，这几个人你先提前熟悉熟悉。”沈立珩把手里的候选人名单递给沈琅，上面有两个名字被人用显眼的签字笔圈出，“开会你听不懂没关系，只需要记住这几个名字就行了。”

以前老爷子重男轻女，沈琅基本不会参与家族企业的事，这二十几年她来恒新集团总公司的次数更是屈指可数。她现在能坐在股东会的会议室里，是因为继承了公司百分之十的股份。

隔行如隔山，沈立珩不指望她能听懂会议，但他需要她的投票权。

沈琅扫了一遍，偏过头问：“要选新董事会成员？”

“选两个。”沈立珩说，“董事会要改弦更张，而我要这两个新选出来的董事都必须是我们这边的人。”

不久，会议室里突然安静下来。

沈琅抬眼看向会议室门口，玻璃大门被人恭敬地推开，几位老股东簇拥着身形修长的男人进会议室。肖闻郁西装革履，眉宇修长，漆黑的眼眸往沈琅这里淡淡瞥来。两人对视一瞬，他平静地收回目光，侧过脸开口回复身旁的人。

像开了刃的刀锋，举手投足间俱是气势。

沈琅将手里的名单纸叠成一座小小的简易金字塔，手指尖压在塔尖的位置点了点。

在建筑这一行，三角锥体系永远能搭出最牢固的建筑骨架，关系越复杂密切，越能造就稳固的基盘。以前的基盘是沈家兄妹三人，塔尖是老爷子，只不过现在换成了肖闻郁。沈立珩肯定不甘心让肖闻郁独揽公司大权，所以势必会往董事会塞自己的人。

但沈立珩没想到自家出了一个叛徒。

股东大会由董事长秘书主持，正式开始。

中央的光屏连接着公司在美国分部的会议室，翻译尽职尽责地在两边传达信息。在场的每个人都有自己的立场，端着咖啡的助理进来的时候，会议室里气氛紧张到一触即发。

助理屏气凝神地低头送咖啡，等到送到沈琅时，见她神色悠闲，一言不发，始终低着头在会议记录本上做笔记。

人长得漂亮，有钱有权，还沉得住气。

因为之前的咖啡小插曲，助理对沈琅印象很好。她微笑着端咖啡过去……直到下一秒笑容僵在了脸上。

在会议室剑拔弩张的氛围里，这名股东眼前的会议记录本上画满了建筑物的设计草模，并且正在细化。

她毫不怀疑，如果环境允许，眼前这位股东下一刻就能开电脑软件搭一个模型出来。

沈琅不太懂金融，也不怎么听会议。这间会议室里的每个人都在尽责地干自己的本职工作，她索性也干回了自己的本职……画建筑设计图。

“谢谢。”沈琅接过咖啡，抿了一口，微微蹙起眉，终于从她那堆设计图里抬起眸，“太苦了。”

助理回过神，忙说：“不好意思，弄错咖啡了。”她换了一杯，“这杯才是您的。”

哥伦比亚咖啡豆磨粉的意式浓缩，没有加一块糖，当然非常苦。

等等……

助理猛然反应过来！

她刚刚不小心弄错了并且被这位喝了一口的咖啡，好像是给董事长的。

助理迅速抬头望向董事长的方向，无比惊恐地发现董事长正巧也看向这里。

一片中英文掺杂的争执中，肖闻郁靠在座椅里抬眼望过来，眉目如画，神色寡淡清冷，像是已经注意了片刻。

而当事人沈琅毫无所觉。

已经被看到，助理硬着头皮绕到董事长旁边，压低声道歉：“对不起肖总，您的咖啡我再换一杯，刚……”

下半句猝不及防卡在了喉咙里。

助理见英俊的男人伸手，握着杯柄的指骨分明。他像是什么都没看见，神色淡然地端过咖啡，垂眼喝过一口，随手放在文件旁边。

被他碰过的瓷白杯沿上还带着淡色的红晕，轮廓模糊而暧昧，是之前沈琅不小心留下的唇印。

不知道是不是助理投射过来的目光太过惊恐，沈琅支着笔抬头看了过来。

从她的角度看过去，肖闻郁正垂眼翻合同资料，侧颜的下颌弧度流畅分明，脖颈儿往下是扣得一丝不苟的衬衫领。乍一眼看去就是整个会议室最显眼的那道绿化景观。

沈琅纯当放松眼睛，欣赏了一会儿。肖闻郁察觉到视线，抬眼接上她的目光。

会议进行到白热化阶段，沈立珩处于下风，正忙着招揽票数。沈琅看得大方坦然，甚至还端起手边的咖啡，微微晃了晃杯示意，咖啡代酒，单方面无声地跟他隔空碰杯。

肖闻郁撤回目光，神色疏淡地翻了一页合同。

不理她。

沈琅不浪了，继续画自己的建筑设计草图，边画边有感而发。

就算是绿化景观，肖闻郁也是含羞草啊含羞草。

含羞草又喝了一口咖啡。

沈琅不小心抿上了唇印的那杯。

目睹全过程的助理面红耳赤。

办公室调情算什么，大白天的在会议室调情才……肖肖……总真的好会！

会议持续了足足一下午，终于到了投票的环节。

沈立珩手里的票数几乎对半分投给了自己的两个人，但期待的场景没有出现。大半轮票选过后，董事会成员的候选人中，肖闻郁的人以百分之四十的票数独占鳌头，除去弃权票，剩下两人一个占了二十，一个占十八。

不相伯仲。

这次的股东会上要任命两名董事，一个名额已经尘埃落定。剩下两个里，沈立珩的人叫陈峰，只占百分之十八的票数，处于劣势。

沈琅手里的百分之十还没投出去。

众人的目光聚集过来，沈立珩提醒："琅琅。"

沈琅看了一眼，说："我好像都不太认识。"

沈立珩暗示："你可以翻一下资料，到时候看着投就好。"

众目睽睽下，沈琅还真摸出手机，开始一个个查候选人的名字。

沈琅是沈家的人，想也知道这位千金大小姐平时的日常最多不过喝喝下午茶，怎么会懂公司内部管理的事，到时候肯定只会一味地偏帮沈立珩。其实在场的股东有几个知道内情的，已经能预见票选的结果。

沉默间，肖闻郁放在手边处于静音模式的手机屏幕倏然亮了起来。

他的目光从沈琅身上收回来，扫过手机，屏幕上跳出一条新收到的短信。

沈琅：【晚上有空一起吃饭吗？我知道有家餐厅不错。】

她在讨好他。

会议桌的另一边，沈琅放下手机，对着桌上不久前她用名单纸叠的金字塔思忖了片刻。就在众人以为她要改主意时，沈琅写了两个字，把纸条递给秘书——

她还是把全部的票都投给了沈立珩的人。

最终股东会投票选出两个董事会成员，一个是肖闻郁的人，一个是沈立珩的人。

这个结果在众人的意料之中。

“琅琅。”

会议结束，沈立珩跟着散会的人流往外走，叫住沈琅：“走，今晚哥哥请你吃饭，公司几个董事也去。我前年投资的私人会所，有几个菜做得还不错……”

“不去了。”沈琅低头摆弄手机，开始拨号码，“我今晚单独约了人。”

沈立珩点了点头：“也行，那我就不送你了。”

即使沈立珩塞了一个自己的人进董事会，但董事会里大半还是肖闻郁的人。他心里还盘算着怎么拉拢别的董事，心思不在沈琅身上，随口问了一句：“单独约人……约的谁？有男朋友了？”

沈琅的电话已经接通，一旁的沈立珩听她问道：“晚上有空赏个脸一起吃饭吗？”

她边通着电话边抬眼看向前方，果然不远处被簇拥着离开的男人停了脚步。肖闻郁单手扣着手机，西装背影的肩脊颀长挺拔。

“怎么不回我的短信？要是不喜欢我订的餐厅，换个餐厅也可以，”沈琅一句话说得缱绻，笑问，“你定餐厅，我来买单。你觉得怎么样？”

沈琅偏头看了一眼身旁的沈立珩，演上了，软着尾音逗人玩：“不会在生我的气吧？”

肖闻郁沉默。

肖闻郁周围全是股东董事，还有助理翻着会议时间安排表等他结束通话。众目睽睽下，肖闻郁听着耳边沈琅的调侃，眉目沉静。所有人都以为老板正在进行一个严肃正经的商业谈话。

“今天的事……你听我给你解释，好不好？”沈琅叹了一口气，“晚上一起吃饭吧，我会跟你解释清楚……”

旁边的沈立珩神色顿时有点古怪。

沈琅的脾气他知道，只要她想，有时候对着谁都能哄出花儿来。但嘴甜归嘴甜，她还是捏着分寸的。能让她这么情态缱绻地撩拨哄人，还主动请男方吃饭……

沈立珩："你什么时候包起男公关来了？"

他知道豪门里某些千金为了图新鲜，会在私底下养"男公关"，有些是身高腿长的男模，有些是娱乐圈那些长相清俊的男艺人。沈立珩一直以为他这个妹妹浪归浪，还不到包男公关的地步。

沈立珩跟沈琅离得近，这句话她听见了。

电话里的"男公关"也听见了。

电话那边自始至终没出声。沈琅一看手机，肖闻郁果然挂了电话。

最新通话备注名："小纯情"。通话时间一分二十秒。

沈琅捏着手机心说，应该不至于拉黑她吧？

"二哥，"沈立珩这话，厚脸皮如沈琅都被噎了一下。她没再打过去了，收起手机说，"他很纯情的，你别吓到他。"

沈立珩刚想说点什么，余光瞥见不远处被众星捧月着的死对头竟然转过了身。肖闻郁隔着人群遥遥看过来，沈立珩总觉得他看了自己一眼，轻描淡写，居高临下，说不上来什么眼神。

反正不是什么好眼神。

啧，莫名其妙。烦得很。

沈立珩好不容易憋住的火气又翻上来了，他神色阴郁，潦草地结束话题，告别沈琅，跟着一群董事进了电梯。

沈琅是真想请肖闻郁吃一顿饭。不久前，她还拿着她百分之十的股份跟肖闻郁在私底下做交易，今天下午就在股东会上掉转头帮了她二哥，当面涮下了肖闻郁的人。

于情于理她都要给这个"密谋协议伙伴"一个解释。

沈琅正思忖着呢，手机振动了一下，进来一条新短信。

肖闻郁发来了一条餐厅地址。

新任董事长手里有忙不完的事，近期每晚的会议都要开到凌晨，于是餐厅就订在离恒新集团不远的酒店顶层。

夜幕初降，从观景露台往下俯瞰夜景，远处夜色里的车灯如流动的水，在钢琴的乐声中缓缓流淌。

肖闻郁只腾出一小时给沈琅。她点完餐，不急着解释下午的事，反倒问："霜降牛肉要配红酒，肖总挑一支酒？"

漆金黑缎面的酒单递到肖闻郁手里，他抬眸看她，没翻开酒单，只简明扼要地报了酒名。

年份正好，产地正好。

沈琅从刚才起就在观察肖闻郁。比起她以往印象里处事青涩的少年，眼前的男人心机深沉，在名利场游刃有余，犹如脱胎换骨，已经从上不了台面的养子彻底成了上流阶层的金融大拿。

肖闻郁放下银质刀叉，对上她的目光，问："看出什么了？"

"西装很合身，非常衬身材，衬衫有点紧……肖总肌肉练得不错。"沈琅支着脸笑，毫不吝啬自己的夸奖，"这么近距离看，才发现你的睫毛很长。"

好好的恭维话，到了沈琅嘴里，变得缠绵又暧昧。

旁边来递酒的侍应生听得手一抖，一瓶勃艮第红酒差点全倒给了皮鞋。

一时寂静。

侍应生本来以为这位小姐已经够绝了，没想到眼前的这位先生更绝。肖闻郁眉目沉静，顿了顿，直接问了一句："还有呢？"

"还有今天下午的股东会，"小纯情没撩动，沈琅见好就收，敛了笑切回正题，"我并没有反悔的意思。"

"我和肖总你的协议不会变。半年后我将手里的股权转让给你，届时还要烦请你帮我一个举手之劳的小忙，这是我们原本说好的。"沈琅说，"只是我二哥是一个很排外的人，我们的协议不能让他知道。所以今天当着他的面，我确实没有办法票选你的人。"

沈琅给的理由合情合理，肖闻郁不动声色地听完，开了口："这只是理由之一。"

"你想借沈立珩来制衡我。"他平静地接过话，"在沈立新还活着的时候，你平衡在两人之间选择不站队，虽然要不到好处，但也没坏处。但是现在这种平衡没能保持住。”

现在肖闻郁代替沈立新处在天平位置的一端，而沈立珩处于极弱势。平衡被打破以后，沈琅要倒戈向肖闻郁，却不确定这种状态是否对她有利，所以她仍旧需要她二哥来牵制肖闻郁。

这也是为什么沈琅在明面上还帮着沈立珩的原因。

肖闻郁低沉的声音很好听，混着远处三角钢琴的乐声：“你跟我合作，却并不信任我。你背叛你二哥，却也背叛得不彻底。”

他一身西装笔挺，雪白的衬衫扣到了第一颗，光坐在那里不说话都养眼，更何况三两句简要剖析她的时候锋芒不敛的样子，简直性感得要命。

沈琅眨了眨眼，跟着低下声来，气音混在醇浓的红酒香里：“肖总好了解我。”

肖闻郁瞥她一眼，眸色如浓墨，没接话。

今夜夜景繁华璀璨。两人无声用餐，不交谈的时候就只有喝酒。沈琅为肖闻郁倒酒的次数占多，借着递酒杯的动作，她的小指有意无意地在肖闻郁修长的指骨间一触而过。

他的手温很热，反常的热。

上流人的金贵，学院派的纯情。

沈琅收回手，蜷缩小指在掌心摩挲了一下，心说，她之前那么勾引他，原来本人不是没有反应的。

中途肖闻郁离席接电话，沈琅趁空发了一条微信给荀周。

某玄周先生正在自己的小茶馆悠然自得地打游戏，见沈琅发来一条：【你那儿有没有清心经静心帖这种东西？】

荀周：【你干吗？】

沈琅好整以暇，字里行间问心无愧：【有人勾引我。】

荀周无言以对。

隔了两分钟，荀周拍了一张照发过来了。

荀周：【清心经就不用了，送你幅心经，能辟邪的。】

只见玄周先生极其敷衍地抽了一张餐巾纸当宣纸，挥毫，潦草地写了一行“色即是空空即是色”。微信附文一条：【别浪了，鬼都怕你。】

肖闻郁刚回国内，任职后堆积的安排能铺到两个月后，近两天要商定公司在B市的商业园大型项目，明早要赶往临市参加科技峰会，能腾出一小时进行私人用餐已经是奢侈。

所以恒新集团的副董在电话里难以置信地再三确认了一遍：“你喝醉了？！”

肖闻郁“嗯”了一声，眉目沉静：“迟半小时回公司。”

工作狂今晚有私人用餐。

还喝醉了。

还迟半小时再工作。

这位新任副董是肖闻郁从华尔街带回来的人，多年的合作伙伴，彼此知根知底。当年两人环着北美在酒宴上应酬，他眼看着肖闻郁从滴酒不沾到千杯不醉。

要是他能给肖闻郁的名片上盖一个个性化烫金logo，早就盖上一行“北美境内没醉过”了。

灌什么能把他给灌醉了？

副董小心翼翼多问了一句：“喝什么了？”

别是喝了违禁酒吧。

挂完电话，副董旁边的财务官搓了搓手，殷切地问：“董事长身体不舒服吗？”

副董：“喝醉了。”

财务官恍然：“啊……”

副董一脸麻木地补了一句：“喝的红酒。”

晚餐结束，沈琅起身买单前多说了一句：“我知道肖总现在可能不相信我，但是我对我们之间的协议有着绝对的诚意。”她拎起手袋起身，笑说，“我说过，你可以让律师拿着我的名片来跟我拟协议。”

“我会的。”肖闻郁说。

沈琅刚抽出卡，侍应生过来低声提醒：“小姐您好，这位先生刚才已经买过单了。”

沈琅对上肖闻郁的目光。

卡在白皙纤细的指尖转了一圈，她扬了扬示意，弯了弯嘴角说：“当我欠你的。”

沈琅休假的这段时间也没闲着，她是建筑设计事务所E组的项目负责人，除了慕名主动找上门来的项目，大型的投标需要负责人出面拉项目。

前前后后忙了几天，休假结束。

设计师助理一早上班，对着工位上多出来的一摞资料，一脸惊讶。

“沈工，您休假的时候还不放过自己呢？”

沈琅端着咖啡，用脚尖钩了一把旋转椅，跟着坐过来：“这三个项目都还可以，文件资料我共享在小组群里了，你们先熟悉一下，十五分钟以后小组开会。”

说话间，门口忽然传来了动静。

“沈工！”来的是平时跟着沈琅一起拉项目的人，他气喘吁吁，“来活了来活了。”

“还记得之前的大型商业园项目吗？就是恒新集团的那个。”男人打开平板电脑里的资料，递给沈琅，“前段时间招标方公司内部裁员变动，项目就中断没继续，现在又重新开始了。”

“刚才项目的总包企业来消息，说是甲方那边拿着名片给总包推荐了我们的事务所，还是E组。”男人喜形于色，“E组，就是我们组！”

恒新集团……

沈琅放下咖啡杯，抓重点：“名片？”

“对，就是沈工你的名片。”男人问，“沈工你太厉害了，居然能把名片直接递到恒新总部里去……”

沈琅总算听明白了。

沈琅："我给他名片……"

她给肖闻郁名片，是为了让他的律师来跟她拟合同。

是为了突显她事业有成。

不是为了让肖闻郁做她的甲方。

沈琅前脚以恒新股东身份涮了肖闻郁的人，后脚他就当了自己的甲方。

助理没听清，问："沈工您说什么？"

沈琅撩起长发束成马尾，弯腰抄起平板往办公室走，头也不回地扔了一句："我说天道好轮回……"

助理望着沈琅的背影，茫然道："沈工什么意思？"

男人咂摸："意思是，忙完项目好不容易放回假，放假回来还得接着加班，生生死死，无穷尽也。"

02:05 03:15

第三章
曾是他的太阳

恒新集团顶层。

一场会议刚结束，圆桌会议室的幕墙玻璃由黑色倏然变为透明。助理推门出来，躬身请出会议室内的投资人与高管们。

“董事长，上个月我们申报的通达科技项目今早过审，财务部门刚刚送上来的书面资料我放在您桌上了，陈总那边的高转送预案也急着等您批复。”助理语速飞快，向肖闻郁汇报，“还有商业园项目的投标这周结束，下周跟总包那边的会议……”

助理迟疑一瞬，问：“是您本人去还是请我们的监理员去？”

肖闻郁还没开口，旁边副董常泓就插了一句：“你们boss都快忙疯了，跟总承包开个会用得着他本人去吗？”

下一刻常泓就被打脸。

肖闻郁：“调下时间，我亲自去。”

常泓捂着脸跟助理面面相觑。

片刻，他发出老母亲的感慨：“我们闻郁变了，自从回国以后我就越来越不懂他了。”

恒新集团高层改弦更张后，商业园建设项目本来是在常泓名下，但其实他也事多，而项目聘请了监理，所以他平时基本都扔给监理在管。而前段时间肖闻郁亲力亲为，把项目揽了过去，也不知道怎么想的。

按照公司的加班调休制度，肖闻郁这些年忙工作攒的假期都能够他环游世界登月蹦极了。

不过项目倒是好项目。

恒新集团斥资百亿，打算在B市毗邻机场的地段开发出一片商业园来。商业园下有四片子区域，分批立项。现在总承包预计分包给不同的设计院与建筑事务所一起做方案，近期又新添了沈琅所在的华慕建筑设计事务所。还是甲方钦定。

这绝对是喜从天降。

事务所所长乐不可支，一天连进E组办公区三次，对着沈琅能笑出一朵花儿来。

“我看着所长的笑都毛毛的。”助理从电脑前抬起头，低头跟隔壁工位的眼镜男咕哝，“看这架势，你说下个月我们沈工是不是能升合伙人了？”

眼镜男推了一把眼镜：“所长哪里是想沈工当他的合伙人，我看所长都恨不得沈工是他儿媳妇……”

“是吗，有这么想啊？”沈琅刚巧端着咖啡路过，随手将手里的粉玫瑰插进小助理的笔筒里，笑问，“所长有两个儿子呢，他哪个儿子打算介绍给我？”

沈琅半靠着办公桌边的透明屏风，乌黑长发散落而下，明眸红唇，笑得暧昧。

眼镜男闭嘴脸红。

助理拿起粉玫瑰：“您哪里来的玫瑰呀？”

“我在公司楼下买的。”沈琅下午跟总包签合同，就出去了一趟，“光棍节促销，送给我们办公室里最不该单身的美人。”

助理捂胸口，备受感动：“沈工，你居然是光棍节第一个送我玫瑰的人，我要嫁给你。”

沈琅又笑：“跟所长的儿子商量商量，排个队吧。”

眼镜男快没脸见人了。

沈琅浪够了，端着咖啡进自己办公室。商业园项目的方案前期准备工作量大，她登录事务所的内部网，打包传了一份资料进组里。刚点开软件，沈琅指尖在鼠标滚轮上摩挲了一会儿，转而拨通了肖闻郁的电话。

手机嗡声振动，肖闻郁的眸光从文件上抬起，接了电话，很低地“嗯”了一声。

“嗯？”

这句下意识的“嗯”沈琅是没料到的，低低沉沉，怎么说呢……挺撩人的。沈琅顿了一会儿才说：“我以前只知道肖总长得好看，现在才发现声音也很好听。”

那边沉默片刻，肖闻郁才开口：“什么事？”

“下午我跟恒新商业园项目的总承包签了合同，我们事务所能不参与竞标就拿到项目，这件事还要谢谢肖总。”沈琅说，“不过我还不知道，原来我的名片能有这么大的用处。”

商业园的项目很好，早在年初的时候沈琅就知道了。

但是那时候这个项目是沈立珩在把关，沈琅就没掺和进去。再加上恒新过往的大项目基本都是内定了设计院，其他的设计院与事务所竞标也只是走个程序，因此整个华慕事务所都心照不宣地没参与投标。

现在肖闻郁揽下项目，还让她分一杯羹。

沈琅笑问：“这是作为我背叛二哥而倒戈向你的好处吗？”

“你可以这样认为。”

沈琅：“谢谢老板。”

她的声音近在耳侧，尾音微微上扬，像贴着他的耳廓吐息。肖闻郁搁下钢笔，眸光落向落地窗外的幢幢大厦，补充了一句：“我看过你们华慕以往的项目，住宅项目和商业项目居多，后续成效都不错，尤其是E组。”

他顿了顿，又道：“更何况商业区建成后收益归入恒新，你是公司股权的持有股东，也是得利人。”

沈琅：“我的股权半年后也会是肖总的股权，说这话就见外了。”

对方没接话。

肖闻郁沉稳下来，沈琅就老想逗他。她又接过话：“以后你跟我就是合作关系上更进一步的合作关系了，叫老板太生疏，叫肖总也太见外。”

“不如叫肖先生。还是，”沈琅说，“先生？”

半晌没有回应。

一看，又挂了电话。

肖闻郁这反应沈琅可太喜欢了，她乐此不疲，简直还有点上瘾。

不过肖闻郁该烦死她了。

肖闻郁挂断电话，却没有继续那份未看完的文件，指腹贴在手机逐渐暗下去的屏幕上没动。

沈琅打电话时并不专心，他能听见窸窸窣窣的翻页声，键盘敲打声，还有她转身拿资料时轻微而窸窣的衣料摩挲声。

他闭眼就能勾勒出她漫不经心的模样。

她当他是温驯的犬，觉得好玩时不时逗两下，出于心血来潮的善意顺手帮几个小忙，却不以为意。一如多年前。

八年前，沈宅餐厅。

沈琅这几天难得安安分分地待在沈宅，刚好在餐厅里碰到了坐在轮椅里的肖闻郁。

前天老爷子在豪华游艇上举办宗亲会，结果沈立珩看不惯肖闻郁一个养子也能进沈家的宗亲会，竟然找人把他推下了游艇。人擦着船舷摔进浅海里，幸好没撞上涡轮引擎，船上的救生人员救援得也快，他才捡回一条命。

人是没死，但全身上下的擦伤不少，听说腿还骨折了。

老爷子动了怒，勒令沈立珩禁足思过一个月，当时在场的沈琅也被当成帮凶，跟着被禁足在家里。

此时肖闻郁正好在长餐桌前，不做逗留地转过轮椅要走。

下都下来了，没打算吃饭。

长桌的一侧，管家见到沈琅，鞠躬道：“小姐。”

餐桌上铺着雪白的桌布，银质餐具被整齐地摆盘成一列，珐琅彩釉的瓷盘里装着龙虾刺身。上午才刚空运到的澳洲龙虾，中午就被活杀，成了一道龙虾刺身摆上沈家的餐桌。

沈琅一道道扫过去，餐桌上都是海鲜类的菜。

海鲜是发物，难怪他不吃。

“二少爷昨晚说了，今天中午只要吃这些菜。”二少爷是存心不想让肖闻郁进餐厅，管家也挺为难，只好顺着问，“小姐如果你不喜欢吃，我叫方姨做几个清淡的菜上来……”

沈琅坐下，裙摆顺着白皙的小腿往下垂落，道：“我喜欢呀。”

管家看了一眼正离开的肖闻郁，心里叹了一口气。

她又问：“你不喜欢吃吗？”

问的是肖闻郁。

沈琅从小娇生惯养，虽然要在沈宅里掂量着过日子，但从没受过禁足的气。她开他玩笑：“龙虾刺身要新鲜才好吃，等会儿冰块融化，再吃就不是这个味道了。你不想试试？”

轮椅还在往外滚动，他没理她。

摆盘的龙虾刺身旁放着一个小冰桶，里面还游着一只被绑了钳子的活虾。如果有人用完刺身，阿姨会过来重新现杀一只。沈琅像是觉得新鲜，站起身，戴上手套，取过刀，想亲自动手试试。

肖闻郁听见少女轻快软糯的声音：“我二哥气你气得不行，巴不得你那天在海里救不回来，我如果是你——”

后半句隐没在了一声含糊的吸气中。

轮椅刚经过餐厅的门，闻声停在了门口。

沈琅想试着做刺身，还没上手，就被虾身上的倒刺割了个正着。她动作小心，倒是没出血，只是破了点皮。

少女细皮嫩肉，没磕没绊地长到这么大，痛感比谁都明显，生理性泪水不受控地涌了上来。

肖闻郁回身看，沈琅已经扔了刀和虾，一双明眸湿软泛红，睫毛都沾着泪。她说：“我不吃它了，跟方姨说我中午要吃面。”

管家应声离开。

沈琅对上肖闻郁的视线，用餐巾擦干手上的水，说："你要是像这样卖乖服个软，我两个哥哥兴许不会这么讨厌你。"

半晌，他问："你不疼吗？"

沈琅："不疼。"

她刚才疼得红了眼睛，也不想让他如此冷静。她故意勾引他，补了一句："你要是不吃饭，我更心疼。"

…………

沈琅以为还像以往那样，是她在勾引他。

偌大的董事长办公室内，暗沉的暮色穿过云霭透进落地窗，室内一片静谧。肖闻郁一身西装革履，靠进椅背，抬手解松了领带抽掉，眸色深浓。

现在他们两人中，有人蓄谋已久。

她不知道是谁故意在勾引谁。

接了项目就开始忙，午休期间，华慕事务所E组办公区一片此起彼伏的键盘鼠标声。设计师助理正强撑着困意埋头画平面图，桌上忽然被沈琅扔过来一小罐茶叶。

茶叶罐是一个方方正正的瓷瓶，巴掌大小。助理道过谢后打开闻了闻，还有一股沁人心脾的清淡药味儿。

"沈工，这是茶叶吗？"助理好奇，"我怎么闻着跟中药似的。"

沈琅手里还拿着一罐，她"嗯"了一声："我在'隐市'拿的护肝茶，闻起来是不太好闻，泡了茶喝起来是甜的。"

助理惊诧。

玄周先生的"隐市"她就去过一回，一壶茶标价四位数，续茶水另算钱。那……这一整罐茶叶要贵上天了吧？

没想到沈工神情坦然地回她："不要钱，免费的。"

沈琅趁着午休去荀周的茶馆坐了坐，离开的时候顺了两罐茶叶走。荀周一听她问自己要护肝茶，就知道沈琅又要开始忙项目，给茶叶的时候苦口婆心："你那有没有紫砂壶？这茶得用紫砂壶泡，喝茶的茶杯用白瓷，要留根泡，悬壶高冲，回甘的味道才好……"

沈琅撩了撩长发，笑说："没这么麻烦，用保温杯泡了就能喝。"

荀周终于回忆起这些年被沈大小姐用保温杯糟蹋过的茶叶，一脸的一言难尽，多的不说了，对着沈琅指尖下垂摆了摆手，神情间挂着一个醒目的"滚"字。

这回恒新商业园的项目共分包给了两家，一家是知名的设计院，另一家是沈琅所在的华慕E组。商业园是大项目，沈琅作为华慕这边的负责人，跟所长商讨过后，她重新划出一个项目组，在原有小组成员的基础上拉了别组的几名工程师进来。而这个设计师助理刚来事务所不久，经验有限，并没有被划入这次的项目里。

助理手里只有一个画图的小项目，挺轻松的，其实平时用不到护肝茶。

目送沈琅进办公室后，助理拿着茶叶罐，受宠若惊："女神对我也太好了吧？这要是男的，我就真嫁了啊。"

"沈工对自己的助理都挺好的，"旁边的眼镜男比助理早来几年，他搭话，"她可能是怕你工作压力太大吧。"

助理："什么压力大？"

"沈工以前有个助理，跟你差不多吧，刚毕业没多久就踏进社会的小姑娘。"眼镜男随口回，"当时是在做一个大项目，她也在组里，但项目刚开始没多久那小姑娘就没了。"

眼镜男："我听说是因为压力太大才自杀的，大概三四年前的样子……"他咂了咂嘴，总结道，"干我们这一行，有时候忙起来手里三四个项目，加班悄无声息猝死的年年都有，所以总要学会自我减压嘛。"

说完眼镜男从电脑屏幕前抬起头，拿起放在电脑旁的相框，相框里是某个宅男女神的娇俏写真，他捧起来亲了一口，权当减压。

沈琅平时减压的方式有两种，音乐和补觉。

最近新添了一条：骚扰人。

说得再具体点就是，骚扰肖闻郁。

久别重逢后连着见了几面，沈琅对肖闻郁处在“感兴趣”的阶段。她有太多想查的了，关于这么多年他在老爷子和她大哥的眼皮底下养精蓄锐、揽下大权的过程，关于他突然回国发展的动机，以及关于他本人。

前两条沈琅的兴致倒是没那么高，她的重点都放在肖闻郁本人身上。

沈琅在调戏人这方面无师自通，她偶尔发两条短信给肖闻郁，时间点都掐在人的情绪最容易脆弱、最放松的清晨，寥寥几句，除了项目相关就是无关紧要的几句寒暄。她撩拨的手段很高明，目的性不强，意思送到就行。他回不回她都不太在意，既不会让人觉得烦，也不容易拒绝。

当然人家肖闻郁不搭理她，十条回一条已经是极限。

几天后，肖闻郁主动打沈琅的电话，声音低沉疏淡，直接问：“你想知道什么？”

他跟她打直球。

沈琅没想到他会打电话来，估计是被自己烦得不得了才打来的。她放下手里的图纸，顺着调侃：“肖先生都猜到我有问题问你，就猜不到我想问你什么吗？”

她已经改了口，开始叫他肖先生。沉默几秒，肖闻郁才开口：“猜不到。”

“我想问你有没有时间，好让我请你一顿饭。”沈琅说，“上回的晚餐本来应该是我来买单，没想到你请了，算我欠你的。”她说得煞有介事，笑着补充，“我不喜欢欠别人什么，更何况你现在还是我的甲方，算是……很正式的关系。那就更要客气了，你说呢？”

沈琅嘴上一口一个“客气”，语气却黏黏的，带着点微妙的暧昧。

这话说的，不答应就相当于承认两人不必客气的关系，答应却又上了套。

沈琅占尽口头便宜。

“请客就不必了。”肖闻郁声音平静，却在电话那头眯了眼眸，半晌道，“如果你实在想还，餐费可以直接从你的项目金里扣。”

沈琅头回领教肖闻郁的资本家做派，噎了噎才接话：“肖先生好客气。”

办公室里静谧异常。沈琅话音刚落，肖闻郁虽然没开口，她却听到从电话另一边传过来一些声音。

是一道轻微的气流音。分不出是意味不明的低哼还是轻笑，像男人的鼻尖轻轻地蹭过耳朵，顺着耳廓上纤毫毕现的血管脉络往下抚，不经意却足够勾人，跟上回他接电话那声低低的“嗯”字如出一辙。

沈琅听着忽然冒出了一点细微的心思。

电话通了一会儿，肖闻郁没再出声，沈琅也不急着起话题。沉默间，组里的结构师进来给沈琅送图纸，等办公室的磨砂玻璃门再次关上，她边看图纸边问：“下周的方案讨论会你会到场吗？”

没等肖闻郁回话，沈琅没忍住，嘴欠，说了一句：“有几天没见了，我还挺想肖先生的。”

没接话。

意料之中，沈琅迎来她第无数次被挂电话。

方案讨论会在即，接下来沈琅在外往总承包方那里连跑几趟，在内忙着翻资料找数据，没想起来再去骚扰肖闻郁。

会议仍旧开在恒新集团，肖闻郁没到场，恒新这边派了其他几个负责人过来。

进来送咖啡的助理目光频频往沈琅这边瞟。沈琅漂亮得让人印象深刻，助理总觉得眼熟，想了片刻才恍然想起来，这位好像是上回在股东会上特立独行的那股清流。

就是众股东昂头吵得不可开交，她低头气定神闲画图纸的那位。

沈琅接过咖啡，偏过头轻声问了一句。

“肖……”助理反应过来她问的是肖闻郁，忙说，“董事长临时有事不在公司，其他的我也不是很清楚。”

助理突然回忆起上次送错的那杯咖啡，像是想到什么场景，猛然红了脸。

这一幕看在对面另一设计院的建筑师的眼里，就是另外的意思了。

此次恒新的商业园项目竞标这家设计院本来势在必得，没想到空降了另一家建筑事务所跟他们分着做项目，听说还是甲方老板钦定的，跳过了前期冗长复杂的项目准备工作，直接插入到了方案深化的环节。

这个建筑师是此次设计院的负责人，他从业十几年，没想到有天要跟沈琅这么年轻的后辈平起平坐。他还在忿然对方到底有什么后台背景，此刻上下仔细打量了沈琅一眼，再联系到助理那番话，心里鄙夷了一声。

所谓的后台背景，怕是不怎么光彩的关系。

会议室前亮着三块铺满墙面的光屏，最中央的光屏显示正在尝试连接公司于纽约分部的客户端。接通后，会议正式开始。

有人向光屏里的男人颔首致意："董事长。"

另一边，肖闻郁抬眼扫过电脑屏幕，"嗯"了一声，收回目光，继续处理手上的文件。

本来今天这场会议董事长是确定出席的，但公司分部出了一点急事，因此不得不临时改成视频会议。国内时间下午两点多，纽约已经是凌晨，对面设计院的总工生怕会开到一半这位甲方老板就挂视频，忙点开 PPT 开始汇报方案。

这次会议上，对面设计院想抢到商业园那片主要商务建筑的设计资格，因此在方案上下了苦工。

对面的总工边汇报，边抽空往沈琅那边看了一眼，发现这个花瓶美女正侧过脸，跟欣赏风景壁画似的欣赏光屏里的男人。

肖闻郁的脸很适合上大屏幕，眉眼轮廓分明，鼻梁修挺，五官深邃如电影明星。只是他不敛气势的时候太凌人，在场的没几个人敢注视光屏。沈琅带着纯欣赏的心情，目光自他的下颌落下去，移到衬衫领停住。

没打领带。

纽约时间是凌晨，肖闻郁摘了领带，只穿一件黑色衬衣，正垂眼看资料。他全身浸在酒店暖黄色的顶光灯色下，少了凌厉，多了几分静默的温柔意味。

对面的总工还在注意沈琅的动向，发现这个花瓶总算不看光屏，改成玩手机了。

总工嗤笑。

沈琅没察觉对面人丰富的内心戏，找到肖闻郁的号码，给他发了一条信息：【肖先生什么时候回国？】

发完后，沈琅心说不知道他出国后手机号换了没有。她刚从手机屏上抬起头，就见光屏里肖闻郁目光顿了顿，往镜头方向看了一眼。

能收到？

沈琅快被他挂电话挂习惯了，猜到这回肖闻郁不能无缘无故挂视频，她顿时来了新鲜感，饶有兴致地连着发了几条。

设计院的汇报进行到收尾阶段，就听光屏里的甲方老板忽然出声打断，问："华慕的方案呢？"

旁边的结构师悄声提醒："沈工，该我们了。"

设计院的总工闻言简短收尾，信心满满地坐回去。他们的方案已经金玉在前，有对比才有衬托，他在等着沈琅出丑。

沈琅起身，打开 PPT。

"贵院的方案对于商务楼入口位置和人流动线组织的介绍似乎太过简单，缺少因果逻辑。"沈琅不久前问项目总包拿到设计院的中标方案，在完善深化的基础上，对商业园的主要商务建筑楼进行创新，给出了对比方案，"功能分区也并不合理。"

沈琅开口连着两句话，简洁明了，都是在驳斥对方设计院的方案。

对面的人的脸立即黑了。

肖闻郁的眸光落在屏幕上。会议室的镜头只能扫到她白皙精致的侧脸，长睫鬈翘，红唇翕张。

沈琅在自己的领域内有足够的发言权，轻佻不刻意，傲慢得有底气。她轻慢骄矜的神情一直都很好看，轻佻逗人的神情也很招人。沈琅像是天生有引人瞩目的特权，这点肖闻郁早在八九年前就已经知道了。

他知道，并且在内心某个见不得光的晦暗角落里，对其有占有欲。

华慕事务所这一边的方案中，建筑群以环状各自独立又相互联系。沈琅给出的平剖立面图清晰漂亮，一场汇报下来，设计院的总工脸色从难看到若有所思。

会议持续两个小时，最后商业园主要建筑群的设计资格不出所料地给了华慕。

视频会议中断，光屏黑屏的下一刻，沈琅的手机屏幕亮了起来，跳出一条信息。

肖闻郁：【方案很好。】

沈琅回了两个字，两个字暧暧昧昧百转千回，还带着点留白。

沈琅：【晚安。】

周末，许许到沈琅公寓里过夜，由衷感慨了一句。

“这年头不用 Skype（一款即时通信软件），不用微信，只用短信聊天的人都快灭绝了，你俩好土。琅琅你不会是撩了一个老男人吧？”这个前沿时尚杂志编辑对沈琅用短信骚扰人的行为表示怀疑，边敷面膜边问，“对方是什么样的人啊？是不是那种你给他发一条‘吃饭了吗’他给你回一条‘吃了’还附带手机自带微笑表情的那种？”

沈琅端着水杯从厨房里出来，半靠着磨砂玻璃门，弯唇一笑：“他不回我短信。”

许许来了劲：“还是高冷款的？”

“纯情款的。”

“国宝啊。”许许出于职业需要，每天跟时尚圈内各类长袖善舞的人打交道，就没见过纯情款的。她问：“他多大了？”

听两句调情的话就挂电话，当面调侃两句就体温升高，这么纯情的能有几岁？

沈琅喝完水，客观评价肖闻郁：“十八岁吧。”

十八岁，纯情款，平时用短信聊天。

“这也太纯了吧。”许许面膜都贴不住了，新奇道，“你们这是打算发展柏拉图式恋情？”

沈琅闻言又笑："不发展恋情。"

行，她还打算玩弄人家感情。

别说许许了，就连沈琅自己都觉得新鲜。这么多年围着沈大小姐前后献殷勤的男人不少，金融男大多圆滑油腻，建筑这行的理工男又不够知情识趣，突然冒出一个久别重逢的肖闻郁，长相非常对她的胃口，性格也不讨厌。

沈琅回忆起那天会议上肖闻郁只穿黑衬衣的一幕，他作为成熟男人，对她确实有着足够的性吸引力。大家都是成年人了，没那么多弯弯绕绕，沈琅对肖闻郁感兴趣，当然也就想分出点时间去亲近他，给自己枯燥忙碌的工作找点乐趣。

不过沈琅没想着认真，毕竟她和肖闻郁还有利益关系在。

"不投入感情是好事，谈感情多伤身。"许许拍着脸，突然想到她今晚的正事，"对了琅琅，你猜周末我要去见谁？"

许许："你那位大嫂。"

沈琅顿了一瞬："宓玫？"

"没想到吧？她上周刚回的国。我们杂志社明年的开年正刊封面打算邀请她来拍，这周末要去山顶取外景。她听说我跟你关系好，还想托我约你出来见个面。"许许想不通，"不过也真够奇怪的，我给她你的手机号，她反倒不要。"

宓玫是沈琅的大嫂，她大哥沈立新的妻子。五年前宓玫在她事业的上升时期嫁入沈家，不久后跟着沈立新移民去了美国，一直息影到现在。直到上个月丈夫车祸身亡，宓玫这个名字才逐渐重回大众的视线。

当时沈立新的遗体被运回了国内举行葬礼，宓玫却没跟着回来。

沈家兄妹感情不深，沈琅跟宓玫更是不熟，除了当年在拉斯维加斯的婚礼上见过几面，再没别的印象。

"她不要我的手机号，是不想跟我有私底下的交集。她连我大哥都不想见，应该也不太想见我。"沈琅了然，解散长发上床，靠进松软的抱枕里，"但她又让你约我见面，大概是有什么东西想要给我。"

许许感叹："所以我说感情伤身……你哥不在了，对她的打击不小吧。"

"要我说，琅琅你这周末不如就跟我一起吧，也省得你们私下见面尴尬。"许许提议，"去西郊三个小时的车程，就在山顶上取几个镜头，我估计出片快，当天去当天回，挺方便。"

B 市西郊的群山上早早地下了今年入冬的第一场雪，漫山雪景，红梅开遍。

沈琅跟着许许的车走，杂志社的车后面紧跟着宓玫团队的车。她在上高速前跟宓玫打过照面，女人戴着墨镜，摘下来，镜片后是漂亮而明显憔悴的一双眼。

"琅琅。"宓玫悄无声息地息影五年，早就快被人淡忘，回国后只能在二三线杂志上露脸。她对沈琅微笑，声音客气温柔："麻烦你为了我多跑这一趟了。"

沈琅笑："也不麻烦。"

西郊山区被分为两片山域，矮的那片被划入风景区，缆车和人工休息亭一应俱全。而杂志社要取原生态的景，另辟蹊径，打算爬"晚驼峰"。

"这山看起来是陡了一点，不过上山的山路都是探过的，这一条是自驾游路线，开上去肯定安全，去年我自己就来过两回。"跟沈琅同车的摄影师笑着解释，"叫'晚驼峰'是因为这座山的晚霞最漂亮，你们哪天要是有空，最好能来看看日出，这里日出也特别好看，来了不看可惜了。"

车越往山上开，车窗起雾越明显。许许被颠簸的盘山道颠得五脏六腑乱搅一通，一脸生无可恋地靠着沈琅，脸色苍白地拒绝："你看我这样，我还来什么啊？不来了我再也不来了。"

沈琅也不好受，她没接话，合眸小憩。她倒不是晕，只是敏感地觉得周围越来越冷了。

越到山顶寒气越重。

两辆车沿着盘山路一路驶上去，一会儿后停靠在路边，剩下到山顶的一段距离需要步行。一行人下车，沈琅裹紧羽绒服踩着积雪往上走，许许紧赶两步，问前面的人拿了几片暖宝宝回来。

“我们拍完黄昏的景就回市里，下午山上的温度估计会更低，贴上这个好受点。”许许说，“不该喊你来的，太受罪了。”

“行了，我暖多了。”沈琅把下半张脸埋进围巾里，笑说，“你再说两句贴心话我更暖和。”

山顶红梅成簇，人迹罕至。

到地方后，杂志工作人员开始忙着准备前期工作，临时搭出一片休息区。宓玫有意避开众人，挑了一个位置坐下，沉默片刻后，温声问沈琅：“立新他……”

三个字刚出口宓玫就哽咽了一下，她颤着眼睫毛，没问出后半句。

“葬礼上个月就办过了。”沈琅知道她要问葬礼的事，三两句简略而过。

宓玫转交给沈琅一方小盒子，灰色绒面的戒指盒，里面躺着一枚精致的女士戒指。她说：“你帮我还给他。”

沈宅祠堂前，沈立新的遗物盒内放着同款的男士戒指。

生生死死说着很容易，身边人要往前走却很难。宓玫像是要彻底撇清过往几年的记忆，沈琅也没有硬拖人回忆过往的毛病。她收下戒指盒，没说别的，离开去帮许许的忙。

“宓玫居然没哭，我以为她跟你聊完还得带着泪痕来补个妆。”许许在山顶的寒风里冷得直搓手，边抖边跟沈琅说，“看看……看来今天能顺利出……出片。”

许许估计也没想到她立了一个flag。

拍摄过程很顺利，一行人在暮色四合的时候收工，刚拆完挡风板收起反光板等一系列拍摄用的器材，等一踩离合器才发现不对劲，车动不起来。

下车一看才发现两辆车的车胎都被冻住了。

冻得整整齐齐。

“下午温度高，积雪化水后又结冰，连着轮胎铁链一起冻住了。”司机下车查了一圈，上车找出一根撬轮胎的不锈钢棒，“就是我这辆的车后胎冻得严重，哥们有没有力气大的？下来两位帮我个忙，凿开就行了！”

两个男摄影师应声下车。

车内信号时断时弱，沈琅下车打了一个电话，刚想上车，手机又嗡嗡振动起来。

肖闻郁的电话。

沈琅在寒风中从容依旧，语调慵懒从容得像在暖气房里喝咖啡。她接起电话，含笑说了一句："肖先生。"

也就说了那么一句。

说完这句后，沈琅的手机彻底黑屏，无情地被冻关机了。

山上天黑得快，黯淡的天色很快自天际沉落下去，周围的温度几乎垂直下坠，几个跳下车帮忙凿冰的大男人都冷得够呛。

沈琅把手机揣回羽绒服兜里，额头忽然挨了冰凉的一下。借着车灯，她呵着白气抬眼看，细细茫茫的碎粒正往下飘。

下雪了。

"琅琅，干吗呢？"许许开了一条车窗缝，被灌进来的冷风冰得浑身一震，颤着声喊她，"快，快上车，车里暖和，这天冷……冷死了。"

十五分钟后，宓玫团队的车胎冻冰被顺利凿开。团队助理过来打了声招呼，杂志社跟着来的两个小姑娘搭了他们的车提前离开，此时只剩下了沈琅一行人。

杂志社拍外景都拍习惯了，车上该有的都不缺。许许从登山包里翻出一把能量棒，又倒出来不少肉干和零食："我们这辆冻得严重，我同事说至少还得半个钟头才能上路，只能先吃点垫肚子了。"

"我已经联系好了附近的车，以防万一。"沈琅给手机充上电，偏头看了一眼车窗上蒙着的厚厚水雾，"雪天车开得慢，上山要迟两个小时。"

沈琅翻通话记录，最近的两通电话，还有一通来自肖闻郁。

许许见沈琅回拨了电话，一眼瞟到她给备注的"The Pure"，瞬间来了精神。

电话接通，许许无声地问了句："那个十八岁？"

其实都不用问，看沈琅这副笑意盈盈的模样就知道是了。

肖闻郁接电话时的惯用词不是“喂”，而是很低的一声“嗯”。本来听在别人耳朵里像是一声短促简洁的命令音，但这会儿由他低缓的声音说出来却带着些说不出的味道。沈琅在心里回味了一遍，才开口：“刚才手机没电了。”

沈琅推算时间，这时候纽约时间凌晨五点多：“肖先生这么晚打给我，是睡不着……还是已经回国了？”

肖闻郁停顿片刻，道：“我在国内。”

回国了。沈琅应声：“是有什么事吗？”

肖闻郁不久前临时回纽约，是去处理恒新分部里股东抽逃出资的紧急状况。有股东利用关联交易，拿着一笔可观的出资额参与了期权对赌协议。肖闻郁声音平静：“公司会在一周后召开临时股东会决议，表决通过他的罢免处理。”

原来是通知她去开会的。

“肖先生习惯在周末说正事？我以为你是……”沈琅声音听起来还挺失落，后半句隐没在暧昧的语气里。她正无聊呢，又补了一句更不正经的，“到时候你会来接我吗？”

沈琅指的是开股东会的事，旁边的许许跟他俩不在一个频道上，联想到沈琅之前说的“已经叫了车”，想岔了。

许许：“赶紧来接啊——我们困在山上，零下十几度呢，再晚点有人要冻成冰雕美人了啊——”

许许还嫌不够：“车都熄火了，都吹不出暖风了啊——沈琅她又冷又饿——”

沈琅根本没想拦着，心说早在她逗肖闻郁的时候他就该挂电话了。她好整以暇，拿手机屏幕对着许许晃了晃：“他挂了，宝贝儿。”

许许看了一眼：“没挂啊。”

还真没挂。

沈琅怔了一瞬，刚重新接起来，就听肖闻郁出声问：“你在哪里？”

沈琅闻言倏然一笑，几不可闻地说："都这么晚了，肖先生不会真的想见我吧？"

"沈琅。"这是肖闻郁第一次叫她的名字，声音浸入大雪长夜，低沉冷冽。他像是绷着什么情绪，压抑了片刻开口，"给我地址。"

沈琅真愣了："你……"

许许："西郊晚驼峰，晚——驼——峰——少年人，英雄救美要趁早——"

四十分钟后，司机和两个男摄影师终于把冰凿开，裹着一身的寒风进车。司机舒了一口气，欢欣鼓舞地放了一张CD庆祝，哼着小调踩离合器后变挡，方向盘刚打了个转，越野车在车载音响悠扬的音乐声中缓慢停下。

几乎同时，车内所有人都见证了发动机的风机停转的声响。

刚凿开冻冰的越野车——

熄火了。

于是，刚跳上车屁股都没坐热的一行人又哆嗦着下车，研究轮胎的研究轮胎，研究发动机的研究发动机。祸不单行，一小时后沈琅接了一个电话，声音听起来还算冷静："雪下得太大，盘山路封路了，我叫的车开不上来。"

许许缩在没暖气的车内瑟瑟发抖，快哭了："我这什么乌鸦嘴？"

时间已经是夜里近十一点。

没暖气的车充其量就是一个挡风帐篷，还是不提供睡袋的那种。

长夜落雪，车内静谧一片。前排的摄影师回头看了一眼合眸休憩的沈琅，不好意思地压低声问许许："你朋友在车里这样睡一宿没事吗？"

"你怎么不问问我有没有事？"许许被吵醒，冷笑一声。她打了一个哈欠，"你放心吧，搁以前可能非常有事，现在什么事也没有。"

许许这话是实话。

换作以前她认识的沈琅，娇生惯养一点皮肉苦都吃不了的大小姐，要是让她像今天这样在寒天冻地的车里睡一晚，指不定怎么毒舌羞辱在场连发动机都搞不定的各位。

但近几年沈琅变了太多，甚至还心血来潮地跑去住过地下室。好端端的，非要强迫自己吃苦受疼，有段时间连许许都有一种沈琅在强制“扭正”自己的错觉。

沈琅睡得并不舒服，直至浓黑的夜色被长灯照亮，混沌中她听司机惊喜开口：“是不是有车来了？”

凌晨近四点，一辆开着探照灯的车碾过山路积雪，在距离他们不远处慢慢刹住车。

车门打开，一身黑色大衣的男人下车，踩着雪迈步过来，撑臂俯身，屈着手指在车窗前叩了两声。

司机的表情都快赶上世界末日见到救世主了，他开门下车，激动地把兜里存着的整包烟塞了过去。沈琅还处在刚醒的那段缓冲期，旁边的许许抹了两把车窗，朝外看了一眼，借着车灯打量身形修长的男人，回头问沈琅：“我天，这是那个‘十八岁’？”

长得也太要命了吧？！

车外的男人没收烟，低头跟司机交谈两句，接着侧过脸朝着后座车窗看去。

冰雪下瓷画玉雕的一张脸，英隽疏淡，眉眼幽深郁晦。他连开数个小时的车，平时有意维持着的矜敛尽数退却，此时自上而下都裹挟着凌厉气。

许许惊艳：“这肯定不止十八岁了吧？”十八岁哪有这种气质？

沈琅总算清醒了，她下车前扔了三个字：“肖闻郁。”

司机是一个自来熟，沈琅走近的时候正好听到他诉苦完，熟络地跟肖闻郁攀谈起来：“……您这开的跑车上山多伤车啊，悬架就不说了，底盘刮擦的那可都是钱啊！”

沈琅没想到肖闻郁真的来了。她抬眼对上他的目光，呵着白气，弯唇笑着打招呼：“好久没见了肖——”

肖闻郁打断话头，漆黑的眸子注视着沈琅，盯着她问：“你的手机呢？”

听起来脾气很躁啊。

沈琅没惹他，略显无辜地眨了眨眼：“在车里。”

从沈琅下车的那刻起，肖闻郁的目光自始至终落在她身上没挪过，像在确认什么完好一般。他垂眸扫过沈琅裸露在外的一小片脖颈儿的皮肤，半晌才道："我打不通你的手机。"

越野车早在数小时前就熄了火，车内冷得出奇。沈琅在车后座的夹缝里找到自己的手机，不知道什么时候又被冻关机了，难怪肖闻郁后来没联系上她。

车内两个摄影师也已经醒了，下车问司机借了一根烟。趁沈琅上车找手机，许许拉住她，两眼放光："是那个掌权恒新的肖闻郁？把你哥气得发疯的那个？"

许许是知道肖闻郁的，但沈琅从没跟她提起过这个人，她对他的印象也只停留在媒体的新闻里。

"迈巴赫的这款车少说要千万，他都能为你糟蹋成这样，你们俩别是真有什么吧？"许许说，"太带劲了，你哥知道吗？"

沈琅笑着回："别说我二哥，连我都不知道。"

许许失望了："你们真没什么啊？"

"有啊，怎么没有。"沈琅睨她，语气压得缠绵，"我追着呢。"

沈琅摸到手机，拿到肖闻郁跟前递给他，神情真诚坦然："不是我故意不接你电话，它没电了，我怎么会骗你呢？"

她心情很好，递个手机都不老实，偏要逗他一下。沈琅的指尖不经意地在他指背触过，肖闻郁眸色一沉，顿了一下，随即反捏住沈琅的手腕，温热的指腹顺着她的脉搏经络一寸寸抚过去。

沈琅的手冰凉。

那瞬间肖闻郁的下颌线条随着动作绷紧了，像是平静表象被撕裂出一道缝隙，压抑蛰伏着的情绪快要汹涌而出。他松开手，声音克制："上车。"

这模样看在沈琅眼里被顺理成章地理解为：肖闻郁觉得他被她冒犯了。

生气了，还挺难哄的。

肖闻郁来的时候还叫了拖车，只不过拖车快不过跑车，四十分钟后姗姗来迟。

许许一行人最终跟着拖车离开，凌晨四点多，夜色还深，这场闹剧终于落了幕。沈琅坐在肖闻郁车里，裹着厚绒毯，体温逐渐回暖。

肖闻郁拉开车门坐进主驾驶，副驾上的沈琅偏头看他，问："明天——应该是今天了，今天是周日，肖先生有什么安排吗？"

肖闻郁闻言侧过脸，看了她一眼。

沈琅披着的这条厚绒毯跟肖闻郁身上的一样，带着一股淡淡的冷香，清冽的草木调，不知道是男士香水还是须后水的味道。她用鼻尖蹭了蹭毛毯，不慌不忙地把话接下去，尾音含着鼻音："再等两三个小时就能看日出了，听说这里的日出很漂亮，既然都来了，也不能白来。"

肖闻郁："不困吗？"

"离日出还早，我们有两三个小时能休息。要是现在就开车回去……"沈琅看着他笑，瞳孔在车灯下呈琥珀色，"我总不好让肖先生疲劳驾驶吧？"

沈琅是真的有点累了，累到防备心都撤下不少。

以往这番话她只会说出要看日出的部分，至于等日出是出于让人休息的念头这一点，她只会闭口不提。

车内的暖气开得很足。肖闻郁的目光落在沈琅裹着毛毯休憩的睡颜上，回忆起很多年的一幕场景。

多年前沈家宗亲会上，沈立珩听闻肖闻郁也被老爷子带来了游艇，当即气得要找人算计他。

沈立珩咬牙道："我想收拾他还不容易？我只要跟阿绪说一声就好了。"

"阿绪是你的保镖，跟着你是为了保护你，到时候翻出来，所有人都知道是你做的了。"一旁的沈琅接过话，"二哥，就是一条听话的狗而已，你有什么好担心的？"

沈琅又说："他不听话，给个甜枣哄哄就好了。"

老爷子认肖闻郁为义子，无论辈分还是身份都比沈立珩高出一截。他年轻气盛，根本不能容忍："我哄个屁，我要弄死他。"

沈琅："既然这么不待见他，推进海里吧。"

两人谈话时压低着声音，而离甲板不远处的杂物舱里，肖闻郁听完了全过程。

后来的事人尽皆知，沈立珩找人把肖闻郁推下了海，却时间正巧地碰上救生人员经过，捡回一条命。

肖闻郁被推下海的地方避开了游艇的螺旋桨，救生员发现他落海的时间点又掐得太巧，像是有人故意暗中要放肖闻郁一条生路。

沈立珩这一招打草惊蛇，老爷子雷霆震怒，起了戒备心，往肖闻郁身边安插了两名保镖。

肖闻郁在医院醒过来的当天，老爷子拎着两个罪魁祸首向他道歉。

沈立珩当然梗着脖子没道歉。沈琅打量他一眼，琥珀色的瞳孔衬着窗外的阳光剔透潋滟，轻慢地呛他一句："活着呀。"

别人没察觉，肖闻郁瞥到了少女促狭骄矜的笑意。

…………

沈琅还在睡，呼吸声很浅。她半张脸埋进绒毯里，皮肤白得像瓷，乌黑的长发铺泻至肩臂，像任人摆布的模样。

肖闻郁欺身垂眸看着沈琅，漆黑的碎发阴影打落下来，遮住他晦暗深沉的眸子。他薄唇线条收敛着，目光一寸寸往下，耳边传来的呼吸声像漫长而温柔的折磨。他情绪再怎么汹涌翻腾，最后只是伸手调高了车内的暖气。

车窗外山川层叠，黯淡浅薄的光色从山脉间浮起，连成一道稀薄暗蓝的曙光。

日出了。

细碎熹微的晨光打在沈琅的下半张脸上，一小片投落的阴影微陷进她小巧的唇窝中，形成一小道曲陷的弧度。

如果吻她的下唇，不知道是多温软细腻的触感。

肖闻郁不看日出，只垂眸盯着沈琅。

我本可以忍受黑暗，如果我不曾见过太阳。

02:05 03:15

第四章
想对你动心

沈琅没想到都周日了，肖闻郁还能有这么多事要忙。

肖闻郁中午有一个视频会议要开，两人看完日出下山，等到回市内早就是下午了。他赶不及回市中心，改道把车开进了近郊的半山别墅。

近郊别墅回国后才刚置办起来，草坪都没来得及修剪装饰，前院的泳池也是干涸的。

沈琅下了车环视一圈，明白了。

肖闻郁没空管她，也没心思送她回市里，要扔她在这里自生自灭。

既来之则安之。沈琅正好浑身上下哪都难受，她笑得眸光流转，问肖闻郁："肖先生，其实我有一晚上没洗漱了，方便我借地方洗个澡吗？"

近郊这一片区域都是别墅区，开发商计划在这里建整片的山水庄园，连预拍卖都没开始，前段时间听闻恒新集团的掌权人正好在本市落脚，忙不迭地跑来给肖闻郁送了一套。

附近整片别墅区的草坪还没来得及打理，给肖闻郁的这套别墅内里却俨然已经装潢成了豪宅样板房。

沈琅洗完澡下楼，路过二楼书房，斜倚在门框边，从半开着的红木门外看了一眼。

肖闻郁确实有视频会议要开，这会儿正戴着蓝牙耳机，神色沉稳地听着几个投资经理的项目汇报。沈琅在门口停留几秒就要走，忽然听见书房里肖闻郁问："什么事？"

整场会议到现在肖闻郁开口的次数很少，但每次开了口就是直击要害。

"……这里的风险评估应该没有问题，上周我已经跟法务顾问沟通过了细节。"连着线的投资经理胆战心惊，"您觉得方案还有哪里不妥吗？"

肖闻郁没说话，沈琅知道他在问自己，靠在门口隔空指了指书房内空无一物的书架："我在这儿哪里都去不了，想来借本书看，没想到肖先生这么不爱读书。"

书房是新装潢的，肖闻郁不常来住，当然没放什么书。

这里方圆几里内都没什么人，沈琅只能在别墅里走动，无处可去，无人交谈，像被困在独属于他的领域里。

肖闻郁切了静音麦，看她片刻。楼上卧室套房里的衣帽间跟书房一样空空如也，沈琅洗完澡还是只能穿回自己的衣服，裤脚被浴室的水雾浸润，松松垮垮地挽起来，露出一截瘦白细腻的脚腕骨和小腿肚。

肖闻郁的目光扫过沈琅，蓦然停在了她的小腿皮肤上。

一道约一寸长的疤痕自沈琅的裤脚边显露出来，虽然颜色浅淡，但在白皙肤色的映衬下还是显眼。

那瞬间肖闻郁的眸色几乎是阴沉的，但他还是什么也没有问，低沉了声音回："我这里没有书，楼上主卧的更衣室里有干净的换洗衣物。"

言下之意，她想去哪去哪，只要现在别来书房烦他。

沈琅心说自己在小纯情这里也太不受待见了，要不是她跟他还有股权合同的利益关系在，估计昨晚他就能把自己扔在山上冻死。

沈琅并不知道，她在这里，肖闻郁不可能不去注意那道不知由来的疤。他的神情莫测，眼神暗下去，问："还有事吗？"

"从昨晚到现在我还没有吃饭，如果我没记错，你也没有吃饭吧？"沈琅自觉自己被嫌弃得很无辜，靠着门，晃了晃手机，"我查了外卖，周边的定位范围内没有一家提供送餐服务。不知道肖先生能不能联系上你的私人厨师？”

按理说沈家也有私厨，但厨师平时跟沈琅二哥关系熟络，她不方便把厨师叫过来。

沈立珩虽然不能把肖闻郁怎么样，但对沈琅就不同了。要是让他知道她正跟他的商业死敌在这里“暗通款曲”“狼狈为奸”，指不定会气得对她做出什么事来。

肖闻郁拨通了一个号码。

另一边，会议还在进行。

之前肖闻郁的窗口毫无征兆地黑了下去，吓得前一秒还在做汇报的投资经理大气都不敢喘，一度很惶恐。

副总常泓见惯风浪般云淡风轻：“他没事，你继续说，我听着呢。”

话是这么说，但常泓敲键盘的声音噼里啪啦，信息轰炸了肖闻郁的私聊窗口。

常泓：【出事儿了？】

常泓：【你上周不是去解决股东抽逃出资的事儿了吗？什么时候回的国？】

常泓：【难不成是昨晚？】

常泓：【昨晚我跟老林他们几个吃饭，问你也没回我，太不讲义气了！】

常泓是肖闻郁在恒新集团华尔街分部的合作伙伴，虽然是ABC，但回国的这段时间已经速成了本地口音，打字都要带个儿化音。他正操着一颗老妈子的心控诉肖闻郁，后者就给他来了电话。

沈琅听肖闻郁拨通厨师的号码，神色平静地问了几句后，下一秒就要搁下手机。

肖闻郁看向沈琅，语气也非常平静：“厨师来不了，不方便。”

“怎么就不方便来了？你在哪儿呢？”手机那头的常泓莫名其妙，“不是，我什么时候领的厨师头衔，我家那几把锅铲都不同意——”

电光火石间，常泓福至心灵，回想起肖闻郁切断会议电话前那道声音模糊的女声，突然冒出了一个念头。

肖闻郁现在身边有女人，说不定还是单独相处的那种。

他还不想让别人打扰到此时的“私密二人空间”。

那到底在什么情况下，能让他既不情愿让人插足，又要跟影帝似的打电话演个过场呢？

哎哟喂，趁着肖闻郁没挂电话，常泓热情洋溢：“——不同意也得同意啊！我厨艺是真不赖，那女孩儿想吃什么？来来我给做，你们在哪儿呢……”

肖闻郁挂了电话。

沈琅隔得远，没听到常泓在手机里进行的自我推销式演讲，她回味了一遍现下的场景，突然觉得有点熟悉。

多年前肖闻郁被她二哥推下海，全身多处骨折擦伤，出院后在沈宅里还被沈立珩使绊子，在饭点时间摆了一桌的海鲜发物，只能看不能吃。

那时候她虽然随手帮了他一把，但也嘴欠说了不少风凉话。如果她是肖闻郁，肯定要认为那是沈立珩跟她联起手来，一个唱红脸一个唱白脸，存心要他难堪。

天道轮回，报应不爽。这回轮到她了。

沈琅也不戳破，表面上笑得眉目流转，只说了一句：“看来肖先生的厨师真的很忙。”

她正打算上楼打个盹，身后又响起肖闻郁的声音：“楼下冰箱里应该还有食材。”

沈琅愣了愣，回过身，一时有点摸不清肖闻郁的心思。

要是他是存心想晾着她，那就不应该主动提醒她冰箱里有食材，但要说不是对她有意见，那拿着高工资的私厨怎么这么碰巧，说不来就不来了？思忖只在一瞬，沈琅很快调整了神情，得寸进尺地笑问：“可我不会做菜……难道你要给我做？”

肖闻郁抬眼，又敛了眸收回目光。就在沈琅以为她又被他单方面隔空挂断通信后，肖闻郁摘下蓝牙耳机，合上笔记本电脑起身。

他的大衣已经脱下来挂在了书房的衣帽架上，此刻只穿着剪裁精良的黑衬衣，即使一晚上没换，也还能合贴地勾勒出男人挺拔颀长的好身材。瘦削的腰，紧绷的脊背，修长的腿。

沈琅没能摄取物质食粮，退而求其次地把肖闻郁当精神食粮，以纯欣赏的目光把眼前的人打量了个遍。

精神食粮越过沈琅往书房外走，她问："肖先生要去哪里？"

肖闻郁停住，垂眼看向沈琅，反问道："不是我来做？"

沈琅缓缓眨了眨眼。

好像还真是。

这回肖闻郁倒没骗沈琅。别墅里有家政阿姨来定期清扫，为应对雇主的不时之需，阿姨隔三岔五地会往冰箱里补充点新鲜食材，不多，也就供三两餐的量。

偌大的厨房里，沈琅看肖闻郁架好砂锅，从冷柜里取出冻鱼，动作熟稔地装盘，推进微波炉解冻："我没想到……"

肖闻郁已经挽起了衬衣袖。他修长的手指被冻鱼表面结的一层冰霜冻得微红，正微俯下身撑着流理台冲洗手指，闻言侧过脸望向沈琅。

他做起这些事来的时候干脆利落，沈琅刚才留意到厨房的餐具都是新的，以为他在厨艺上的造诣跟她一样半斤八两，没想到他做起来这么熟练。

虽然沈琅曾自虐般住过一段时间的地下室，在胡同窄巷里吃过小餐馆，但常年的娇生惯养拔除不去她骨子里的骄矜。

如果换作她的两个哥哥，别说为下厨挽起衬衣袖了，像这样排了两三个月才给剪裁定做的昂贵高定，就是在餐桌上皱一道衣褶，也能让他们拧眉不悦。

沈琅："我没想到你还会做鱼。"

"以前试过。"

她笑说："那今天是我沾光了。"

沈琅确实沾了肖闻郁的光，她看着后者开锅热油，翻炒调料，加水炖鱼，直至食物的香气缓慢地溢出来。

不知道是不是所谓的吊桥效应作祟，从晚驼峰上下来以后，沈琅怎么看肖闻郁怎么觉得微微心痒，突然生出想要了解他本人的心思：“在美国的时候，肖先生也会一个人做饭？”

细微的水流声戛然而止。肖闻郁关了水，算是默认。

沈琅问得促狭：“就没有人陪着一起吃饭吗？”

这是一个私人问题。

肖闻郁这次打了直球，直截了当地问：“你对我的私生活感兴趣？”

厨房气氛静谧，只剩鱼汤在炖锅中冒出汩汩的小白泡。沈琅话说得暧昧，顺杆儿爬地逗他：“我对肖先生整个人都非常感兴趣。”

在沈琅看来，肖闻郁情场生涩，要是两人打起直球来，怯场的一定不会是她。

何况这话她没骗人，他确实对她有着足够的吸引力。

肖闻郁果然没再理她。

鱼汤炖好出了锅，沈琅总算是干了点动嘴以外的事，上前想帮忙端过砂锅。但她刚上手碰到砂锅的双耳，就被肖闻郁躲开了。

沈琅难得没说点什么，只是安安静静地看着男人上菜，又折返回来洗手。

他一个人把事情做全了。

“要不是我现在饿到只能动筷子，”沈琅靠着厨房的小吧台，忽然道，“恐怕我就要对肖先生动心了。”

肖闻郁洗手的动作顿了顿，骤然抬眸看她。

这话像说得认真，但下一秒沈琅又开始没个正经，调侃道：“不知道你觉得我怎么样？”

当一个人真正被勾起了解的欲望、想去了解对方的过去的时候，才是动心的开始。这点肖闻郁非常清楚。

所以他只是默不作声地抛出线头，引导着，像蛰伏已久的狮子，看着漂亮警戒的猎物一点点踏入领地，试探性地触碰安全区，直到毫无防备地袒露自己。

但他没想到，沈琅会这么直接地说出来。哪怕可能只是开玩笑。

肖闻郁没打算放过这个话题。

隔着小半个厨房的距离，他眼底晦暗难辨，明明灭灭交织混杂成模糊暧昧的暗涌，问得却很直白："有多动心？"

耳朵又红了。

沈琅的目光从肖闻郁的耳廓上移开，刚想开口，她搁在吧台上的手机嗡嗡振动起来。

来电的是沈立珩。

一触即发的暧昧陷入冷场，沈琅拿起手机："不介意我现在接个电话吧？"

电话刚接起来，沈琅一声"喂"还没出口，沈立珩死死压抑着的怒气就差没烧穿屏幕："肖闻郁……"

沈琅人生第一次有种做贼心虚的错乱感，她扫了一眼肖闻郁的背影，转身往厨房外走："他怎么了？"

沈立珩咬牙切齿："是我低估这个废物了……"

以前沈家两兄弟明争暗斗了十几年，沈立新活着的时候都未必能把沈立珩气得这么狠，能让她二哥这么恨之入骨，恨不得除之而后快的，肖闻郁算是第一个。

别墅一层有道通向泳池花园的连廊，沈琅绕过大厅，拐入连廊，一路上算是摸清了沈立珩动怒的缘由。

"这周三公司要召开临时股东会决议，罢免集团在纽约子公司的一名股东。"接下来的话沈立珩几乎说得一字一顿，"可能还要公布肖闻郁股份增持的消息。"

沈琅诧异："股份增持？"

肖闻郁手里的股份从百分之三十五一夜之间又涨了，难怪沈立珩会气得跳脚。

这事还要从两年前说起。

恒新集团下属有一家科技子公司，早年在纽交所上市，并成功入驻了华尔街。公司内有一名持股股东在两年前抽逃出资，拿着公司百分之五的股份参加了对赌协议。

“对赌协议的内容是，如果另一方公司在协议到期的时候达到约定的营业增长率，那蠢货就能获得一笔巨款，”沈立珩拿出最后一点理智，按捺着脾气跟沈琅解释，“而如果协议失败后，他要以他百分之五的股份来弥补对方的亏空。”

那个股东本来瞒得天衣无缝，不幸的是，不久前恰好协议到期，而协议结果是失败。

股东抽逃出资的事传得风风雨雨，A 股开盘后，恒新股价又跌。沈立珩还来不及暴怒着赶去美国兴师问罪，那股东手里百分之五的股份不知怎么就已经神不知鬼不觉地到了肖闻郁的手上。

沈立珩深吸一口气：“跟那蠢货进行对赌协议的是纽约的一家小公司，而那家公司一年前就已经秘密签了拟收购合同，预计今年放出被收购的消息。在这之前，没有人知道那家公司即将被收购，而要收购那家公司的就是恒新。”

以前美国那边有沈立新卡着，沈立珩一直以来都对恒新在美国的业务不熟悉，所以也是才知道这件事。

沈琅听着，逐渐有了推测。

“你猜一直在负责那桩收购案的是谁？”沈立珩咬牙，念出的名字与沈琅的推测一字不差，“肖闻郁。”

肖闻郁一直都在对接这家公司的收购项目，十有八九早就知道了恒新里有股东抽逃出资、拿着股份去投资这家公司的事。但他却引而不发，只等一个契机。

原因很简单，即使对赌协议失败，最后股东的股份都用来弥补那家公司的亏空，最后兜了一圈，仍属于恒新。

只不过兜的这一圈过程中，还会经由肖闻郁的手。

长达两年的鱼，终于咬了钩。鹬蚌相争，渔翁得利。

“现在肖闻郁多了新增持的股份，再加上原有的百分之三十五，等到收购消息被放出后，公司股价势必会涨，到时候他手里的资金也会远比现在多得多，他这回又占了上风。琅琅，我们来不及了。”沈立珩强迫自己冷静下来，沉默片刻，突然问，“琅琅，你不觉得奇怪吗？”

沈琅隐约猜到了他想说什么，却还是跟着问：“奇怪什么？”

“奇怪为什么所有事都发生得那么巧，有股东抽逃出资，签对赌协议的对方公司正好要被收购，而负责收购案的碰巧是肖闻郁。”沈立珩说，“而这些事没在老爷子和大哥活着的时候被翻出来，却在这个时候被翻了出来。所有发生的事都像在给他铺路，都指向了对他有利的那一端——”

沈琅很快地蹙了蹙眉：“二哥，你怀疑……”

“我曾疑惑过，沈立新连出门参加私人聚会都要带四个保镖，像他这么惜命的人，为什么会冒着风险酒驾呢？”

通向花园的连廊僻静无人，一时沉默。

“你怀疑肖闻郁跟大哥的车祸有关系？”片刻，沈琅才开口。她状似不经意地接话，“这还不至于。”

沈立珩冷笑：“也不是没有可能。”

餐厅里，等沈琅挂完电话重新入座，肖闻郁已经上楼进了书房。

铺着雪白桌布的餐桌上，几道菜还袅袅冒着热气，银质公筷和公勺被搁置在餐具架边，没有人动过。

沈琅吃过饭，把碗盘收进洗碗槽，跟着上了楼。

书房里，先前的视频会议还在继续。肖闻郁对投资方案的风险管控太严格，会议的进程非常艰难。

沈琅这回进了书房，不知道从哪个角落里找出一包还没过期的速溶咖啡粉，泡完咖啡，大方坦然地端着咖啡杯在沙发角找了一个位置窝着。

从她的角度望去，只能看见男人深刻英隽的侧脸轮廓。肖闻郁谈公事的时候锋芒凌厉，有一种近乎性感的吸引力。因此，大多数人最开始只会被他外在强烈的凌人感所压迫，而忽略了对他本人的伺探。

沈琅心里却莫名地冒出一个念头。

逗两句话耳朵都能红的人，真的能心机深沉、心思缜密到令沈立珩都发怵的程度吗？

这个念头刚一冒出来，连沈琅自己都觉得荒诞。

她竟然不自觉地在替肖闻郁说话。

会议结束，肖闻郁关了书房的雾化玻璃窗，摘下耳机。随着耳机叩碰桌面的清晰声响，他的声音一并响起："你想问我什么？"

透亮的阳光穿过窗棂洒在沈琅的脸颊与肩臂上，她没回答他的话，撑着脸笑说："听说下周临时股东会决议要公布你的股份增持，我二哥气疯了。所以——"

肖闻郁问："所以什么？"

"所以，"沈琅那瞬间几乎要把脑海里的念头问出口，话到唇边却成了，"不知道肖先生肯不肯来接我去公司开会？"

周三几乎是华慕事务所最忙的时候，各个项目组大大小小的会议都攒在这天进行。

沈琅身边的助理刚抱着图纸和笔记本电脑从会议室里抽身出来，转头就被路过的隔壁组总设计师热情地叫住了。

"小雯，你们沈工呢？怎么开了一上午的会都没见到她人？"

小助理闻言，目光悠远地落在远处，带着一种迷妹般钦佩的语气："沈工发烧了，不方便见人，一直在办公室里忙着呢。"

自从沈琅那天在晚驼峰上受冻一整晚，又拖着半湿不干的衣角在露天连廊里吹了半小时的冷风，翌日就发起了高烧。

病来如山倒。沈琅空有不周山的命运，却操着一颗泰山的心，烧到三十九度还坚持在岗。老所长听闻感动得热泪盈眶，涕泗横流地一拍板，忙给沈琅多批了三天带薪的年假。

而沈琅贴着退烧贴，修禅入定般闷在办公室画图纸，岿然不为所动。

助理刚来事务所没几个月，只听说过沈工是事务所金牌 E 组的项目负责人，知道她拼工作，却不知道能拼成这样。

“财神爷来了都请不走。”助理关上办公室的门，“您这哪是祖国的栋梁，简直就是祖国的房梁啊。”

办公室内，桌案上的图纸堆成了山，沈琅正俯身盯着电脑，凝神搭建商业园裙楼的草模。

她忙得不可开交，那双一看就价值不菲的高跟鞋被随意踢在地毯角落。助理绕过散落在地上的图纸，定睛一看，沈工用来固定图纸的镇纸居然是一碗润肺败火的小梨盅。

看看，看看，这简直就是当代社会的敬业楷模啊。

助理被偶像的这种敬业精神所感动，严肃地问：“沈工，您有什么要我帮忙的吗？”

沈琅绾着长发，忙到头都没抬：“帮我把那碗梨盅喝了吧，太苦了。”

“您还怕苦啊？”

梨盅是沈琅上午去荀周那儿顺手牵羊捎回来的，没想到茶馆的厨房小妹往梨盅里炖了点清热去火的莲子心，闻着味道就苦。沈琅爱吃甜，闻了闻就把它晾在一边了。

助理心说，沈工有时候看着像万能教科书，但有时候又跟小孩儿一样，怕疼，怕苦——

“您从小一定是被叔叔阿姨宠着长大的吧？”助理有感而发，小声八卦道，“我们都在说，平时看您的习惯就能看出来，一看就是那种富家出身的。要是我被这么宠着长大，肯定不会选建筑这么累的行业了。”

沈琅动作一顿，半晌后弯唇笑了笑：“没有。”

“能养成一种习惯，未必就是因为心甘情愿。”沈琅垂眼画图，随口道，“替我拿一下尺子——听过环境决定论吗？”

“啊？……哦！听过听过，我大学上建筑史的教授第一堂课就说过，说，”助理忙不迭地把手边的钢卷尺递给沈琅，突然找回了校园时光被考课业时候的紧张感，“说西北荒漠那一带的民居建筑，都是适者生存，之所以保留着那样的风貌，全是因为环境决定论……”

但这和沈琅有什么关系？

“我以前认识一个人，他和周围的人都格格不入。”沈琅说，“不会服软，不曲意迎合，所以被人修理得很惨，差点没了命。”

助理倒吸一口气：“然后呢？”

“没有然后。”沈琅就此打住了，笑意盈盈地指了指那小梨盅，语气接近理直气壮，“所以我不喝它，它苦得跟我的味觉格格不入。”

小助理没能听懂。

但这并不妨碍沈工在她心目中的形象又拔高到了神圣的高度。

以至于当事务所前台敲开沈琅办公室说有人找的时候，助理投向前台的目光都带着微微的谴责。

像沈工这样发着烧都要专注事业的人，怎么能随便被外物所打扰呢？

“楼下有位先生找您，”前台激动得面色潮红，做花痴捧心状低声惊呼，“天哪好——帅——啊——”

助理谴责的目光立即成了八卦。

是肖闻郁。

沈琅正低头画建筑物的立面图，一缕耳发顺着动作从脸畔滑落，隐没进白皙的脖颈儿锁骨里。她没空管头发，漫不经心道：“忙着呢，让他等二十分钟。”

前台应声离开。

什么是敬业？什么是不为美色所动？什么是四大皆空？

助理肃然起敬。

还没敬完，就见沈琅从地上一堆图纸中找到自己静音的手机看了一眼，一个肖闻郁的未接来电。她随即拆了发绳，撕掉额头的退烧贴，重新勾脚穿回角落里的那双高跟鞋，擦脸画淡妆一气呵成。

披外套前没忘喷香水。

整套操作太骚，这简直就不像是一个正发着烧的病人能干得出来的。助理在浅淡隐约的香水前调中瞠目结舌。

财神爷都请不动的沈工毫无征兆地翘了班，翘班理由还极其引人遐想：“下午我请个假，晚上不回来加班，有事转我邮箱。”

那天在别墅书房里，沈琅为转移话题随口一问，没想到肖闻郁真的来接她了。

沈琅回忆起当时她问完那句话后，肖闻郁盯着她看了几秒，漆黑深邃的眸色里情绪不明：“你跟以前一样。”语气简洁疏淡，跟多年前对她说的“滚”字有异曲同工之妙。

但还是来接她。

真是……太纯情了。

是因为两人间股权协议的利益关系也好，还是因为成年人间无聊打发情感空虚也好，沈琅乐见其成。

她是一个惯会给自己找生活乐趣的人，不反对在不踏出安全区的前提下及时行乐。

肖闻郁像是没耐性在写字楼的大厅里接受百分百的回头率，等沈琅下电梯给他打电话时，他已经等在停车场。

车内空间小，开着暖气。沈琅发着烧，热得浑身不舒服，于是挑起话题转移注意力：“肖先生能抽空来接我，就不怕到了公司不小心被我二哥撞见？”

肖闻郁手搭着方向盘倒车出库，露出肌理流畅的小臂，面色沉静：“股东会上投票都犹豫不决的人，应该比我更适合考虑这件事。”

他记得上回股东会她为防沈立珩起疑心、把票投给沈立珩的事。

翻旧账呢。

沈琅抻了抻拂在鼻尖的大衣毛领，软着尾音，反倒顺着问：“我的任何事，肖先生都记得这么清楚吗？”

肖闻郁沉默。

沈琅没浪够，叹气说：“我不知道你这么在意……不如晚上我请你吃饭，就当赔罪，可以吗？”

语气跟哄人似的。

肖闻郁看沈琅一眼。后者的唇埋在白色貂毛绒领中，一双眼水光潋滟，白皙的脸畔被车内暖气热出了浅薄的红晕，漂亮得惊人。

对方没反对，也没阻止，沈琅还真准备摸出手机订餐厅。预约过程中按住手机，随口问他："约会定在七点怎么样？"

肖闻郁这回终于开口了："七点我有会议。"

车内的气氛安静下来。沈琅迎着肖闻郁的目光，眼底满是揶揄："肖先生也觉得这是约会？"

肖闻郁动作稍顿，小臂肌理绷紧了一瞬。

沈琅挖了一个坑给他跳，逗他一回，见好就收："那我等你开完会。"

接下来的一路，肖闻郁没再理她。

沈琅估计她调戏过了，把人得罪了，订完餐厅就自觉地没惹他。花园餐厅预留了八点到十点的位置，就定在离恒新不远的酒店顶层。

车驶过市中心繁华的街道，在红绿灯前停下。沈琅看了一眼车窗外的路况，并没注意到肖闻郁幽深难辨的眸色。

耍手段的是他。

他欲迎还拒，耍尽手段，还要让她觉得是安全的。

甚至不再顾忌地、自得其乐地跳进来。

比起沈琅来，沈立珩的心情就没那么好了。

那个子公司的股东由于抽逃全部出资，即将面临刑事诉讼。

沈立珩仔细查过肖闻郁公开交易的全部信息，早在后者接手恒新时，就已经擦边避开窗口期交易限制，以个人账户购买了一大笔公司的看涨期权。而等将来公司收购的消息放出，届时公司股价上涨回升，肖闻郁将是幕后的最大得益方。

下午的股东会决议上，沈立珩从开始就阴沉着脸。

以往沈太子心情不好的时候，总要在会议上逮几个人开涮。今天会议主席提心吊胆了两小时，一整场会议下来意外地发现，沈立珩脸色难看归难看，居然没开口说几句话，像是一直在走神。

沈琅了解她二哥，以往他这样时，不是在酝酿什么，就是准备跟人密谋些什么。

在过去很多年里，沈琅为求自保，一直周旋在沈立新与沈立珩之间，两边讨好，不偏帮谁，也没插足过公司里的事。而沈立珩每次想拉她站队时，基本上就会露出这样的神情。

果然会议结束，沈琅被沈立珩叫住，推门进一间小型会议室，锁上了门。

开口第一句话是："你知道沈立新出车祸的那天晚上，肖闻郁给他打过电话吗？"

会议室很久没人来用，自动窗帘遮得严严实实，中央的光屏也已经进入暗灰色的待机界面。沈琅在暗沉的光色下注视沈立珩，微不可辨地皱了皱眉，才问："所以呢？"

"大嫂回国了，我去找过她，她说在美国的时候，沈立新跟肖闻郁的关系并不好。"沈立珩按着她的肩膀，加重语气道，"我知道你从来不管公司里的事，但这和公司无关，琅琅，这事关我们大哥的性命——如果大哥不是意外死亡，那我们就有义务查到底。"

沈立珩把话说得冠冕堂皇，但说到底，他只是为了自己的利益。

"可大哥的死亡司法鉴定结果早就下来了，就算我想查，也不会比法医更权威。"沈琅不动声色地避开他的手，"二哥，你想让我做什么呢？"

"在大哥这件事上，你和宓玫都可以是人证，而肖闻郁有足够的谋害动机，至于物证……沈立新有通话录音的习惯，可惜他的手机在爆炸中报废了，没有信息恢复的可能。"沈立珩陷入思考，"我会去查他的云数据库，不知道他有没有把通话记录上传上去，这会是我们的有力佐证。"

沈琅听明白了。

沈立珩不是真想给肖闻郁定罪，他甚至都不是以怀疑为出发点，去质疑肖闻郁是否有罪。

他只是千方百计地想借舆论的力量，把肖闻郁拉下台——一个因为似是而非的证据受到舆论质疑的领导者，是基本不可能再管理庞大的恒新集团的，即使可以，公信力也会大大下降。

为了自己的利益，不择手段。一如多年前那样。

如果此刻沈立珩从思考中抽离出来，就会发现沈琅这瞬间的神情是接近厌恶与嘲讽的。她几乎不会流露出这么鲜明的情绪，不知道是不是发烧在病中的缘故，连基本的神情维持都欠奉。

很快，沈琅调整了情绪，微笑道：“可二哥，现在你的股份不稳，即使你扳倒肖闻郁，上位的也不一定是你。现在就动手，容易打草惊蛇，不是吗？”

沈立珩若有所思。

沈琅说：“等五个月后，我就能把我的股权转让给你，到时候再打算也不迟。”

在寸土寸金的市中心，恒新集团足足占了四座商业写字楼。沈琅不像沈立珩是实权管理层，从没要过自己的股东办公室，所以不常来，走两步就失去方向感。

第三次经过相同的路标时，沈琅在到底是留在公司找一个会客室等肖闻郁，还是出去找一个咖啡馆等之间思忖半秒，选择下楼。

刚摁开其中一座电梯门，就对上了电梯里男人凝眸看过来的目光。

肖闻郁被众人簇拥着出电梯，沈琅粗略扫了一圈，董事长秘书，副董，法务总监，几个叫不出名字但脸熟的股东。

在场有人认出这位是老爷子的孙女，点头致意。在众人眼里，肖闻郁和沈家直系的两位关系交恶，肉眼可见地分成了两个派别。沈琅当然不会选择在这时候跟肖闻郁搭话，她侧身让开一行人，而后进了电梯。

正想按下一楼，却发现电梯已经被人摁亮了上行按钮。

沈琅微诧地抬眼，见肖闻郁在跟她擦肩而过走出电梯的瞬间脚步稍停，替她摁了顶层的按钮。

顶层是董事长办公室。

这是一个自然得不能再顺手的动作。擦肩的瞬间，肖闻郁微侧过脸垂眸看沈琅一眼。她注意到男人的睫毛其实比她印象中还要漆黑密长，五官轮廓深刻英挺，连后颈细碎的黑发都赏心悦目。

两人视线交错分开，沈琅心里忽然跃过一丝微妙而暧昧的奇异感。

“小姐，董事长让我带您去休息室。”肖闻郁身边的女秘书悄无声息地脱离众人，对沈琅微微躬身，“请您跟我来。”

董事长办公室内，沈琅放下手里读完的杂志，站起身，思忖着，他怎么就把她放进来了？

小纯情这是真的放心留一整个办公室的文件资料给她看，还是故意借这个机会试探她？

他不相信她是真的背叛了她二哥、倒戈向他？

公司的休息室这么多，总不至于真的让她在董事长办公室里休息吧？

不怪沈琅想这么多，很大一部分原因在于，肖闻郁的办公室除了偌大的办公区和宽敞的会客区，并没有休息内间。办公室两面都是透亮的落地窗，窗明几净，一望到底。

沈琅的目光落在那张宽大的实木办公桌上。

同是办公室，比起她那散落一地图纸的窒息环境，肖闻郁这里简直属于强迫症吸氧区，文件合同资料都整齐地码在旁，背后宽达一面墙的红木书架上，资料册与陈设品摆列规整。

只有桌前摊着一份文件，像是刚签完字。

十五分钟后，办公室外突然响起了由远及近的脚步声。

沈琅窝在沙发里看杂志。起初她以为来的是肖闻郁，直到听到模糊的一声——

“早就说过那笔投资不靠谱，老林非得注资给那项目，投借壳上市的公司风险又高，初创期又长，你看，栽了吧？真没点眼力见儿！”陌生男声幸灾乐祸，“可让我抓到把柄嘲笑他了。”

沈琅认出了这音调不准还非要带上本市独特儿化音的中文口音，是肖闻郁手下的那个副董。

脚步声越来越近。沈琅环顾一周，下意识地望向门口。

没有可以藏身的地方。

怎么办？

皮鞋踩地的脚步声在办公室门口停止。

泛着冷光的金属门把被人缓慢地向下按压，“咔嗒”一声——

“今晚我约了老林吃饭，他可得为他的莽撞自罚三十杯，这么好的机会你干吗不去？摄影机我都叫人准备好了。”常泓推开门，回头对肖闻郁说，“难不成晚上你又加班？”

“不加班。”

宽敞明亮的办公室内空无一人。真皮沙发套上平整无褶皱，黑色茶几上放着一个空玻璃杯和一本已经合上的杂志。

肖闻郁停顿一秒，收回目光，黑眸中罕见地带了细碎微妙的笑意。

他脱了剪裁精良的西装外套，随手搭在沙发上，往隔间的更衣间走去：“我换身衣服。”

办公室靠边侧的地方，有一间空间不大的更衣间。更衣间的幕墙只是一层磨砂玻璃板，因为正好挨着落地窗玻璃，所以不细看的话，并不能辨别出来。

更衣间的黑暗角落里，沈琅往后微靠上玻璃幕墙，小指触碰到身后冰凉的材质，几不可察地松了一口气。

然而很快，她身体又紧绷了起来——

身后这扇是磨砂玻璃墙，不开灯还好，万一肖闻郁进来立即开了灯，很难确保她投映在墙上的影子不被更衣间外的副董看到。

像是为了证她的猜想，常泓也跟着肖闻郁走了过来。

“不加班怎么不一起吃饭？”常泓在更衣间外老妈子般碎碎念，“老林这个人很玻璃心，要是他知道你不肯赏脸，肯定觉得你这次是对他有什么意见。当年在华尔街不也这样吗，他……”

肖闻郁开门进更衣间，刚合上门，自旁侧的黑暗中就伸过来一只手，直接搭住了他的手腕。

黑暗中，沈琅摸到男人触感冰冷的机械腕表，还烧着的身体随即不受控地打了一个细小的寒战。

虽然沈琅从小到大在沈宅里的精神生活环境比较艰难，但物质环境好歹优渥富足，什么时候干过这种类似小偷小摸的事？

因此她阻止肖闻郁开灯的动作非常生疏，更要命的是，虽然她止住了开灯动作，却没料到对方会开口。

肖闻郁的声音在头顶上方沉下来：“谁？”

“……就那次项目我还有印象，”常泓的忆往昔忽然被肖闻郁的出声打断，茫然问，“闻郁你刚说什么？我没听清。”

沈琅能说什么？她一个字也说不出来。

她已经没空去思考肖闻郁是不是在故意报复她在车上没事撩逗他，还是真的没发现是她等等一系列问题了，常泓还在更衣间外等着，只横着一扇不隔音的磨砂玻璃，不能让他进来。

伸手不见五指的黑暗中，沈琅盲人抓阄般顺着男人的臂膀往上探，迅速摸过弧度分明的脖颈儿、下颌，想捂他的唇。

指尖刚触到肖闻郁的脸，沈琅怔了怔。

对高烧不退的她来说，对方的体温温凉，脸庞皮肤如瓷像玉雕。沈琅的神经末梢像热源终于找到扩散的闸口，猝然开始细微跳动起来。

肖闻郁甚至没有阻止，只是任她摸索。

任何细节都在黑暗中被放大，隔着衬衫滑过手臂肌理的触碰，顺着喉结曲度扫过的试探，以及最终不经意擦过他唇缝的温热。

肖闻郁闻到鼻端若有似无的花木调香气，眸色隐没在黑暗中，呼吸渐深。

他知道是她。

沈琅显然也意识到了，刚想放下心往回撤，手腕就被宽大的手掌握住。

下一秒指尖传来了温热濡湿的触感。

肖闻郁亲那一下，仿佛全身的细胞在刹那间战栗颤抖，无数个难挨的日与夜，汹涌的欲念在此刻得以片刻消停。

黑暗里是没有面具的，剥离了皮相，只剩骨肉与灵魂的坦诚。肖闻郁食髓知味，忍了又忍，才没做出下一步不可控的事来。

“你换衣服怎么不开灯啊？”常泓总算发现了，“不是，闻郁你的衣服不都是黑白灰西装三件套吗，有什么要换的？”他回头看被扔在沙发上的西装外套，奇怪道，“也没见皱啊。”

话音刚落，更衣间里传来清脆细微的一声响。

那是沈琅后退时，高跟鞋不小心磕到玻璃墙的声音。

常泓的话音戛然而止。

下一刻，肖闻郁低沉道：“你先出去。”

常泓震惊。

乱世藏金，盛世藏瓷，董事长大白天在办公室的更衣间藏了一个美人。

02:05 03:15

第五章
名正言顺靠近她

常泓不仅自己离开了办公室，还极其贴心地到紧挨着董事长办公室的秘书办公区逛了一圈，喊了一句董事长提前下班，一时间众人四散下楼，顶楼整层空无一人。

狭小燠热的空间里，沈琅只在被吻手的时候下意识撤退一步，随即反应过来，在黑暗里弯了弯唇。

都是成年人，独处在昏暗的环境里，被异性没有分寸地瞎摸一气，会情动是正常事，能坐怀不乱而没点反应的是圣人。

耳边只听得到男人收敛压抑的呼吸声，没再有下一步动作。沈琅大胆起来了，嘴也没遮没拦，语带笑意轻轻调侃了一句："你就只会亲手？"

从某种角度来说，沈琅真的是一个非常嘴欠的人，当然也只有嘴欠——如果刚才肖闻郁继续有过界的举动，那她一定是第一个撤退不玩的人，但当确认对方不感兴趣或是无意游戏后，她就开始在安全区域内肆意撒野了。

肖闻郁在多年前就把她的脾性摸得清清楚楚。

他的手触过她细腻温热的手腕，唇吻过她细长柔软的指腹，俯身侧过头就能蹭到她紧致脆弱的脖颈儿皮肤。肖闻郁在浓夜般的暗沉中克制自己去反复回忆，半晌后松开了沈琅的手腕："你在发烧。"

沈琅看不见对方现在的神情，循着刚才的记忆伸手向上探了探，手背果然碰到肖闻郁灼热的耳廓。

小纯情也太容易耳朵红了。沈琅感叹。

肖闻郁还没从被触碰耳廓的刹那紧绷中抽离出来，就听到始作俑者还慢条斯理地补了一句：“肖先生的体温也不低。”

死一般寂静。

病着都不耽误她说轻佻话。

那瞬间肖闻郁感觉自己溺在深海中，亿万吨海水驱使着他沉沦，只有一线理智牵着他挣扎上浮。

沈琅毫不知情，只听到男人低哑的声音在很久后响起：“出去。”

十五分钟后，肖闻郁从那张高大的红木书架里柜中找出医用箱，敛眸对照说明书挑出几盒药，跟热水一起，一并搁在了沈琅面前的黑色茶几上。

沈琅窝在办公室柔软的沙发里，隔着一整套沙发组和一席长地毯的距离，边喝水边注视着肖闻郁面色沉静地接完两个越洋电话，敲定会议时间，可能对着电脑还回了一封邮件。

做完这一切后，肖闻郁拎起西装外套，开口道：“我送你去医院。”

怕疼怕了二十多年的沈大小姐扪心自问，发烧去医院除了打针还能做什么？

沈琅难得不贫了：“刚刚吃了药，不烧了。”

说完，为了证明真实性，沈琅拿电子体温计测了遍，三十七度三。已经退了烧。

刚吃了退烧药，当然见效快。肖闻郁扫了一眼体温计，不查结果，只问过程：“烧了有多久？”

沈琅无比配合：“三天。”

肖闻郁的眉宇皱了一瞬，平静地问：“吃过药吗？”

“吃了。”

肖闻郁垂眸扫她一眼。

沈琅：“没怎么吃。”

能反反复复烧上三天，还要归咎于沈琅的高强度工作和间歇性吃药健忘症，这些细节沈琅当然不会说。她放下体温计，对上肖闻郁淡淡瞥来的目光，忽然有一种被审讯的感觉。

沈琅倏然一笑，出声问："你问了我这么多，要不要问问我现在在想什么？"

肖闻郁看她，没说话。

"我在想，"沈琅尾音带着病中的鼻音，含糊而泛软，"要让肖先生心疼多少次，才能答应今晚跟我一起吃饭。"

沈琅定了一家花园餐厅。

空间偌大的包间，中央台上饱沾露水的鲜花团簇，夜幕中的细雪正缓缓地落在透明玻璃天顶上。

在这种极富情调的气氛下，沈琅面前摆着一盘番茄意面，高脚杯里盛着的不是红酒，而是柠檬水。

就在落座前，肖闻郁换下了她预定的主厨特制菜单，现在餐桌上唯一能勉强被称为"大餐"的是一道牡蛎奶油鸡汤。

沈琅可惜："你本来不用跟着我吃这些菜，这家的雪蟹很不错，我虽然发着烧不能吃，但你让我闻个味道也好。"

远处传来隐约的钢琴曲。肖闻郁放下银质刀叉，不答反问："你想问我什么？"

沈琅停顿两秒，无辜道："什么问什么？"她低下声来，"难道我没事就不能请肖先生吃饭吗？"

肖闻郁神色淡然："下午在办公室，你动过我桌上的文件。"

早在肖闻郁坐在办公桌前处理公事的那一刻，他就已经发现桌上那份需要他过目签字的合同被人翻过了。

页码位置不对，钢笔放置的角度也错误。

如果沈琅真要看，她可能会忽略还原钢笔的位置这一点，但不可能不会记得还原页码的位置。唯一可能的解释是，她想让他知道她翻了。

沈琅想让他知道，她翻文件也许是找开启电脑锁屏的密码，也许是找一份不可公开的秘密协议。

如果肖闻郁真的对她藏着秘密，发现自己桌上的文件被翻后，一定不会在今晚的餐桌上坦然直白地戳穿她，而是会选择表面当没发生过这件事，转头在私底下动用所有渠道去确认她到底知道了些什么。

但现在肖闻郁直接问了出来。

他眉眼幽深，可能在刚才开口的时候还几不可察地皱了一下眉，此刻全身上下的气质冷淡疏离。

沈琅看了肖闻郁半晌，没有直接回答他上一个问题，反而笑着说："肖先生不喜欢我试探你……难道今天下午，你放我进办公室，不也是在试探我吗？"

"我不会试探你。如果我想要，"肖闻郁简明扼要，抬眼看她，眸色很沉，"会用尽手段自己去取。"

他用的是"想要"，而不是"想知道"。

沈琅一瞬间甚至有种错觉，肖闻郁说这句话不是出于现在的假设，而是在陈述一件事实。

沈琅抿完一小口柠檬水，缓缓说："我二哥在怀疑你，他知道你在我大哥出车祸前给大哥打过电话。他怀疑车祸跟你有关，甚至我大哥酒驾也是你有意引导的，所以他来跟我商量过，能不能伪造假证，靠舆论拉你下台。"

她没有全信，却也没有不信，而是怀着存疑的态度，在下午的时候试探了肖闻郁。

肖闻郁问："为什么都告诉我？"

沈琅大可以直接告诉他，是因为她怀疑他在沈立新的车祸中动了手脚，而不用真的把沈立珩卖给他。

这样即使以后沈琅跟他关系闹僵，她还有沈立珩这条路当备选。

为什么？

沈琅叹气，尾音暧昧："肖先生因为我试探你所以闹脾气了，不得不哄。”

沉默间，几个乐手跟着身着燕尾服的侍应生进了包间。

中间褐发碧眼的小提琴手笑容友善，对两人鞠躬致意后，小声和身边的同伴商量两句，拉响了今晚给这两位客人的第一首乐曲。

原本这首悠扬的乐声应该配红酒美食的。

“这样的曲子只配柠檬水，太浪费了。”沈琅叫来侍应生，要了一支红酒，问肖闻郁，“你喝红酒，我就只闻个杯底，好不好？”

真是难为沈大小姐能说出类似“你吃火锅我吃火锅底料”这种话了。

沈琅刻意软了尾音，肖闻郁目光落在她翕动的红唇上顿了几秒，看起来好像并没有领情。

她见他向侍应生撤回了要红酒的需求，又与几个乐手交谈了几句。小提琴手笑着扬弦：“As you wish, sir.（如您所愿。）”

温柔的曲调在夜幕中舒缓散开，已经换了一首。

开头是一段手风琴独奏，曲调有些熟悉。

沈琅喝着手边那杯柠檬水：“肖先生对病人好无情……”

话音还没落下去，突然止住了。

肖闻郁摘了腕表，随手搁在餐桌边。

桌上明亮暖黄的烛火随着气流微微颤动了一瞬，光影勾勒出男人深邃的眉廓和修挺的鼻梁。他抬眼看向沈琅，下一刻，径直朝她的座位走过来。

男人颔首欠身，致礼，伸出了手。

肖闻郁的动作优雅而绅士，衬着那张英隽疏淡的脸，竟意外地没什么违和感。

沈琅看着眼前这只指骨分明的手，诧异。

小纯情居然请她跳舞。

烛光在夜色中晃动。宽阔的花园餐厅包间内，沈琅攀着肖闻郁的肩膀，在提琴曲中开口问：“什么时候学会的？”

两人脸庞交错，距离不过五厘米。沈琅呼吸出声间，温热的吐息微微拂过对方的脖颈儿。

肖闻郁：“很早。”

“我以前以为你对这种舞不感兴趣，”交谊舞由男步主导居多，沈琅把主导权给肖闻郁，没注意到男人刹那间收敛的喉颈弧度，调侃道，“甚至永远不会去学跳舞。”

恰恰相反。

在沈琅注意不到的视线外，肖闻郁隔空贴着她后腰的手指在霎时间紧绷，又不动声色地松开。

沈琅以为这是因为肖闻郁即使跟老美学了贴面搂腰的交谊舞，却还要死守着绅士手礼仪的纯情。

却不知道他极尽克制，才压下那些蛰伏着的、叫嚣的、一点点撕扯皮肉的情欲。

肖闻郁没回答。

多年前，在沈宅，曾举办过一场晚宴。

宴席过后，众人移步礼堂喝酒畅谈。

二楼演奏台上，沈老爷子请了本市最好的演奏团演奏。从二楼的雕花白栏杆望下去，大厅中央舞池内已经有不少人在跳舞。

沈立珩最近开始学习商业应酬，在一楼大厅下喝了一圈回来，上下打量趴在栏杆上百无聊赖的沈琅：“你在这窝着干什么？”

沈琅穿了一身的藕白色小礼裙，少女肌肤在灯下白皙如缎，回头说：“挑人陪我跳舞呢。”她撑着下巴，视线在楼下转一圈，声音骄矜而软糯，“你看，那几个还可以，不过都有女伴了。”

“有女伴有什么要紧？”沈立珩搞不懂自己这个妹妹，正想开口，见二楼议会间内，肖闻郁正走出来，顿时改了主意，“那你去请那个废物跳一支舞。”

沈琅顺着她二哥的视线看过去，正巧对上肖闻郁冷淡的视线。

肖闻郁已经拆了石膏，能从轮椅里站起来走路了。

沈立珩存心不想让他好过，想方设法地想再断肖闻郁一次腿，无奈现在对方身边随时都有保镖跟着，只好想别的办法。

“你不是没有男伴吗？正好请他跳舞。”

“我不和他跳，他一看就不会。”沈琅说，“跟他跳不好玩。”

“大哥跳得比你们要好，”少女笑容很甜，神情带着稚气未脱的天真，“刚才我看见大哥了，我去找他玩。”

沈立珩的脸立即青了。

当晚沈琅拉着沈立新跳了一支舞。

肖闻郁没在宴会上出现很久，离开前隔着人海灯色瞥了一眼。舞池中央，漂亮得引众人瞩目的少女微踮着脚，黑色长发自肩背上的蝴蝶骨顺落，最终收拢于纤细内陷的腰窝处。

一舞完毕。

演奏团刚好换了下一首歌。

沈琅不跳舞了，端了甜点往楼上走。不远处的演奏台上，手风琴独奏后，奥地利主唱舒缓低沉的声音响起。

IchkannvielleichteinesTagestanzen lernen

Weil ichihre Taille haltenkann

也许在某天我学会跳舞；

为能名正言顺搂她的腰。

三首曲毕，几个乐手笑着鞠躬致礼，安静地退出包间。

周围的气氛重新陷入静谧。情动和心动的界限其实很模糊，沈琅察觉到心里那点稍纵即逝的情绪，搭在肖闻郁肩膀上的手没动，心说，今晚还真应该开一瓶酒。

“如果早知道你会跳舞，当年我大哥和二哥一定不会跟你出现在同一场宴会上。”沈琅评价得很客观，“不知道有多少女孩想做你的女伴，他们该气死了。”

肖闻郁：“我不跟人跳舞。”

沈琅心说，如果不是他退了她点的那支酒，确实也不会跟她跳舞来作为补偿。

想是这么想，开了口，沈琅的语调却暧暧昧昧的："是只和我跳？"

肖闻郁没再理她。

男人的睫影很深，他垂眼盯着沈琅白皙的耳侧皮肤。她鬓角那里有一颗细小的痣，漂亮而勾人。

不知道有多少跟她跳过舞的人，注意到了她这颗小痣。

在到处上了床不上心的灯红酒绿里，却还有人能关起门来忍受欲念。肖闻郁松手前，修挺的鼻梁蹭过沈琅顺在肩头的一缕长发，像一只按捺着阴冷脾性的兽，将心底见不得光的那句话强压回阴暗角落里。

是只和她跳。

但沈琅不知者无畏，离开餐厅前甚至还拿了一杯他的柠檬水，倒给自己，动作无比自然地喝了一口。

"我尝尝肖先生这杯柠檬水是不是甜的，"沈琅显然对她那瓶没闻成的红酒耿耿于怀，弯唇说，"不然为什么你都不肯喝酒。"

沈琅没想到，她得寸进尺地逗小纯情的这句话被记仇了。

两天后，商业园的项目方案修改会议上，华慕事务所和设计院的争执终于在三小时后结束，两方的总设计师各自进行让步，散会。

沈琅收起扔了满桌的图纸，正要带着整组人离开，就被刻意留下等她的甲方叫住了。

作为恒新的董事长，肖闻郁并不会出席每场会议，这位是甲方派来的新负责人，也是项目监理。

"您是沈工吧？啊呀，幸会幸会！"监理的态度异常热情，神神秘秘地交给她一个长方形的黑色礼盒，"这是我们对贵事务所的一点诚意，就当……"

监理搜寻了一遍自己的记忆，发现董助把礼盒交给他、让他转交给沈工的时候，确实没说董事长这是什么意思。

于是他擅作主张，殷勤地补充："就当为我们的合作干杯。"

沈琅回办公室后打开，黑色丝绒礼盒内，端端正正地放着一瓶红酒。

年份很好，价格不菲。

病没好全、只能看不能喝的沈琅沉默。

这瓶红酒摆在沈琅办公室内，俨然成了一种诱惑。工作起来异常忘我的沈工时常在画图建模的间隙一眼瞥到这瓶酒，对着瓶身上上下下打量一遍，怎么看都写着“吃药”两个大字。

来自资本家的红酒激励非常管用，至少沈琅总算记起来她抽屉里那盒药一天能吃三次了。

隔天周六，许许要出差，订了晚上的机票，趁着下午有空约沈琅出门逛街。

“发烧？什么时候发的烧？吃药了吗？”许许挂回手里的爱马仕大衣，赶紧试了试她的额温，“我摸着不像烧了啊，什么时候好的？现在还难不难受？”

“别摸了宝贝儿，已经好了。”沈琅挑了一件浅驼色的大衣，抬眼笑，“试试这件。”

许许来爱马仕店里配货拿包，心仪的新款铂金包要排队才能买到，只好先带几件衣服走。她见沈琅挑了一些餐具和拖鞋，好奇地问：“琅琅你买这些干吗？”

沈琅挑的是一套粉釉金边的餐具，连带着拖鞋也是奶橘色，实在不像她的风格。说话间，她又要了两个抱枕，一并让店员打包了：“公司的同事今天搬新家，请我去做客，等一会儿我先送你去机场。”

别人进高奢店配货拿包，都是买衣服珠宝，还没见过像沈琅这样挑了一堆家居用品结账的。

去机场的路上，许许感叹：“什么时候你买包也要排队了？”

要被列入免排队名单，每年在高奢店内的消费金额必须非常高，沈琅就曾是其中一员。以前沈大小姐满柜子的奢侈鞋包，从来不穿过季款，现在她每个月购物次数屈指可数，早就不在名单上了。

“你又不是缺钱，”许许想不通，“我看你这架势，就跟准备净身出户提前适应生活一样。”

闹市区，车流被堵在路中央。沈琅刹住车，随口道：“以后打算养家糊口，钱还不够，现在要提前攒钱。”

许许灵光乍现：“肖闻郁？”

习惯性胡扯的沈琅终于阴沟里翻船。

“肖闻郁确实要难点儿，他一看就很贵的样子。”许许对这位印象深刻，时尚编辑的职业病又犯了，“上回他手上那只表你注意到没？百达翡丽的特别限量，有市无价，送到钟表展里都能直接展览……”

沈琅接过话：“如果是我，就只会展览他本人。”她微靠在方向盘上，支着下颌，笑得意有所指，“他本人比表要有看点多了——在所有方面。”

许许：“收着点吧，大白天的，隔壁车的司机都能听见浪花声了。”

车流堵了近二十分钟，附近的酒店正准备在今晚筹办一场大型商务酒会，有几个明星似乎也会到场，这会儿闻风而来的各方粉丝已经将酒店前的路围得水泄不通，交警正在疏散人群。

沈立珩跟沈琅提过这场酒会，恒新高层出席了大半。他本来想拉她应酬，但沈琅喝不了酒，只好不了了之。

“几个最近走红的演员，还有小有名气的歌手，能不堵吗？”许许被堵得没脾气，带着困意说，“对了，听说你大嫂也在。”

前面堵得厉害，沈琅正准备改道，突然停住了。

“怎么了？”

沈琅抄起手机：“给展览品先生打个电话。”

许许瞬间精神了。

在许许看来，沈琅正在追肖闻郁，而后者现在是恒新的掌权人，更是沈琅她哥的眼中钉。

她要只是抱着打发时间撩着消遣的心，以后势必会狠狠得罪肖闻郁，要是真想认真谈谈，那她哥肯定得疯。

进退两难，她也真敢。

“肖先生晚上有什么安排？”电话接通，对面似乎在忙，没有立即回答。

许许听沈琅等了片刻，继续，“既然你今晚有晚宴，喝了酒不好开车……那我来接你。”

另一边，恒新顶层。

三分钟前，助理发现董事长给自己发了一条信息。

肖：今晚的酒会致辞稿转给常泓。

不打算去了？

董助处变不惊，利落地点开邮箱，正输入副董的邮箱号准备发送，董事长的信息又到了。

肖：不用转了，我亲自到场。

车内，挂完电话，许许凑上去：“怎么说？”

“他没说，”沈琅晃了晃手机，“挂我电话了。”

被挂了电话还能笑得这么自得其乐？许许简直匪夷所思。

没答应，却也没说拒绝，沈琅非常顺手地把肖闻郁的这种反应划为默认。沈大小姐在上流社交圈里左右逢源了多年，却在肖闻郁这里被堵死了路，非但没泄气，还莫名心痒。

总结来说——欠的。

沈琅的助理是本市人，最近乔迁新居，按照当地习俗，请了几个平时要好的同事来新家做客。

送完许许去机场，沈琅导航了助理给的地址，刚把车停在小区楼下，助理就忙不迭地下楼来接人了。

“别别，阿姨您放着吧，这种小柜子我一人能提俩，您甭管了我来就行……”客厅里，眼镜男搬着两个大纸箱经过，一眼瞥见正进门的沈琅，立即扬声打招呼，“沈工好！”

沈琅换鞋进门，助理热情介绍：“妈，这就是我女神，人特别特别好，上次给你那张荀周道人的平安符就是她帮忙要的——沈工，这是我妈。”

眼前的中年女人模样端庄和善，一听眼前这位是沈琅，喜笑颜开道：

"雯雯总说公司上级特别照顾她，没想到这么年轻漂亮，看起来比我们雯雯都要年轻……"

小助理对亲妈敢怒不敢言。

沈大小姐八面玲珑，哄人能力一绝，笑说："是阿姨心态年轻，看谁都觉得年轻。"

女人果然被哄得喜笑颜开："你们先坐，雯雯快请人坐书房去——别让人家坐客厅沙发，都没擦干净，不太方便坐人。"女人往厨房走，"晚饭还要等等，我先去给你们盛碗红豆汤啊。"

"不用麻烦了阿姨，我坐坐就走了。"沈琅晚上要去晚宴，待不了多久，抱歉道，"下次有机会，一定空出时间再来。"

"那怎么可——"

助理忙小声说："妈，沈工她很忙的，可能真有重要的事呢，你就别留了。"

时间已是下午五点，今晚办在市中心的商务酒会，七点入场。沈琅果然没有留很久，寒暄片刻就礼貌地离开。

新居内，来的两个男同事闲着没事，前前后后地帮忙摆起了家具。助理和几个女同事在厨房准备食材，聊天间，忽然被自己妈叫了出去。

就在五分钟前，女人理了理今天几个同事来做客顺手带的礼物，发现其中送的一堆包装袋商标实在熟悉。上网一查，沈琅送的那两套爱马仕的餐具加拖鞋，总价格竟然超过五位数。

"赶紧联系联系还回去，怎么好叫人家送这么贵重的东西？"她愕然地问女儿，"你们上级对谁都这么好吗？"

是太好了。

在此之前，助理隐隐约约知道沈琅大概是富家出身，但即使出身富家，也不会平白无故送自己助理这么贵的东西。

母女二人的谈话就发生在厨房门口的走廊边，一名男同事搬着一个小立柜从旁边经过，不小心听了一耳朵，插话说："那倒不是，我们沈工她对小雯特别好。"

助理受宠若惊："啊？我？"

"我们都猜过，肯定是你跟芸芸长得有点像，沈工才对你特别优待。"男同事神情羡慕，玩笑说，"不然我这么能力过人光芒四射，被优待的肯定是我……"

"芸芸？"

"以前我们事务所的一个设计师助理，陶芸芸，一个名校毕业的小姑娘，一直跟着我们组做项目。"男同事说，"可惜后来被抽调去参加一个大项目，开发区工程出了重大事故。这事儿吧，其实也不全是她一个人的责任，但媒体说什么的都有——"

"她受不住，就自杀了。"男同事唏嘘，"沈工和她关系好，出差赶回来，连葬礼都没参加上。"

助理听说过以前事务所里有人因为压力太大轻生的，但不知道这么多细节。

她倒吸一口凉气，问："还有呢？"

"还有……"男同事突然想到，"当时我们的甲方好像是恒新吧？就是现在这个商业园项目的甲方，恒新集团。"

与此同时，市中心酒店，宴会厅内。

恒新原来在中国区的代理全权交给了沈立珩，以往像今晚这样重大的商务酒会，第一个请的也会是沈立珩。而自从肖闻郁掌权后，别说他在董事会上的席位，就连这种商务酒会的邀请都少了大半。

沈立珩阴沉着脸，席间接了一个电话，脸色总算好看了一些。他对身边的秘书说："琅琅到了，你出去接一下她。"

沈琅来得正好，酒会致辞刚开始，台下众人掌声迭起，都在翘首等人发言。

"不是说喝不了酒，和我说不来了吗？"沈琅入座，沈立珩打量她，"你怎么临时想来了？"

沈琅拿了一杯苏打水，神情慵懒，偏头回："我闲得无聊。"

酒会厅内灯火辉煌，觥筹交错。大厅正前方，西装革履的男人正上台致辞，刚一开口，周围嘈杂声渐弱，几乎在同时彻底安静下来。

沈琅隔着小半个厅的距离，抬眼看向台上的肖闻郁，心说，要是她真说她其实是来当肖闻郁司机的，估计她二哥能当场对她动沈家家法。

沉默间，沈琅搁下玻璃杯，像是不经意地低声问："听说大嫂也来了？"

"坐那儿呢。"沈立珩不在意。

在沈立珩眼里，自从沈立新死后，宓玫就和沈家毫无关系了。除了上次他找她问过沈立新在美国的事，其余时间，宓玫和沈家是两路人。

沈琅循着沈立珩的视线望去，找到了坐在侧后桌的宓玫。

宓玫在和沈立新结婚后就淡出了娱乐圈，而最近重新签了经纪公司准备复出，必要的应酬与聚会一定不会少。

但宓玫显然没料到会在应酬上碰见沈家兄妹以及……

肖闻郁。

她正在一眨不眨地注视着肖闻郁。

沈琅看到宓玫的神情，蹙了蹙眉。

台上，肖闻郁的声音清冽低缓，正在做脱稿致辞。他身形颀长挺拔，灼然如白昼的顶灯汇聚成明亮的焦点，自他英隽深刻的五官轮廓一路倾泻下来。

看着气势金贵疏离，但还不至于到让人觉得胆战心惊的地步。

但沈琅非常清晰地看清了宓玫此刻的神情——

惊惧。

宓玫怕肖闻郁。

为什么怕？她在怕什么？

致辞结束，掌声热烈如潮，肖闻郁随即成了整场酒会瞩目的焦点。沈琅在远处，注意到在场的权贵精英纷纷上前与肖闻郁敬酒攀谈。他抬眸，远远地朝这里瞥了一眼。

沈琅遥遥对上肖闻郁的视线，晃了晃盛着苏打水的香槟杯，动作幅度非常小地与他隔空碰了杯。

她笑意缱绻，无声道：晚上好。

“刚才那位是市建委的副局，明年年初市内计划有一个新城区的工程招标，我们最好能争取到这个机会。”一旁的沈立珩结束上一段谈话，回头对沈琅开口，“不能让肖……你在看什么？”

沈琅示意他看：“大嫂去露台了。”

沈立珩循着她的目光望去，宓玫避开人群穿过大半个宴会厅，果然在向露台的方向走去。他不放在心上，随口说：“你管她那么多做什么？”

沈琅：“二哥，你不觉得大嫂像是在刻意躲着我们吗？”

“沈立新死了，她不愿意见我们很正常。”沈立珩问，“你去哪里？”

以前，沈琅并不是多管闲事的人，管得越少，束缚越少。沈立新遇难后，这场车祸连同沈家都是宓玫的痛点，她会选择避开沈立珩他们也很正常。因此，除非出于必要，否则沈琅不会主动揭人家的伤疤。

据沈立珩的说辞，宓玫和他说过，沈立新和肖闻郁在美国时的关系并不好。今晚沈琅会来，本来是想向她确认这件事，并没有问沈立新车祸当晚细节的打算。

但宓玫为什么要怕肖闻郁？

沈琅放下杯子，向露台走去：“我去找大嫂聊会儿天。”

露台的雕花栏杆边，宓玫一身曳地绿裙，披着一件黑色大衣，指间夹着一根细长的女士香烟，已经燃了一半。

她听见脚步声，回头看见沈琅，愣了愣：“琅琅。”

宓玫的妆容精致，却掩不住眉眼间的憔悴。沈琅给她带了一杯香槟，顺手递给她，笑问：“在这里吹风不冷吗？如果我是你的粉丝，该心疼死了。”

宓玫接过酒杯，微笑自嘲：“现在我哪里还有什么粉丝？早就没人记得我了。自从我跟你大哥——”

话音顿住了。

提起沈立新，对方逐渐红了眼眶，哽着声音没再说下去。沈琅半靠着栏杆，把话接了下去：“大哥很早就去了美国，这么多年，我也没怎么去看你们，就连他车祸的事，也是隔天二哥告诉我的。”

“我什么都不知道。”沈琅低垂了眼眸，长发柔软地披在她白皙的肩臂处，带着脆弱无防备的温驯。她尾音轻而低软地问宓玫：“车祸那天晚上，到底发生了什么事？”

也许是酒精作用，也许是对沈琅的同理心作祟。良久，宓玫开口：“那天他去出席活动，也是像今晚一样的宴会。”

“中途我身体不舒服，他就让司机先送我回家，我没想到这是最后一次见他。”宓玫手里的烟明明灭灭，她低头碾灭烟头，睫毛都在细微地颤抖，“我听说他喝了不少酒，酒醉后当场跟人吵起来了，心情很糟，吵完后自己开了车要走，别人怎么劝都劝不住。”

沈琅不动声色：“和谁吵起来了？”

宓玫回忆：“肖闻郁，是公司里的人。”她说，“公公很欣赏他，但你大哥不喜欢他，所以跟他的关系一直闹得很僵。”

沈琅好奇：“他是个什么样的人？”

“我不清楚。”宓玫嫁给沈立新的时候，肖闻郁已经在华尔街声名鹊起，她并不知道肖闻郁在沈宅待过一段时间。她停顿片刻，又说：“你大哥不喜欢他，我和他的交集也很少。”

宓玫并没有说实话。

如果她和肖闻郁交集很少，就不可能会无由来地怕他。

沈琅没有戳穿，寒暄几句后，跟宓玫一起回到宴会厅内场。

厅内衣香鬓影，红酒台旁，缀饰着香槟色与白色的花朵。

常泓刚和某基金投资人高谈阔论完，发现刚刚被肖闻郁拒绝的黄裙女人正在不远处端着酒杯，水眸含情，仍不死心地频频看向肖闻郁。

“这已经是今晚你拒绝的第四个女孩儿了。要不是那天我撞见你在办公室——那什么，我还真以为你那什么冷淡呢。”常泓还没算那些示爱示得比较隐晦的女人。他递给对方一杯酒，苦口婆心道：“我们不能那么挑，是美人儿就得了，还真指望在这种酒会上找到理想的梦中情人还是怎么的……来，干杯。”

肖闻郁执着酒杯，淡淡地抬眼问：“‘那什么’？”

常泓羞涩：“就那什么，那天你不是在办公室更衣间跟人那什么吗？我还没问你那女孩儿是谁呢。”

肖闻郁没解释。

旁边的基金投资人听得云里雾里，观察着肖闻郁的神色，笑道：“这个女人嘛，确实不能只漂亮就行，肖总的眼光自然是要比我们都高……”

常泓打断对方的阿谀奉承：“甭理他，他清高他的，咱们喜欢咱们的。”

基金投资人不知道两人关系熟到能随意调侃的地步，莫名被常泓拖到肖闻郁的对立面，吓得出了一身冷汗，还没说话，常泓就说：“你看看那个，漂不漂亮？我就喜欢那种类型的女孩儿。”

常泓指的是沈琅。

远处甜点台旁，沈琅跟一群名媛女星一起。她像是在旁听一件圈内秘闻，正注视着旁边滔滔不绝的蓝裙女人，嘴角弯起，带着笑意。

沈琅的瞳色很浅，在灯色下有如琥珀般清湛，看个玻璃杯都显得动情，偏偏言行举止间又带着与生俱来的骄矜。漂亮又带劲，让人起驯服欲望。

“可惜我跟她立场不同，你知道罗密欧跟朱丽叶吧，那句话怎么说的来着？命运让真爱彼此错过，”常泓叹息，“不然我肯定说什么都得追她。”

基金投资人一句“确实漂亮”还没出口，一直没出声的肖闻郁蓦然开了口，道：“没有可惜。”

常泓茫然：“什么？”

“你一直来晚了。”肖闻郁平静道，“错过了八年。”

八什么？

常泓还没怎么消化完呢，就见肖闻郁喝完杯里的酒，将酒杯搁在一旁，又说：“是沈琅。”

他在回答对方之前的问题。

常泓疑惑：“什么是沈……是沈琅？！”尾音陡然变调。

02:05 03:15

第六章
要怎么惯你

酒会结束，酒店的地下停车场内，沈立珩靠在车后座，离开前隔着半开的车窗问沈琅："坐我的车一起走？"

沈琅晃了晃手指间的车钥匙："不用了，我开了车来。"

肖闻郁一行人是酒会上的重要人物，被络绎不绝的宾客一留再留，直到停车场的豪车逐渐寥寥无几。

今晚沈琅给肖闻郁当司机，等得十分耐心，倒也不催人。

车内放着舒缓温柔的钢琴曲，沈琅正合眸小憩间，靠主驾驶旁的车窗被声音清晰地叩了两声。她摇下车窗，抬眸与窗外俯身看她的肖闻郁沉默地对视几秒，笑问："肖先生怎么站在这里？"

一场酒会下来，肖闻郁身上那套剪裁精良的衬衣西装仍然笔挺，即使被敬了整个晚上的酒，面上也不见醉意。

他没动，只垂眸淡声反问："你怎么在这？"

沈琅无辜："说好我来接你回去，难道今晚跟你说过话的美人太多，你转头就把我忘了？"

肖闻郁顿了一瞬，像是在思忖，片刻后开口："没有。"

他垂眼看她的时候睫尾也跟着垂落下来，在深邃的眉眼间扫下一片阴影，从沈琅的角度看去，竟然意外有一种蛰伏着的温存感。

肖闻郁今晚确实喝了不少酒，红的白的，香槟果酒，从他坐进副驾驶开始，沈琅就闻到了酒的浅淡醇香。

沈琅关了车载音乐，偏头看他。

男人坐在副驾驶上，修长的双腿伸展不开，却连眉头都没皱一下，只适应了一会儿，接着侧过脸又望向她，不说话。

——跟向阳花一样。

“我记得你以前不会喝酒，”沈琅没急着开车，手搭着方向盘揶揄，“有一年我生日，拿了一颗酒心巧克力给你，你都能被呛到，耳朵还红了。”

换成以前，沈琅跟调戏似的说这种话，肖闻郁非但不会理她，还非常有可能下车走人。

但今晚肖闻郁只是神色镇静淡然地看着沈琅，半晌，低低沉沉地“嗯”了一声。

沈琅终于觉得有哪儿不对了。

空旷的停车场内车走人空，这边的角落里灯光昏沉。沈琅开了车内顶灯，凑近观察了肖闻郁几秒，微微错愕：“你喝醉了？”

肖闻郁：“没有。”

沈琅凑过来的时候带起一小股气流，混着她身上若有似无的花木后调香，周遭莫名生出些旖旎的氛围来。

肖闻郁还不到醉的程度。他注视着沈琅近在咫尺的模样，忽然回想起刚才宴会期间，在常泓以近乎谈情的口吻谈起她时，他在那一刹那迸涌而出的情绪。

凌厉而强烈的不悦。

他瞳色深沉如墨，薄唇也抿成一线。沈琅忽然有一种看到当初那个在沈宅里的肖闻郁的错觉，调侃说：“肖先生……就算有人送你回家，也不能喝醉吧，你就这么放心我？”

喝醉了的肖闻郁比平时说话要不留情一些，他没挪开目光，定定地问：“你能对我做什么？”

沈琅被呛了一脸，刚想退回去重新放点歌来缓解气氛，半路停住了。

沈大小姐忽然反省，她在一个醉酒的人面前有什么好退缩的？

她不退了，不仅不退，还非常贴心地帮肖闻郁把安全带给系上，扣上后抬眼笑问：“不知道我送肖先生回家，有没有工资？”沈琅的字句说得很慢，像是情人间的呢喃呓语，“要是没有工资的话，有没有奖励？”

肖闻郁神情淡漠如初，耳廓却逐渐红了。

沈琅终于有一种找回节奏的舒适感，刚想再逗两句，就见肖闻郁突然收回目光，开始低头摘手上的腕表。

铂金的手工机械表重量不轻，递到沈琅手里时还带着男人体温的余热。沈琅没反应过来，肖闻郁又从西装内衬的口袋里摸出一张黑金卡，一并递过来。

肖闻郁平静地开口：“给你。”

沈琅沉默。

沈琅对上肖闻郁晦暗难辨的眼神，垂落在膝上的手腕猝然被捏紧了，顺着力道带向他。

肖闻郁说：“给我。”

一时间，沈琅没去细想这话到底什么意思，这回是真的惊愕了。

沈立珩大概怎么都不会想到，他想方设法地想从肖闻郁手上夺权，甚至不用大费周章，其实只要灌醉他就行了。

肖闻郁看着神情矜敛冷淡，驯良得要命，但攥着沈琅手腕的指骨收拢贴合，掌温炽热。

这种力道，生怕她下一秒跑了。

沈琅怕疼，几乎刹那间就蹙起了眉。她细白的指尖下意识地屈起来，嘴上还没遮没拦的：“给你什么呀肖先生？我没有腕表和黑卡给你，劫财是没有了，劫色……”沈琅扬着尾音，笑着说，“你长得这么好看，劫我的色要亏死了。”

肖闻郁没让沈琅抽回手，闻言抬起眼看她一眼，眼尾漆黑狭长，不知道在想什么。

“没想到肖先生喝醉了跟小孩儿一样，”沈琅边说，边空出左手往上摸索，想关掉车内的顶灯，“我是玩具吗？怎么抓住就不撒手了。”

还没摸索到，沈琅的左腕又被男人修长分明的手指贴上紧握住，往他的方向带，动作间隙碰倒了搁在扶手箱上的一堆小物件，腕表和卡零零落落散了一地。

她想关灯是因为眼睛红了。

虽然沈琅既窝里横又浪得没边儿，但娇娇贵贵最怕疼。她连破皮都要皱眉，就别说被肖闻郁禁锢着的力道了。此刻沈琅的眼眸都是湿热的，疼得眼尾泛红，在不知情的人看来，活像受了什么欺负。

“肖先生抓着我的手，怎么让我开车送你回家？”沈琅微微叹气，不垂死挣扎了，哄道，“好了，我坐好了，不动了，肖警官您说。”

沈琅以为肖闻郁这种不抓住她不罢休的架势，是喝醉了想拉个人诉衷肠，然而等了半天，对方还是没开口的意思。

僵持须臾，沈琅的目光从他的眉眼一路落到两人交缠箍紧的指腕上，说话间带着微软的鼻音：“我见过醉酒后耍酒疯的，上天入地闹腾的，安安静静睡自己的，就是没见过这么黏人的，也不跟人说话。”

肖闻郁总算有了反应。

他说：“我不听你哄人的话。”

三岁小孩肯开口沟通是好事。沈琅弯了弯嘴角问：“那你想听什么？”

缄默良久，肖闻郁在狭窄的车内空间里侧身过来，灯光打在他的眉骨眼眶，罩下两道疏淡的睫毛影子，像暗处观察着猎物的兽。

“我想听你想说的。”

这句话有点绕口，但沈琅却听明白了。她避重就轻地问：“肖先生怎么知道我想说什么？”

肖闻郁没回答，看着沈琅泛红的眼尾，反问：“疼也忍着不说？”

气氛沉默。

像是一场无声无息的较量，沈琅终于败下阵来。

她逐渐敛了笑，终于没收着情绪，蹙起眉，鼻音含糊地服软：“疼。”坦诚都坦诚了，她没嫌够，屈了屈还被肖闻郁攥着的双手，又加一句：

“好疼。”

片刻后，沈琅的双腕总算被解放，她关了顶灯，心说，原来他是想听她喊疼呢。

车内的厚绒地毯里散落着杂七杂八的小物件，是刚才不小心碰倒的。沈琅弯腰拾起腕表与黑卡，原封不动地还到醉酒人士手里：“我不知道肖先生喝醉了这么恶趣味。拿好，再掉我可就不捡了。”她眉目流转，语气百转千回，“因为我手疼。”

肖闻郁拿着她递过来的两件东西，并不收，只是目光沉然地盯着她。

他收回目光，靠坐回去，按了按眉骨，蓦然道：“我这里不是沈家。”

不需要曲意逢迎。不需要刻意服软。不需要随时挂着笑如履薄冰。

她可以向他喊疼，可以将弱点暴露给他。她交付她的信任，他成全她的肆无忌惮。

但这些话太重，太沉，即使他愿意把心思剖开袒露见光，即使披了一层醉意朦胧的皮，还是怕会吓跑她。现在说不是时候。

肖闻郁没说下去。

他没说完，这话听在沈琅耳里，就成了：这不是沈家，肖闻郁今非昔比，她向他说的那些惯会哄人的轻佻话，并不能取悦到他。

沈琅看了男人一眼，思忖着，小纯情醉了确实挺难哄。

车内气氛逐渐沉寂下来。沈琅倒车出车位，开了车载收音，调频到笑声连连的相声电台，一路无话。

肖闻郁在市中心有三套住所，沈琅导航到离得最近的地址。夜幕降临，下班潮已经从城市中心四散向外退去，后退的路灯不断透过车窗，朦朦胧胧地映照在肖闻郁流畅分明的下颌上，勾勒出了一种非常紧绷的线条。

紧绷而难抑。

车通过豪华公寓区最外的安保系统，驶进静谧宽阔的主道，没有停进地下室，而是停在某幢公寓楼前。

电台里的相声节目已经放到最末尾，切成了一首慵懒催眠的蓝调曲。

副驾驶座上，肖闻郁闭着眸，仿佛已经睡着。

沈琅看了一会儿，出声："到了。"

顿了顿，肖闻郁睁眼，循声向她望过来，没接话。

对视片刻，沈琅只好又主动开口，以一种好意商量的口吻道："肖先生这是要我帮你解安全带吗？"

见对方不回，沈琅收拾起她那颗对醉酒人士的关怀圣母心，伸手探向肖闻郁那边的安全带："就惯一回，没第二回了。今晚你喝了什么酒？要是让我二哥知道，下回他一定拿着酒和股权转让合同来找你签……"

话音未落，她解安全带的手被拦下。男人修长的手指寻过来，在她手腕处收拢。

沈琅难得收起她轻佻揶揄的神色："不许攥。疼。"

这回没攥。

她的手温热柔软，皮肤细得像瓷。沈琅见肖闻郁空出的手解了安全带，捉着她的手腕，在狭小的前座空间里微微朝她倾身过来，肩背与腰际的衬衫褶皱随着动作绷紧又舒展。

直到两人在咫尺距离间呼吸相闻。

沈琅以为肖闻郁还惦记着之前"给他"的事，平时对谁都能哄出花儿来的嘴第一次词穷了。她说："肖先生……虽然我也很想把我的手给你，但它现在闹小脾气不同意，等我回去和它好好商量，好不好？"

肖闻郁对这段诡异的对话无动于衷，垂眸思索一瞬，开口："我自己解了安全带。"

沈琅猜测："你真厉害？"

他又说："还有一回。"

沈琅先是迷茫了一瞬，回忆了一遍两人刚才的对话，总算明白了。

她给他解安全带的时候随口嘴欠，说她惯他这一回，没下次了，而他随后就自己解了安全带。

所以对方顺理成章地理解为：她还能再惯一回。

沈琅因为他讨价还价式的执着怔了一瞬："你想要我怎么惯你啊？"

她笑，“肖——朋友？”

肖闻郁闻言抬眸看沈琅。

他的神情像蛰伏已久的密云骤然破开一小道缝隙，沸腾潮湿，热烈深沉，眼眸闪烁着散散碎碎的细微光泽。

带着欲。

沈琅的心倏然跳了一下。

还没开口，她见肖闻郁颔首俯身，微侧过脸，吻在她手腕内侧。

沈琅猝不及防，疼和痒都让她敏感地往回蜷指抽手，而很快微弱的反抗被察觉，肖闻郁知道怎么最有效地制止她。沈琅蜷起的小指被男人整齐的齿端不轻不重地咬一下，她随即不受控地泛红了眼。

血管，脉搏，都在近乎吮咬的吻下炙热得烫人。温热的唇慢慢厮磨碾吻着往上，白皙的手腕与掌心很快濡湿一片，泛起显而易见的潮红。

不像在吻她的手，像随着手腕吻过四肢百骸，直到血液涌入心脏。

不过十秒，肖闻郁温凉的鼻尖微不可察地在沈琅掌心蹭过，顿了顿，松开她的手腕，停止动作。

淡红的齿印留在指尖，像一个最原始的标记。

肖闻郁看着明显没反应过来的沈琅，目光扫过她潮湿的睫毛，落在唇上，再收回目光。

只今晚，他能裹着醉酒的堂皇袍服，藏着阴暗影绰的欲望，借机抓住她。

即使他更想吻别的地方。

沈琅才回过神。

沈大小姐从小到大生理上没吃过什么苦头。以往老爷子对她最高的惩罚不过是禁足关禁闭，沈家两兄弟忙着内斗，没空管她，后来的吃苦受累也是她自己给自己找的，没有人会刻意委屈她。

肖闻郁咬了她，吻了她，醉酒还能神色平静端庄，这回连耳朵也没红一下。反观她自己，手腕一片红痕，眼角也发热，不体面到了极点。

酒能催情，这怎么看都是在催她的情。

沈琅说不出话来了。她看了看肖闻郁，忽然问：“肖先生喝醉酒后，明天会不会记得今天晚上发生的事？”

肖闻郁开了口，语气清明而低沉：“今晚我没有喝醉。”

他从不骗她，但沈琅先入为主，顺理成章地把这句话理解成：他已经醉得不清醒了。

沈琅一只手搭着方向盘，主动向肖闻郁靠过来，乌黑的长发随之从颈窝倾泻而下。

这个动作让她小巧的锁骨显得异常清晰。

肖闻郁眼底隐忍着的情欲藏都藏不住。

沈琅注意力不在他脸上，浑然不觉。她的目光从男人鬓角漆黑的碎发往旁边移动，停在他的耳际。

下一刻，肖闻郁的耳廓倏地碰上了温热纤长的指腹。

沈琅笑盈盈地，面色如常地，伸手捏了捏他的耳垂。 不多不少，正好十秒。

翌日，沈琅被工作来电吵醒。

商业园项目的初步设计阶段在上周告一段落，预计在下周一交报审设计，而另一家设计院在复核的时候出了点问题，只好趁着周末一起临时拉了一个线上的视频会议。

会议时间并不长。沈琅开完会，看了一眼公寓墙上的挂钟，刚好早上十点。

早早地被吵醒，又在会议上进行了场长达一小时的激烈争执，沈琅怎么也睡不着了。

她从冰箱里拿出一盒牛奶，倒满一玻璃杯，加了两块方糖，边搅拌边回忆。

昨晚她捏了肖闻郁的耳朵扳回一局，还没开口说些什么呢，他就下了车，连东西都没来得及要回去。

像多待一刻她就能上手捏他另一只耳朵一样。

肖闻郁留下的腕表和黑卡被沈琅封在透明袋中，她从沙发里拿出手机，拨通了肖闻郁的电话。

电话接通，对方简短地“嗯”了一声，淡然的声音混进周围的背景音中。

他周围声音嘈杂。沈琅没有立即提还东西的事，转而问：“肖先生现在在哪里？”

肖闻郁以为，经过昨晚的事，沈琅说不准会避他几天，并没想到她的电话会来得这么快。

他说：“机场。”

肖闻郁有事出差。

谁料沈琅问：“难道昨晚你刚招惹过我，今天就不想见我了吗？”

她语气微微诧异，带着些忧郁，还掺着几不可察的揶揄。

沈琅：“肖先生不记得昨晚对我说过什么了？”

沈琅落寞：“你说喜欢我，中意我，以后不能没有我。”

肖闻郁沉默。

机场人声喧嚣。肖闻郁刚过安检，步伐迈得快，助理与几个同行出差的经理紧跟而上。一行人进了机场贵宾室，周围随即安静下来。

她的声音逐渐清晰。肖闻郁：“还说了什么？”

另一边，沈琅喝完半杯牛奶，才听到他接话。

沈琅走到卧室飘窗前，不答反问：“你不相信我吗？”她开了窗，给飘窗台上养着的圣诞玫瑰通风，声音在风里寥落，“你还说，以后对我要星星不摘月亮，我想向西绝不往东，就算是哪天想看雪，也能人工降一场给我。”

沈琅演得太浮夸，对方没出声。

她把喝完牛奶的玻璃杯随手搁在一旁，看了一眼手机，居然还没挂。

“昨晚肖先生把手表和卡落在我这里了，”沈琅总算正经了一些，“不知道什么时候能见到你？”

肖闻郁：“我出差去澳大利亚，下周回来。”

“太久了。”沈琅又收不住了，故意软着尾音笑说，“我等你。”

说话间，窗台那几盆圣诞玫瑰的叶尖轻微颤动，蒙了点点白霜。

下起了雪。

虽然天气早就入冬，市郊山上已下了好几场雪，但这还是市内第一次下雪。沈琅开了免提，将窗台口的玫瑰花挪进内室，问："机场下雪了吗？"

"没有。"

该挂了。肖闻郁想。

贵宾室内气氛静谧，沈琅开着免提，他能清晰地听见对面任何细小轻微的声音，拖鞋曳地，衣料摩挲，有物件被搬到地上，沉重的一声闷响，接着她的声音响起——

"你去南半球，要错过今年市内第一场雪了。"沈琅觉得可惜，又问，"你想看雪吗？"

肖闻郁还是没挂电话。

对方任何细微的声响都有如近在咫尺，像一个蛊惑的信号。肖闻郁停顿片刻，才回："怎么看？"

沈琅没多解释，挂电话前只好整以暇地说了一句，留白留得非常暧昧：

"我等肖先生回来。"

两人都心照不宣地没多提昨天晚上的事，沈琅对此表示非常理解。

醉酒后连擦枪走火的情况都有，酒精和荒诞难抑的情事只适合关上门留在前一晚，等第二天晨光浮起，开了门又是像模像样的人——何况肖闻郁只是吻了她的手。

思及此，沈琅非常感慨。

小纯情连喝醉后都只会吻异性的手。

等哪天有空一定要当面问问，他在美国的每个晚上都是怎么过的，这简直能出一本禁欲简史。

不过很快，沈琅就把这个问题抛诸了脑后，取而代之的，是另一个研究方向——

研究肖闻郁在澳大利亚的每个晚上都是怎么过的。

不枉前段时间沈琅发烧也要带着全组赶进度，商业园项目的初步设计很快进入了审批阶段。在开始下一个施工图设计前，整个项目E组都处于一种难得清闲的状态里。

闲则生事。

这天下午，小助理抱着一堆图纸和文件第六次进入沈琅办公室，欲言又止。

沈琅接过一沓图纸，从桌上她那堆图纸海里腾出一个空地，随意放好后，抬眸笑问："再看我就要害羞了——怎么了？"

"沈工，"助理神情仿佛在做贼，小声问，"您有空吗？"

助理有任务在身，摸出一个黑色文件夹，跟交接什么秘密合同似的把文件夹递给沈琅，边递边低头忏悔："真的，我真的都劝过了，我说您肯定有男朋友了，没有也不愁，但我哥非让我给你，劝都劝不动……"

沈琅打开文件夹，透明的封层里夹着一张彩印纸，纸上印着一个男人的生活照，底下密密麻麻几行，详述了学历、房、车、兴趣爱好等等。

俨然一张正规严谨的相亲履历表。

沈琅沉默。

事情要从上周说起。

上周沈琅没让助理还那些爱马仕的餐具，助理过意不去，又请沈琅去新家吃了几次饭。

而沈琅哄人的本领覆盖男女老少，一来二去，跟助理家人也熟络起来。眼前的男人看着眼熟，某次在助理家碰过一次，是助理的某个堂哥。

助理见沈琅把眼前这张履历从头到尾看了一遍，搁在一旁，笑问："采光楼的剖面图画完了吗？"

"啊？……没，没呢。"

助理见沈琅这神情，就知道自己的堂哥没戏了。

五分钟后，助理领着一堆文件出办公室，深刻反省。

为什么沈工明明看起来不少人追，却还是抛弃爱情醉心事业？

为什么差不多的年龄，沈工清心寡欲，她却八卦到替自己的堂哥传小纸条？

为什么沈工有理想，而她却只能当一条咸鱼？

而十万个为什么的源头在送走小助理后，从图纸中拿出自己的手机，看了一遍回信。

肖闻郁仍旧没有给她回信息。

…………

隔着两小时的时差，一个半球的距离，沈琅都能时不时地撩拨肖闻郁两句。

从某种程度上来说，沈琅是一个非常知情识趣的人。她给肖闻郁发的信息并不多，频率也并不高，仿佛真的是在自娱自乐，他回不回她都关系不大。

而肖闻郁又好像深知这一点，所以几乎不怎么回她的信息，即使回了，也是寥寥几个字。

早茶时间，沈琅正在隐市喝茶，放在边上的手机屏幕突然亮起。

进来一条短信。

对面的荀周靠着木质椅背在打游戏，闻言“哟”了一声抬起头，比她还来劲：“回啦？再不回我以为你每天对着手机打单机游戏呢。”

短信来自肖闻郁，简明扼要，只有四个字：

【明早飞机。】

屏幕聊天框内，上一条是沈琅昨天发给他的：

【肖先生什么时候回国？】

沈琅心情很好，回信语气狎昵：【肖先生，我只有在想要人接机的时候，才会告诉对方自己的航班时间。】

肖闻郁没有再回。

沈琅的单机游戏玩到了头，查了航班落地时间，开车准时等在了航站楼出口。

航班准点降落。

助理和几个经理已经另坐专车离开。肖闻郁刚从处于夏季的南半球回来，黑色大衣里只穿着单薄的一件衬衣，坐进车内，像披了一身北方的凛冽霜寒。

“前两天雪停了，最近都是晴天，不会再下雪了。”沈琅调高了车内暖气，回身探手拿过放在车后座上的透明塑料袋，递给肖闻郁。

袋内装着他之前落下的东西。

肖闻郁收起，抬眸看她：“等了多久？”

沈琅：“好看的人总有特权，等多久都不妨事。”她话音一转，又问，“肖先生冷不冷？”

肖闻郁没有回，等她的下文。

沈琅翻开车内储物柜，不宽不窄的柜中，放着某个长条的物件。

香槟色的包装纸包了一朵白瓣黄蕊的花，花蕊间喷了点晶莹细碎的水珠，新鲜而漂亮。露水不小心洒在包装纸上，上端一行清秀的字迹被洇湿了一角。字写：

北平无所有，聊寄一枝冬。

这朵花在被沈琅剪下来前，好端端地养在她卧室的飘窗台前。

“我见到的第一枝落了雪的圣诞玫瑰，”沈琅笑说，“请你看雪。”

圣诞玫瑰刚剪下来没多久，连枝叶都修剪得很漂亮。沈琅掐好了时间，送到肖闻郁手里的时候花瓣还娇嫩鲜艳。

作为从小被沈老爷子以名媛淑女的标准培养长大的大小姐，沈琅是一个非常懂生活情调的人。而当一个有情调的人还擅长调情，甚至费了心思讨好对方的时候，就更容易打动人了。

但肖闻郁手里拿着花，面容沉静，看不出来什么情绪。

他垂眸，敛去眼底的灼热。

沈琅本来也没指望他能给什么反应，正倒着车驶离航站楼，就听他沉默片刻，问：“要怎么养？”

她没想到肖闻郁会突然问这个，笑回：“不用养，剪下来的花过一天就枯了。如果想多留几天，就找个水杯插起来，养两天也就谢了。”沈琅补充，“要是肖先生真的喜欢，改天我再送一盆给你。”

说话间，沈琅又偏头看了肖闻郁一眼。

一个西装革履的权贵精英手里居然拿着一朵少女兮兮的花，她觉得心里有点痒。

肖闻郁看着内敛高冷，手腕凌厉，但内心指不定有一片不轻易向人袒露情绪的地方，纯情到被送了花都要养起来。这种反差对她来说，有一种说不出的吸引力。

她好像从来没真正了解过这个人，他在想什么，在做什么，是怎么走到今天掌权的尊贵地位的，她完全不了解。

沈琅突然想起她第一次见到肖闻郁的场景。

那天，肖闻郁被沈家的司机以养子的身份领回沈宅，据说他的前一任养父养母跟随亲生儿子移民出了国，接着随意安顿了这个仍在国内上大学的养子。说是安顿，说白了，不过是变相的抛弃。

肖闻郁那时候还在国内名校就读，拿着不多不少的助学贷款和奖学金，跟着导师同时做着三个项目挣外快，在得到沈家的资助前，生活非常拮据。

那天沈琅正好从沈家投资的一家滑雪场滑雪回来，在客厅里碰上了突然出现的青年。

肖闻郁站在沈宅那套红木鸵鸟皮的沙发旁，并没有坐下。

他一身的黑色长棉服，款式很旧，裤脚也洗得发白。眼前的背影脊背挺得笔直，听见声响也并没有立即转过头来。沈琅新奇地绕到前面去看，看见眼前的青年五官异常清隽英挺，气质冷淡收敛。

被人辗转抛弃两次，还不悲不怒，像一把收了鞘的刀。

“我叫沈琅，你就是老陈的养子吗？以后你跟老陈姓陈，还是姓原来的姓？”沈琅又问，“你怎么不坐？”

面前的沈琅唇红齿白，看起来漂亮又精致，天生就娇贵。肖闻郁定定地盯着她看了几秒，敛了眸，只说：“我姓肖。”

他和她是两个世界的人。

肖闻郁跟沈家格格不入，因此成了众矢之的。

沈琅好奇像肖闻郁这样的人居然能待在沈宅这样的环境里。她对他一直很感兴趣，偶尔随手帮几个小忙，闲着没事就去逗人家打发时间，惹了他不知道多少回。

现在的沈琅同样对肖闻郁很感兴趣。

名利场的尊卑歧视，资本场的明暗较量，他是怎么一步步走到现在的？

肖闻郁一回国，就不断有电话打进来，十分钟内他已经连着接了三个汇报电话。沈琅朝副驾驶座上的男人看了好几眼，突然蹙起眉，转过方向盘，在道路边停下了。

"……恒新将注资八十五亿，占合资公司百分之四十的股份。你们谈得如何不是我关心的事，但恒新最终要拿到合资公司的战略管理经营权，今天内必须拟协议。"肖闻郁说完，扫见沈琅发白的脸色，倏然收了声，"先这样。"

他挂了电话，声音沉下来："怎么了？"

"有点不舒服。"沈琅按着胃，疼得睫毛都在颤，弯起眉眼笑着回，"偶尔的毛病——肖先生有空吗？帮我翻一翻那个盒子里，应该还有……"

车前储物柜里有一个小盒子，肖闻郁利落地翻找过去。他以为盒子里放的是胃药之类的，没想到是几包散装的小西饼。

看日期，再晚两天就该过期了。

"你胃疼就吃这个？"肖闻郁的声音绷紧了，转眸看向沈琅，省去过渡直接问，"平时你都不吃早餐？"

沈琅接过饼干，蓦然被连着质问，难得磕巴了一下："偶尔……"

偶尔吃早餐。

平时事务所接的项目不少，沈琅所在的金牌E组更是大项目聚集地。平时沈琅做方案出报审图的时候，忙起来就是连着加班熬夜，作息不规律，早餐也随便应付了事。今天早晨她来接机，剪了玫瑰就来了，忘了要吃早餐。

都能记得不着调地调情，就是不记得吃早餐。

沈琅又示意肖闻郁放在座位旁的那瓶矿泉水："肖先生……水。"

肖闻郁递给她前不动声色隔着瓶身试了试水温，车内开着暖气，水温不凉，才递过去。沈琅疼得眼尾都泛红，面上却还是那副漫不经心的模样。肖闻郁就快绷不住了，压抑了片刻才尽量平静地开口："下车。我来开车。"

车驶出机场，开上高架桥，车速压在快要超速的临界点。

肖闻郁车开得很快，却也不颠簸。沈琅疼起来就容易注意力不集中，靠着副驾驶椅背，没注意到男人暗潮汹涌的神色。

等到总算缓回来的时候，车已经停在了一家私人会所前。肖闻郁一路开车过来的时候还找了一家药店停下，买了几盒止疼药和胃药放进车前储物柜，替代了沈琅那些快过期的小西饼。

沈琅吃完胃药好了很多，故态复萌，又回到了撩拨时候的轻松姿态。她笑："我以为肖先生坐了十几个小时的飞机，会想找个地方休息会儿。"而不是找家娱乐会所准备打发时间消遣娱乐。

肖闻郁扫她一眼，沉稳地回："我以为有人至少会记得吃早餐。"

沈琅千年罕见地被肖闻郁呛了回来，不知道自己撩到他哪根弦了，只能闭嘴当起了陪客。

她没想到肖闻郁来这不是来泡温泉打球的，而是来用餐的。

私人会所是恒新旗下的一处产业，实行会员制，熟悉的会员基本都会有固定的包间。服务人员领着两人经过四合院，进入内院，来到用餐包间。

包间内的装潢古色古香，藤雕立柜上摆着装饰用的仿宋官窑瓶，三面墙挂着字画，一面墙被挖空，正对着后院的花园与人工湖。

服务人员刚递上菜单，见面前五官深刻的英隽男人抬眸多看了一眼墙角当摆设的瓷瓶，立马忐忑地问："肖总，那个瓶子有什么问题吗？……不好看我、我们可以马上换。"

没想到肖闻郁淡声道："换吧。"

十分钟以后，沈琅从洗手间回到包间，一眼望见餐桌上摆的那个花瓶，总觉得里边插的花有些眼熟。

仔细一看，这不就是她剪给肖闻郁的那朵圣诞玫瑰吗？

他还真把它装进了一个瓶子，用水养了起来。

沈琅入座，撑着脸看他，一双眼水光潋滟。她低声笑："你要是真喜欢，下次我带一盆活的给你，比折下来插在水里的花期可长多了，跟今天一模一样。"

谁料肖闻郁回视她片刻，随口问："跟今天一样不记得吃早餐？"

沈琅终于不贫了。

机场到市内这家会所要一个多小时的车程，等到两人真正点上餐，已经是下午近一点。

沈琅原本跟着肖闻郁来，算是陪他一道吃饭，但后者并没有动几下筷子，就开始处理起了公司事务。

包间内区域偌大，除了用餐区，还划出一片茶座区域，供人吃完饭后休息喝茶用。

四十分钟后，肖闻郁在茶座区开完了线上的视频会议。

他开会时并没有避讳沈琅，甚至没有戴蓝牙耳机，她能捕捉到一些信息。肖闻郁似乎要参与一起重要项目的投资，与一家互联网上市公司共同建立合资公司，双方正在签订协议的阶段。

这像是他来陪她吃饭似的。

肖闻郁在室内已经脱了西装外套与大衣，只穿着白色的衬衫，领带端正妥帖地系在衬衫领口处。沈琅在另一边吃完饭，踱步过来，在靠近他十步开外的地方停下，注视着他撑着桌子拟协议的神色气势，无声地看了一会儿。

是属于成熟男人的金贵与性感。

肖闻郁现在已经是恒新的董事长兼任CEO，董事会大半都是他的人，他以后在公司的权力只会更大。

哪怕四个月后她又倒戈，把股权转让给她二哥，肖闻郁在公司里的地位也不一定会被真正撼动。

而按照沈立珩的性格，他一定不会容忍一个与沈家毫无血缘关系的养子来掌权恒新，以后沈立珩势必会想方设法扳倒肖闻郁，哪怕不择手段。

会议结束。沈琅目光落在肖闻郁脸上，开口说："我二哥是个很排外的人。"

"他不会留你在恒新一人独大，他肯定会想办法动你的位置。"没有人比沈琅更了解沈立珩，她语气很自然，甚至是轻描淡写的，"他会想尽办法让你跟我大哥的车祸扯上关系，煽动舆论，拉你下台——公司旗下的那些文娱子公司都在他手里，要控制舆论对他来说不难。我如果是你，一定会留一手防备。"

如果说上回沈琅只是暗示，这回就是真正的明着提醒了。

她在帮他。

肖闻郁对沈琅的话并没有太惊讶。他缄默地看她良久，抬手解松了一点领带，迈开长腿，走到沈琅面前停住。

他没有问更多沈立珩的事，顿了顿，转而忽然问："以前你为什么会救我？"

肖闻郁的声音很低，带着磁感的沉郁，像所有浓重的情感沉淀下来，亟待找到一个宣泄的突破口。

肖闻郁在问多年前的游艇宗亲会上，他被沈立珩的保镖推下海的事情。

当时沈琅没让沈立珩直接用枪，而是提议沈立珩将他推下海。

肖闻郁在海中被碰巧路过的救生员捞起，当时他被船舷磕得浑身是伤，半昏半醒。

救生员救肖闻郁上来，惊疑地扳过他的脸，看清楚了："小姐说二少爷不小心掉海里了……"

另一声音回："救都救了，算了。"

沈家两个少爷不待见这个老爷子收的义子已经很久了，如果真知道是肖闻郁落水，沈家的救生员不一定会救得这么及时。

而后老爷子知道肖闻郁被推下海后震怒，罚了沈立珩与沈琅关禁闭，救生员就更不可能说出"他本来以为要救的是二少爷才下水救人"这种蠢话了。

因此没人知道是沈琅喊人救他的。

除了肖闻郁。

沈琅没想到肖闻郁会问这个，她诧异了一瞬，才笑着回：“我想知道……你以后会怎么样。”

一个与上流社交圈规则格格不入的人，在沈家这种环境里能够走多远。

他走了多远？

肖闻郁没开口。

跋山涉水，脱胎换骨，重新来到她的身边。

02:05 03:15

第七章
她的追求者

会所包间里，午餐结束，服务人员进来收拾餐桌，随后端上了咖啡甜点。

今天虽然是周末，但肖闻郁自下飞机起就没闲下来。沈琅见他会议电话连续不断，也没多问，转头问服务员要了纸笔，在肖闻郁对面找了一个座位，自娱自乐地打发时间。

两人坐在茶座区域，沈琅的位置侧对着包间外的后院，她正好能欣赏到院内错落有致的风景，翻了一页空白纸，垂眼下笔。

素描写生是大学建筑系的必修课，沈琅工作后用电脑软件画图纸居多，难得有对着实景写生的时候，也不觉得无聊。她打完底稿放下笔，刚抬眼想喝口水，目光就瞥到了坐在她对面的肖闻郁。

他还在通电话，眉宇收敛，专注地审阅对方传输过来的文件。他谈公事的时候并不避开她，像是不保留地向她打开着他的私人领域。

沈琅是一个闲不下来的人，哪怕是周末自己在公寓里待着，也能给自己找点正事干，这跟她一直以来密集的工作节奏有很大关系。但此刻她跟肖闻郁单独相处，互不干涉地各做各的，反而让她莫名有一种懒洋洋的倦怠感。

非但不想干正事，还想去骚扰骚扰他。

想是这么想，沈琅还是没付诸行动。她撕下画了一半的写生稿，随意收进手袋里，在一旁的杂志架上找了一本册子看。

肖闻郁结束电话，见沈琅手上正在翻着一本冬季拍卖会的宣传册。她从头到尾翻完了，开口问："下月初在市内有一场拍卖会，肖先生会不会去？"

一场本市三年一度的大型慈善拍卖会，拍卖一些珠宝首饰、字画藏品，到场的都是一些企业家，出手阔绰，拍到天价的都有。以前沈琅跟着沈立新去过一回，那时候沈立新还在追求宓玫，一条祖母绿的项链拍到一千五百万才收手，翌日媒体就铺天盖地地刊登了沈家大少为美人一掷千金的消息。

时隔多年，那条祖母绿项链又重新回到了这场拍卖会上。

宓玫像是要彻底告别这段令人伤心的往事，上次是托沈琅将她的婚戒送回沈立新的灵堂，这回又把这件定情信物转手慈善拍卖了。

肖闻郁显然也看到了它的拍卖图，他合上笔记本电脑，淡声道："你想要这条项链？"

他的声音不像疑问，更像一句平静的陈述，仿佛她要，他就能给。

沈琅没摸清肖闻郁这是什么意思，促狭说："我只是送了你一枝花，你就要还我一条项链吗？"她顺杆儿爬，补了一句，"你对我这么慷慨大方，我都要自作多情地想你也是在追求我了。"

也。

肖闻郁垂眸一瞬，平静的目光刹那间暗沉下来，再抬眼看沈琅的时候眼神幽微，情绪未明。

"有人在追求你？"

沈琅开始贫，笑着接话："有啊，怎么没有？不过比起肖先生来，我的追求者就不算多了，"沈琅手边喝了一半的咖啡已经凉了，她伸手拿咖啡壶，顺手也给肖闻郁倒满，"上次酒会上搭讪你的人就不少。如果真要算的话，我想这些年追求肖先生的人都能从机场排到会所。"

肖闻郁顿了顿，眉目沉静地回："什么样的人算追求者？"

沈琅看他一眼，心说，小纯情这是在对她的夸赞故作矜持吗？

没想到肖闻郁波澜不惊道：“约我吃饭，聊天搭讪，接机送花。”他抬眼，眸子幽深，“这样的算追求者吗？”

在说她。

沈琅常在肖闻郁这条平静无波的海边走，从没湿过鞋。他能耐心地一退再退，她就心安理得地往前试探撒野，没想到一个不慎，陡然被浪头拍了一回，还挺蒙。

反应过来的时候，咖啡壶口已经倾斜了。倒偏了的咖啡顺着木桌纹理往外流淌，黑色的咖啡渍随即滴溅上肖闻郁的西裤。

肖闻郁躲都没躲，甚至还隔着桌子欺身过来，撑臂垂眼，盯着沈琅又问一遍：“你算是我的追求者吗？”

他不刻意收敛气势的时候，气质格外凛冽，言行举止间带着居高临下的压迫性与攻击性。沈琅揶揄般的笑有些维持不住，她缓慢地眨了眨眼，下意识地弯了弯嘴角说：“我对你感兴趣，难道你现在才看出来吗？”

以往沈琅这么言语撩拨，肖闻郁已经不会再理她。但这次不同以往，沈琅想撤回自己的安全领域，肖闻郁当然不会松手。

他俯视沈琅片刻，起身，抬手解了那条被咖啡渍沾湿的领带，默认：“你在追求我，同时接受别人的追求，似乎不太合适。”

话题不知道什么时候结束的，等到肖闻郁出包间去换衣服，沈琅才回过神来。

之前两人处于说不清道不明的暧昧状态中，不明说也不说破，随时都可以有人从这段出于打发感情空虚的暧昧中抽身而出。而肖闻郁刚才寥寥几句话，不但明朗化了这段暧昧，还让她处在了被动位置。

现在在这段关系中，是沈琅在追求肖闻郁。

而结合沈琅先前没事找事都能对着肖闻郁撩拨、而他对她态度疏淡的事来看，似乎，确实，像是她在搭讪追求他。

沈琅捏着咖啡杯柄，回忆了一遍细节，甚至连自己都觉得确实如此。不知道是肖闻郁手段高明，还是她无意间给自己挖了一个坑。

手段高明？

沈琅想到自己被肖闻郁冷淡挂过的无数个电话，和他被逗两句就能红的耳廓，觉得还不至于。

会所内曲径通幽，离得最近的更衣间在不远的温泉套房里。沈琅等了一会儿，决定出去找人。

套房内设私温泉，日式的设计装潢，室内温暖熏人。服务人员领着沈琅到门口就离开了，她脱鞋进门，穿过大厅往里走，半露天的温泉池旁，肖闻郁正从一旁的更衣室里出来。

宽肩窄腰，修身黑西装裤将他的好比例又放大许多，更显身形颀长。

沈琅出声："肖先生等会儿是回公司，还是住处？我送你。"

肖闻郁扫了她一眼，不答反问："鞋子呢？"

沈琅低头看了一眼，晃了晃脚腕，有点无辜："在门口的时候脱了，没找到拖鞋。"

温泉池旁的地板很热，沈琅只穿了袜子，连裤腿也松松卷起来。肖闻郁的臂肘间还搭着西装外套，他扣上衬衫领口第一颗扣子，转身给沈琅拿了一双拖鞋。

他在她面前，微俯下身，一眼就瞥到了她小腿处的那道疤。

上回肖闻郁在别墅书房隔着远距离看过一眼，现在近距离看，沈琅的这道疤痕比他印象中要明显些，约一寸长，衬着白皙的腿肚皮肤，完整地映入他的眼底。

肖闻郁放下拖鞋，却没起身，终于没忍住，敛眸沉声问："什么时候有的这道疤？"

沈琅倒是没避讳告诉他，顿了片刻，简略地回："不小心刮擦到的。"

准确地说，是她在工地勘查的时候。

那天工地的升降梯在刚升起时不太稳，沈琅跟着组里的几个设计师去现场勘查，几人被晃得猝不及防，沈琅的小腿意外擦到凸起的钉子，狠狠擦出一道血痕。好在升得并不高，有惊无险，事后她也及时处理了伤口。

沈琅身娇肉贵最怕疼，当时痛得难以忍受，又狼狈又难受。

她说话总是说三分藏七分，这些细节沈琅不说，肖闻郁也大概清楚。

沈琅坐在沙发榻边，撑着座椅边沿，平视半蹲下来的肖闻郁，忽然想起刚才他在包间里冷脸俯视自己的一幕，跟现在一样冷而沉郁。她笑着问："肖先生想不想听点有趣的事？"

"我好像还没见你笑过。虽然你冷脸的时候也好看，但有句话怎么说……"沈琅语调狎昵，"千金难买美人笑。"

沈琅的小腿皮肤细腻，在室温的熏蒸下泛出浅淡的粉色。肖闻郁的目光落在她那道疤上，缄默着没回。

"作为你现在的追求者，"沈琅着重强调了追求者三个字，接着道，"要是不做点什么，好像有愧于我现在的身份。"

话音刚落，肖闻郁总算有了一点反应。

他抬眼看她，眼眶的阴影疏晦而沉然，神色还是淡的，但漆黑的眸子却暗得看不见光。

"你能做什么？"肖闻郁不再端着，修长的手指抬起沈琅的小腿，替她穿上拖鞋，声音低沉而充满磁性，"你连说句实话都不敢。"

沈琅还没回神，就感觉小腿上被温热的指腹一抚而过。

肖闻郁的拇指摩挲过她那道并不光滑的疤痕，停顿片刻，垂眸俯首。

他炽热的鼻息与柔软的触感在她小腿裸露的皮肤上停留一瞬，一触即收。

吻了这道疤。

臣服的姿态，征服的情感。

沈琅维持着撑坐在沙发榻边缘的姿势，笑意淡在嘴边，目光落在自己被吻过的小腿皮肤上，眼眸带着几不可察的茫然。

要说上回肖闻郁吻她的手腕，还能拿成年人醉酒后纾解欲念来解释的话，这回就怎么都不能再拿同样的理由来掩饰了。

再纯情、再禁欲冷感的人也有欲望。

沈琅心说，何况她还真一而再再而三地去撩拨人家。

肖闻郁替沈琅穿上另一只拖鞋，松开她的小腿时，屈起的手指不经意地在她的腿肚皮肤上擦过。整个过程转瞬即逝，沈琅几乎要以为是自己的错觉。

“疼了多久？”

沈琅回神，对上肖闻郁的视线，一时间惯常的轻佻话也不说了，回：“缝了五六针，疼了两天。”她一顿，又补充，“拆线的时候又疼了一天。”

说完这句后，沈琅才找回说话的节奏。她眉眼弯出了一点笑意，轻声问：“我什么时候不敢说实话了？”

猝不及防被吻了一下，她当然要在口头上讨点便宜，语气缱绻道：“肖先生想听什么可以告诉我，我都能说给你听，不然你只说我不敢说实话，不知道的要以为我欺骗你的感情了。”

沈琅表面上轻描淡写，撑着座椅边沿的小指却微微蜷起，显然还没从对方主动的暧昧旖旎中抽身。

肖闻郁已经站起身，闻言垂眸回视沈琅，沉默片刻，嘴角弧度极浅地勾出一个笑来。

他笑起来有如海港潮退，眉宇舒展开，深沉的眸色衬了细碎微妙的光。

沈琅看着，蓦然有一种她烽火戏诸侯逗了美人一笑的荒诞感。

肖闻郁敛眸，平静地开口：“我对感情不会玩玩。如果你要追求我，就想清楚了再来招惹我。”他停顿一瞬，又道，“不管你跟我私底下关系如何，四个月后我们的股权转让协议仍然有效，我不会因为私人关系为难你。”

他把话说得公私分明，言下之意，沈琅要是上了心，那两人的这段暧昧就还能继续；要只是打算撩拨他当个消遣，虽然不会影响两人的协议，但以后私底下的联系就算了。

这话放在以前，肖闻郁一定不会说出口。太把自己当回事，时机也不合适，容易吓跑她。

但现在火候已经到了。

两个多月来，肖闻郁不动声色，以身作饵。沈琅从对他产生表面兴趣，到对他的过去以及本人产生了解兴趣，到现在多多少少肯向他坦白自己过去的伤疤——这是一个循序渐进的，让当事人难以察觉的过程。

现在这段关系对沈琅来说是舒适的，甚至是有些习惯与享受的。

肖闻郁拿捏住了她。

沈琅听明白了。她对上肖闻郁幽深的眼，琥珀色的眸子在温泉雾气的熏蒸下显得多情而朦胧，开了口却没再说什么逗他的话，笑着说："我知道了。"

肖闻郁几乎不留退路的一番话说完，沈琅果然消停了大半个月。

临近年关，大大小小的项目都陆续完成了招标，事务所拿到的大项目不多，一些别墅和独栋楼的小项目也少。沈琅负责的商业园项目已经进入画施工图阶段，但由于年底工地已经接近停工期，因此他们这边的施工图也不急着交审。

荀周发现沈琅最近总闲得往他这里跑，没事就逗逗这个茶馆里的厨房小妹，哄两句那个跟着爸妈来求字画的小朋友，很少看手机。

她连之前的"单机游戏"都不玩了。荀周刚给人家写完字，诗意飘飘，对着沈琅一开口就是："你那个攻略对象呢？"

沈琅托着下颌，闻言顿了一顿，随即又笑得眼波粼粼："跑了。"

荀周毫不留情地嗤笑："被你浪跑了吧？"

说话间，厨房小妹端了一盘蜂蜜饼过来。她按沈琅的口味多加了蜂蜜和奶的量，像荀周这种不爱吃甜的人，咬了一口就被齁晕了，沉痛叹息："我真觉得沈琅是老板，我才是那个跑来蹭吃蹭喝的。"

"我是老板有什么不好？"沈琅笑，"光站在茶馆门口就能当门面了，正好省下一笔宣传费。"

荀周没理沈琅的自恋，对厨房小妹嘱咐得煞有介事："这周五我得去一趟拍卖会，到时候沈琅她来，你别给她开小灶开狠了，我那块同昌号的茶饼不能碰，好茶给她喝就纯属是糟蹋……"

沈琅这才记起来，这周五有一场慈善拍卖会。

大半个月前，她还问过肖闻郁，问他去不去拍卖会。

而现在两人已经很久没有联系了。

不去想还觉得什么事都没有，一旦被人提及，就有如打开了什么开关，所有的记忆都重新涌现在沈琅的脑海里。

晚驼峰上照亮长夜的车灯，厨房里煮得正好的鱼汤，提琴曲中贴近相拥的舞，以及那两个说不清道不明的吻。

沈琅发现，她和肖闻郁的这段关系，似乎并不像她想象中那么可有可无。

沈琅有一搭没一搭地把玩手里的白瓷茶盖，思忖。

今天肖闻郁穿了什么款式的衬衫？戴的还是上次的腕表吗？像他这样的人，年底加班都熬到什么时候？

比起年底建筑设计事务所的清闲，恒新高层这会儿快忙疯了一大批人。

在上午的会议上，某董事发起的跨境并购案被肖闻郁及手下几个人多票否决，后者三言两语，简明扼要地表示方案竞购报价不合理、风险评估不过关，几乎将方案批得一无是处。

虽然说的是实话，但话不留情。以往肖闻郁驳回这种方案不会多说一个字，熟人都能看出来他最近心情不是太好。

“刚才老林他们还来找我打听情况，我这哪儿知道啊，我就知道你最近都快忙得住飞机上了，想来想去也没忙到这种程度吧？中企俱乐部那个闲嗑瓜子不聊事的座谈会你也去，这不没事给自己找事吗？”常泓跟着肖闻郁进办公室，一脸慷慨倾听的神情，“怎么了，这是？”

肖闻郁正看一份文件，眉目不动：“没怎么。”

常泓正想多问两句，肖闻郁搁在手边的私人电话响了。

接起电话，对面安静片刻，沈琅带着笑意的声音响起：“肖先生。”

沉默片刻，沈琅听见肖闻郁沉稳收敛的声音，低沉悦耳，简洁的一个“嗯”字。

大半个月没联系肖闻郁，一听声音发现比印象中还要好听。沈琅内里有根神经微微痒了下，带着难以名状的舒适感。她的尾音拖得很轻，笑着说：“看来肖先生最近很忙，都不怎么理人……但我又挺想的，只好打电话来讨嫌了。”

她的声调慵懒而绵软，勾着肖闻郁四肢百骸的所有欲望，自波澜不惊的海平面浮现上来。

肖闻郁以退为进，给沈琅一段缓冲期。

但隐忍半个月已经是极限，再拖一段时间，他不能保证自己不去事务所拦人。

沈琅：“这周五的拍卖会你会来吗？”

会展在市中心某国际酒店举行，拍卖结束正好能共进晚餐。

周五沈琅提早下班，约好她去接人。电脑关机到一半，楼下前台的电话就打了上来。

“沈工有人找，上回……上回那个——”前台词汇匮乏，夸张地说，“帅得我失眠三天的那位先生，他找您。”这年头开豪车的英俊男人堪称惊为天人，前台小姑娘沦陷了一整片，给沈琅打电话的这位没忍住八卦，“他是您什么人啊？”

她和肖闻郁现在是什么关系？

沈琅回想起半月前他的那句“想清楚了再来招惹我”，给两人间盖上了一个正式暧昧关系的章。

肖闻郁的车没停进地下停车场。价值千万的豪车明晃晃地停在写字楼下，车主只露过一次脸，“华慕建筑设计事务所某沈小姐名花有主”这一八卦就传开了。等到快下班的时候，故事已经升级到了“不知名豪门公子哥苦苦追求，白领上班族麻雀要变凤凰”的版本。

“你把车往这里一停，我又不知道要多出多少竞争对手。”沈琅也不顾虑来自周围的视线，坦然坐进车，弯起嘴角偏头看他，“约好我去接你，怎么先过来了？”

车驶离写字楼。肖闻郁手搭着方向盘，眸色沉沉地看她一眼，回：“正好顺路。”

沈琅这半个月见得最多的就是她手里的那堆图纸、以及组里的几个结构师的脸，这会儿看见肖闻郁轮廓分明的侧脸，觉得挺想念的。

临近过年，市内环线比以往要通畅。沈琅问：“肖先生以前都是怎么过年的？”

早年老爷子身体好的时候，过年还能回国来沈宅待几天，但前两年身体状况恶化后，老爷子就一直待在美国的疗养院。沈立新也早早就移民去了美国，逢年过节打个电话回来就算致意。沈家人各自的关系都不亲密，即使沈立珩和沈琅都在国内，过年也就只是聚一餐的事。

肖闻郁顿了顿，淡声道：“我不过年。”

“那可惜了。”沈琅顺着笑回，“今年你的狂热追求者得缠着你过个年了。”

车平稳驶过红绿灯，肖闻郁一时没接话。下一个红灯，车停下来，他忽然问：“想要什么新年礼物？”

他同意跟她过年。沈琅心情很好，轻佻劲儿也上来了，暧昧道：“肖先生不过年，却要送我礼物，是要跟我谈事情……还是谈情啊？”

亮绿灯，话题就此中断。肖闻郁敛眸压下暗涌的情绪，也再没接话。

拍卖会所在的国际酒店是这一带的地标性建筑，这场三年一届的拍卖会声势浩大，礼堂和二楼雅座都坐满了人。

入座后，沈琅翻着拍卖手册，顺着看下来。今晚的拍卖品中珠宝藏品居多，其中最显眼的是颗花式切割的粉红色钻石项链以及宓玫的那条祖母绿项链。

剩下的藏品沈琅倒不感兴趣。肖闻郁坐在她身旁，极其瞩目。沈琅借着众人举牌的吵闹间隙跟他低声调侃：“不应该叫你来的。”

周围人声错杂，沈琅凑近说话时鼻息温热。肖闻郁垂眸看她说话间无意识下垂的睫毛，停顿片刻，才问：“什么？”

“我说，”沈琅也不介意，甚至离他耳畔近了些，故意扬着尾音，“肖先生今晚特别好看。”

耳朵红了。

中途肖闻郁离席打电话，拍卖仍继续。

正在拍的是一件白瓷花瓶，纹样出自名家手绘，清淡素雅，不是什么高价古董，很快就进入了敲锤阶段。

沈琅在来之前看过这件花瓶的展图，适合摆在家里，花纹和颜色都很配白色的圣诞玫瑰。

待拍卖师敲下第二锤时，沈琅举了牌。

等肖闻郁打完电话回来，已进入最后一件拍卖品的拍卖阶段。

宓玫的那条项链已在十五分钟前被一名富商拍走。最后的那条粉色钻石项链起拍价极高，还没等进入落锤期，西装革履的工作人员上台跟拍卖师耳语几句，随后公布项链被一口价成交。

大厅内的顶灯陆陆续续亮起，拍卖结束，热闹散尽。

众人在礼仪的疏散引导下离场，拍下展品的则被引入偏厅办理付款取货手续。沈琅晃了晃手机，说："我在楼上餐厅预定了位置，委屈肖先生先等我一会儿，我等会儿就来找你。"

偏厅里办理手续的地方被隔成不同区域的隔间，沈琅很快办完手续，与委托人寒暄几句，取了花瓶礼盒离开。

到了餐厅，餐桌位置上却不见肖闻郁的身影。

想也知道，恒新的董事长在年末时段接到的电话必然不少，沈琅也不打电话问他，点了一瓶酒。等侍应生将红酒倒入醒酒器时，肖闻郁才在另一侍应生的躬身邀引中入席。

肖闻郁见沈琅手边摆着一个墨绿色的礼盒，看他入座，把礼盒交给他。

"上回说要送你一盆圣诞玫瑰，可惜太重了，我不好直接拿给你。"沈琅对上他的视线，眉目含情道，"给你一个花瓶，以后每天我给肖先生送一枝玫瑰，等到过年的时候，正好能养满一瓶花。"

作为追求者，沈琅不仅算得上合格，还称得上是撩拨调情中的佼佼者。

肖闻郁眼眸很深，漆黑的瞳色中似乎压了点笑意，又转瞬即逝地隐没进深处。沈琅见他解了黑西装外套的扣子，从内侧口袋中摸出个深金色的盒子，随手将外套搭在一旁。

打开后，修长的手指将盒子推过来，内里那条项链在灯光下熠熠闪着光。

钻石的切割面精细繁复，泛着通透而纯净的少女粉色——是拍卖会上最后被后台一口价成交的那条项链。

沈琅见肖闻郁的眉眼沉下来，道："新年礼物。"

摆在桌上的项链色泽剔透，沈琅以前在沈宅的时候也爱收藏奢侈珠宝，一看钻石的成色就知道价值不菲。

一旁倒酒的侍应生频频打量两人，神情蓄势待发，仿佛下一秒眼前这位英隽的先生要半跪下来求婚，餐厅的提琴手就能立即拉一首婚礼进行曲出来。

项链的起拍价极高，肖闻郁在后台一口价拍下，价格可想而知。

沈琅合上项链盒子，没收，却也没立即递还给肖闻郁。

"为什么对我这么好？……还是肖先生对每个追求者都这么慷慨大方？"沈琅顺手将手边的菜单递给肖闻郁，软着声音，随口开玩笑道，"肖先生可别跟我说你已经暗恋我很多年了。"

肖闻郁没接菜单。

一时沉默，气氛从若有似无的温存暧昧逐渐沉冷下来。沈琅抬眼，见肖闻郁情绪未明，眸色也低暗下来，盯着她看了片刻："为什么？"

刚才还好好的。沈琅顿了顿。

什么为什么？

"你送我这么贵的新年礼物，我当然会想得……多一点。"沈琅眼尾带笑，语调揶揄，"要真是暗恋我许多年，我还十条像这样的项链都补不了你的委屈，那我欠的情债可就真的还不起了，都不知道要怎么哄你。"

在那瞬间肖闻郁的神情几乎是低郁阴晦的，他垂眸拿过菜单，没接话。

就在沈琅以为自己又浪过界时，肖闻郁开了口："不用你还。"

"那就不还了。"沈琅以为他指这条项链，没扭捏推辞，道，"今晚回去后我把项链好好收起来，没准在以后我追到肖先生的时候，它还能做个见证。好不好？"

肖闻郁闻言看向沈琅，薄唇自下颌的弧度逐渐收敛绷紧了。

时隔大半个月，在沈琅打算正式对待她和肖闻郁这段暧昧关系后，说话也没个正经，好听话张口就来。

他既对她哄人的说辞感到欣喜，又对她并未深陷的暧昧感到沉冷。像给在冰天雪地里快要冻死的人递了一把淬了火的刀，灼热滚烫和绵长隐痛都来自同一个人。

"可惜今晚的酒只能倒给一个人——今晚回去总要有人来开车，是肖先生来，还是我送你回去？"沈琅贫够了，指尖在醒酒器上碰了碰，她想得很周到，补充道，"叫代驾也可以。"

肖闻郁淡声道："我开车送你。"

接下来的用餐时间，肖闻郁果然没喝红酒，而是要了一杯水。他喝不了酒，沈琅也不刺激他，点的配餐红酒象征性地喝了两口就放下了。

一顿饭吃得很安静，等到侍应生上最后的甜点时，沈琅手里的一杯酒正好喝完。

这家餐厅每桌都分散靠着四周的落地窗，邻桌与邻桌间不做隔断。一餐结束，侍应生正拿着刷卡机来结账，恰好身后走过三三两两的人，中间的男人注意到沈琅这一桌，忍不住回头打量了几眼，认出来了：

"沈琅！"

荀周可太熟悉沈琅了，就是没想到她也在这儿。他随后跟身边朋友耳语两句，脱离人群走过来："怎么你也在这里吃饭？"他一顿，恍然道，"我刚刚在拍卖会上看着眼熟的那个人就是你吧，你没看到我吗？"

沈琅嘴角带着点笑，打趣他："你不穿战袍，我认不出来。"

出了茶馆，荀周就把他那套回头率百分百的长衫给换下了，现在一身的高领毛衣休闲裤，看上去就是再正常不过的白领青年。

肖闻郁刷卡，给完小费，才抬眸看向熟络地打招呼的荀周，神色疏淡，起身伸手：“肖闻郁。”

眼前的男人浑身上下都散发着金贵精英的气息，气势却是沉稳内敛的，并不咄咄逼人。荀周往沈琅那边看了一眼，跟肖闻郁握了个手，不知道怎的，有一种打游戏不小心切错到困难模式的感觉。

沈琅介绍：“荀周，我的朋友。这位是肖闻郁。”沈大小姐也不给肖闻郁加后缀，微微一笑，非常隐晦地留了个白。

荀周看沈琅这样子，明白了。

沈琅的那个攻略对象。

虽然沈琅平时哄谁都得心应手，但真到了撩拨人的时候还是跟平时不太一样——就比如现在她跟肖闻郁待着的时候。荀周寒暄几句，看不下去了，隔空给沈琅回了一个“你轻点儿浪吧”的眼神，没在这桌久留。

从餐厅回去的路上，仍旧是肖闻郁开车。沈琅正低头用手机查阅邮件，屏幕上忽然跳出一条聊天信息。

荀周：【这是你攻略人家，还是人家在攻略你啊？】

荀周：【你那位，他刚才看我的眼神就跟我在谋夺他的家产一样。】

沈琅笑意盈盈，真诚地打字确认：【他是不是长得特别好看？】

荀周可能是被她惊到了，三分钟过去后，还没回复。

又过了半分钟，沈琅以一句话结束对话：【我在追着呢，他对我都不见得有多热情，没事针对你干什么。】

放下手机，沈琅偏头看身旁的肖闻郁，思忖一瞬，还是多解释了一句：“刚刚那个人，是我很多年的朋友。”

经过商业闹市区，车窗外霓虹灯影闪烁，肖闻郁侧过脸看她一眼，神色在光影交换中捉摸不透。

他在听，沈琅就继续：“他父母都是大学教授，典型的高知家庭，思想很……”她斟酌一瞬，用了“正统”这个词，笑着说，“但他大学毕业后就想去当道士，让父母知道以后差点没把他的腿打断，所以在很长一段时间内他的经济来源被彻底断了。”

毕竟是荀周一段不堪回首的往事，沈琅省了很多细节，简略道：“那时候他大学刚毕业，一时半会儿没找到工作，也没有收入，住在比较简陋的地方。我就是在那时候跟他认识的。”

何止简陋，像地下室那种地方，说是又脏又乱也不为过。

路遇红灯。肖闻郁停了车，问：“什么地方？” 既然都打算拿出诚意，沈琅也没故意遮掩，坦白道：“地下室。”

肖闻郁搭在方向盘上的小臂骤然绷紧了。他定定地盯着沈琅，压抑片刻，声调沉缓：“为什么去住地下室？”

他问的是她。

沈琅：“我说我只是碰巧路过，你相不相信我？”她弯了弯嘴角，软着声音补充，“不然说是去研究地下室建筑结构也行。我现在才刚开始追你，就用苦肉计博取同情，太早了。想等以后再告诉你。”

沈琅是住过一段时间的地下室。那时候她跟荀周住对门，出门倒垃圾的时候总能碰上，一个是纡尊降贵来体验艰苦生活的，另一个是逼不得已来感受尘世疾苦的，一来二去，彼此产生了点惺惺相惜的战友情。

后来荀周没能说服他的父母，只好退一步，拿父母本来留给他成家立业的彩礼钱开了一个茶馆。而沈琅也没在地下室住多久，很快住回了她那间复式单身公寓。

总的来说是一段没什么遐想空间的往事。沈琅笑起来的时候睫毛往下弯：“肖先生，我真的清清白白。没有旧爱，没有旧情难忘的别人。”

肖闻郁看着她，眼眸漆黑，深不见底。

“所以，”沈琅今晚喝了点酒，说话间不经意含着绵软的鼻音，声音勾人，“可以放心让我追你了吗？”

肖闻郁没回话。

在被第一任养父母领养前，他生活在没有任何一个体面人愿意踏足的地方。

阴暗潮湿，见不得光。

领养院的老式筒子楼里，窗户狭窄而幽暗，窗缝间满是泥尘污垢，单薄的一床被褥在日晒后的两三天里很快又变得潮湿起来。在那样的环境里，连流浪猫犬都瘦骨嶙峋，身体孱弱。

因此他清楚地知道地下室是什么样的地方。

沈宅金砖玉砌，肖闻郁第一次见到沈琅时，她像一只懒在天鹅绒里的猫，白皙精致的下半张脸埋进干净的绒毛围巾中，觉得新鲜地上下打量他一眼。

干净柔软，蓬松温驯，不属于任何潮湿晦暗的地方。

红灯过去，车流开始逐渐通行。

后面被堵着的车主开始摁起喇叭，尖锐的喇叭声钻入耳中，等到借着路灯看清这堵在大马路上找骂的是一辆豪车后，讪讪地鸣金收兵，边骂边绕过车往前开。

肖闻郁开了车，一路无话。等到把沈琅送到公寓楼下，肖闻郁的声音低低沉沉，喊她的名字："沈琅。"

他几乎没喊过她的名字。沈琅上一刻还在闭眸小憩，下一秒被喊得回了神，半困半醒间还有些几不可察的茫然迟疑，习惯性的笑容都没扬起，就见男人欺过身来，阴影尽数笼罩在她的身上。

肖闻郁替她解开了安全带，鸦羽般的睫毛逆着后斜侧打过来的微光，显得眼眶深邃而情绪浓郁。

沈琅处于刚醒的那段迷糊期，还没注意对方说了什么，就见肖闻郁下颌处绷紧的那块咬肌小幅度地动了动——

像平复收敛着汹涌的愠怒，失控感，与占有欲。

有点隐忍的性感。

"你不需要我的同情。因为我不会从第二个人的角度来看待你。"他声音很低，克制着，也不管她听不听得清，"你疼不疼，难不难受，我都能直接感受到。"

他能感同身受，并恨不得替她亲身经历。

"沈琅，对我好一点。"

对方的声音实在太低，沈琅回过神，听清了后半句话。

沈琅断章取义，实在没想到肖闻郁能有这么没安全感的时候，第一次追一个人追出了点心软的意思。

于是沈琅借酒胡来，伸手捏了捏肖闻郁的耳廓，语句缠绵地说：

“我好好追你，对你好。肖先生放心。”

02:05 03:15

第八章
谁在恃宠而骄

越临近年关，事务所反而越清闲起来。

沈琅手里接的商业园建设项目即将接近尾声，恒新那边的项目监理也不催，只是抽空带着事务所与设计院开了一个会，将施工图的汇报期限定在了开年。

每年的这个时候，事务所忙的人在到处出差，剩下手上没什么重要项目的人大半在趁空抢车票。沈琅端着咖啡路过，见一片悠闲摸鱼中，自己的助理还对着电脑在画平面图。

小助理资历浅，没被分到之前的商业园项目中，而是被分到了某个单体房型的方案设计组里。助理是本地人，不需要抢票，一腔热情全拿来浇筑工作。见沈琅过来，朝气蓬勃地跟她打了声招呼："沈工！"

沈琅踱步过去，闲聊了两句。

"要不是所里不给过年加班，我过年都想留这里了。"助理语出惊人，"沈工您不知道，现在每年我爸妈都催我带男朋友回家，我都快烦死了。对了，您过年都怎么过啊？"

沈琅摩挲了一圈咖啡杯的杯柄，笑着回："以前一个人过，今年准备去骚扰人跟我一起过。"

助理不信，把话理解成了："今年您是要带男朋友回家吗？"她八卦心顿起，有点矜持又有点激动地询问，“是上次那个地产大亨的儿子吗？您这几天送的花是给男朋友的吧？”

肖闻郁来接过沈琅一回，故事版本已经从豪门太子爷具体到了地产大亨的儿子。

沈琅顺应潮流，弯了弯眉眼，笑眯眯地胡扯：“是。未来婆婆特别疼儿子，嘱咐我对她儿子好一点，只能好好哄着了。”

自从上两周拍卖会后，沈琅没忘她“好好追肖闻郁”的事，每天定时定点地从卧室飘窗台上那几盆圣诞玫瑰里剪一枝，包装精致，匿名寄送，写明了收件人，同城急送到恒新集团大厅前台。

理想非常浪漫，现实比较写实。沈琅那几盆圣诞玫瑰撑不了几天，眼看着就要剪秃了，只好中途换了鲜花店的白玫瑰。

也不知道是有人坚持不懈地给恒新董事长送花这事比较罕见，还是董事长真的每天都收了这事比较惊悚，没过两天，开始有人效仿，也跟着匿名送起了花。

前台大厅堆满了匿名寄送给董事长的花，白的粉的，团团簇簇成一堆，分不出彼此，公司里粉嫩娇艳得像提前过起了春天。

一开始还能从花束堆里挑出沈琅送的，等换了白玫瑰以后，就再难挑出来了。

没过两天，肖闻郁给沈琅打电话，淡声道：“以后不用给我送花了。”

接到电话的时候沈琅在忙，往期项目的施工单位送来不少拜年礼，她挑到一半，停下了：“我送的花肖先生不喜欢吗？”停顿片刻，问，“那你喜欢什么样的？”

沈琅那边窸窸窣窣，包装袋摩挲的声音时而响起。肖闻郁听沈琅开口：“我这里有几包茶叶，你喝不喝茶？烟就不要了，我没见过你抽烟。送的东西都太寻常了，你肯定不喜欢。”停顿片刻，她语带笑意，“想不到了。不然我往手腕上绑条缎带，当礼物送给肖先生，这样够不够独一无二？”

办公室里，肖闻郁从落地窗俯视下去，眼睑微敛。

这话说得太没遮没拦了，沈琅想他肯定不会回，正想说点正经的，肖闻郁开了口："什么时候？"

语调沉缓，平静得仿佛是一个寻常疑问句。沈琅挑拣礼物的动作停了，没反应过来，有点怔。

小纯情会跟她调情了。

沈琅："过年的时候。"

"肖先生的礼物打算上门给他下厨。"既然都要缠着人家过年，随便找个餐厅订位置显得太敷衍。沈琅想这事想挺久了，连挂面都没下过几回的人最近开始研究起了菜谱，笑着说，"不过我没怎么下过厨，这几天要学几个菜……你喜欢吃什么？"

沉默半晌，肖闻郁的声音才响起来："都喜欢。"

"肖先生不能反悔，我都记下来了。"沈琅说得挺认真，煞有介事，"我现在的自信都是你给的，到时候做得不好吃，不能有小情绪。"说完，沈琅掂量了一下自己那点少得可怜的厨艺，指尖摩挲了一下手机，弯眸补充，"算了，有点小情绪也可以，以前你……"

沈琅像是在闲话家常，如同外表姣好精致的贝壳，在不动声色的浸泡下慢慢打开，露出骄矜的，柔软的，甚至带着自己都未察觉到的宠溺意味。肖闻郁默不作声地给她腾位置，她就挨挨蹭蹭地跨过来，末了还得寸进尺地说一句："我好好追你，对你好。"

肖闻郁接话："我以前，是什么样？"

肖闻郁在沈宅待过两年的时间，除了沈老爷子赏识，与沈家人的关系并不好。沈琅心说，在两年里，她没少去惹肖闻郁，有时候跟逗狗似的，态度称得上顽劣。而肖闻郁冷冷淡淡，不搭理她已经是很有涵养了。

再忆往昔下去，沈琅的人也不用追了。她捏着手机思忖，嘴角微弯，尾音扬着："以前你就特别好看。"

沈琅回忆起很多年前见到的一幕。

下着雨，天色阴沉昏暗。

肖闻郁从室外回来，没打伞，全身上下被雨淋得湿透。而沈琅刚从楼梯下来，就见阿姨拿着毛巾，招呼他进门。

一楼大厅新换上了丝地毯，肖闻郁浑身淌着水，站定在门口处，并没有进来。沈琅见他漆黑的发梢都滴着水，一路从额角眉骨蜿蜒流淌而下，接着那双深邃的眼眸抬起来，眼梢狭长漂亮，远远瞥她一眼。

沈琅居高临下，半趴着楼梯栏杆说："地毯湿了还能再换。你要是再站得久一点，等会儿有人过来，不知道要怎么笑话你。"她笑容很甜，"可丢脸了。"

肖闻郁擦着水，并没有回。

后来果然有人经过。要说用人的目光还能收敛点，沈琅两个哥哥就是赤裸裸地轻视了。她看肖闻郁神情不变，被意味不明的视线上下打量，也不恼不怒。

沈琅在各种目光下长大，身边到处都是端庄体面的人，默认规则，并遵循规则。被捧上云端，要靠拿捏分寸过日子。

此刻最该感到不适的那个人，却不见狼狈。

挺招眼的。沈琅心说，难怪她有事没事喜欢去逗他。

挂完电话，肖闻郁自落地窗俯瞰，远处高架桥的车流都在驶出市外。还有一周就是年三十，城市中心不像以往那么繁华，甚至还有点冷清。

沉默间，办公室的门被敲响了。

常泓进来汇报了一个项目进度，说完后，跟肖闻郁闲谈聊天："我让我助理订二十八的机票回美国，顺便把你的也订了？"

他知道肖闻郁在美国的这些年，无论圣诞还是春节都过得非常砢碜。有几年会去疗养院陪沈老爷子一段时间，陪完就回他那间办公室继续过着高处不胜寒的工作狂日子，非常没劲。

肖闻郁没说好。

常泓寻思他在国内待着也没什么事，好奇地问："不回去了？"刚想多说点什么，注意到桌上的花，"你这花怎么还没扔？"

宽大的红木桌一角摆着一个青纹白瓷的花瓶，白色的花枝团在一起，有些都快谢完了，泛黄的花瓣耷拉着。董事长没让换，别人也不敢动。

肖闻郁合上文件，将钢笔插回笔筒，眉眼都是舒展的。

回答他第一个问题："回不去了。"

往年沈琅过年，年三十跟沈立珩在餐厅里吃顿饭就过去了，如果赶上沈家另外的旁亲杂戚有邀请，顶多也就出门参加个宴会。

今年比较忙。

忙到她都有种，自己确实是在过年的错觉。

二十九的下午，沈琅给肖闻郁发了一条消息，刚打算去接人，对方就打来了电话。

肖闻郁的车停在公寓楼下。沈琅坐进车内，注意到车窗内层玻璃都已经结了一层朦胧的雾气。她勾起指尖画了两道水痕，停顿片刻，偏头问："肖先生在这里等了很久？"

沈琅才给他发消息，他就已经到了她公寓楼下。

肖闻郁开着导航，去市内一家百货超市。闻言侧过脸，对上沈琅笑意盈盈的目光："没等多久。"

沈琅也没戳穿他："我就当你特别期待我的厨艺了。"

年二十九的马路上车辆稀稀落落，沿街的商场店铺大多数提早关了门。车一路开过来畅通无阻。

到了超市，人反而多起来。

来超市的都是要置办年货的人，气氛热闹，生鲜区更是人流拥挤的重灾区。

肖闻郁没再穿西装，烟灰色的薄毛衣外套了一件黑色大衣，颀长挺拔地往人群中一站，很快成了众人瞩目的焦点。沈琅中途接了一个沈立珩的电话回来，见他已经被三三两两的阿姨围在中央，打听家室。

见到沈琅，他微抬起眼，眸光停在她身上，开口说了一句话。

周围声音嘈杂，沈琅大概能看出他的口型，夹了"追求"两个字。

人群的目光循着肖闻郁看过来，恍然，不久后散去。

沈琅手里拿着清单，沿着货架找商品，回头笑问："刚才你说了什么？"

肖闻郁推着推车，眉目沉敛，声音很沉："我在追求你。"

沈琅原以为肖闻郁会讲"她在追求他"之类的说辞，没想到他在人前给足了她面子。她听到后愣怔了一瞬，随即睫毛跟着弯下来："肖先生好贴心。"

肖闻郁单手推着车，从冷藏柜里拿了一袋黄鱼，闻言抬眸看向沈琅，正要说话，就被她拦住了手。

沈琅这几天上手试了几个菜，将她能做的食材都列在了清单上，并没有黄鱼。

他的手指刚碰到冷藏柜的冰块，泛着冷意，很快被沈琅附过来的温热掌温回暖。肖闻郁微眯了眼，握住她主动伸过来的手，牵住了。

"我们不做这个，"顿了顿，沈琅坦白，"我不太会做鱼。"

沈琅看他，示意手上的清单，语气带着点没辙，还有些纵容，像在哄人："会做的就这么多了。肖先生不能再恃宠而骄了。"

黄鱼早在沈琅伸手过来的时候落回了冷藏柜，肖闻郁垂眸看向两人交握住的手，开了口："我来做。"

过年餐桌上只有她的菜确实不靠谱。沈琅觉得可行，刚要再把那袋黄鱼拿起来，才发现两人的手牵着。

有一会儿了。

沈琅确实不太记得谁牵的谁了，很大可能是她刚才去拦人的时候牵上的。

男人的手掌比她的要大许多，骨节匀称，手指修长。牵手只是一段无意中的小插曲，但沈琅意外地没什么想抽手的念头。她甚至还有些犯懒，捏了捏肖闻郁的指腹，没动。

不仅没动，张口就哄人的本事也没了。

片刻后，沈琅出声："明天下午我得找我二哥吃餐饭，吃完以后就来陪你跨年，不会太久。"她笑着说，"要是留肖先生一个人跨年，我这个追求者当得也太不称职了。”

肖闻郁的目光扫过沈琅的清单，见大部分食材已经被标了记号，基本被选进了推车里。

他问：“还想吃什么？”

“我想吃什么，你都能做吗？”沈琅知道肖闻郁的厨艺，比她好太多。没等他回，她接话，“今晚还是算了。我准备了几天，你好歹让我有个表现机会。”

沈琅按着她那份清单买下来，结账，等到肖闻郁出超市取车时，天色已近黄昏。

上次酒会后，沈琅开车送肖闻郁到过他的公寓楼下，但并没上去。这回来了一趟，发现自己买的那一堆食材还买少了。

偌大的公寓里窗明几净，该装修的一样没缺，甚至结构装潢得非常精巧，一看就是包给了哪家精装修的公司。只是屋主不常回来，回来了也是深夜凌晨，几乎不开灶下厨。

冰箱里只有几瓶水，别的什么也没有。

也不知道肖闻郁那手好厨艺是怎么练出来的。

沈琅开了冰箱，思忖着，她公寓的那冰箱里好歹还有几包速食挂面。

好在肖闻郁即使不在公寓里下厨，却对厨房摆设记得清楚。沈琅见他驾轻就熟地将多余的食材挨个儿放进冰箱，剩下的清洗打理，切好备用，完成后顺手拉开一个橱柜，拿出煲汤用的炖锅。

他是进来帮忙的，现在看起来反倒她像助手。

沈琅手里的番茄洗了一半，来了兴趣：“肖先生平时也不下厨，怎么想去练厨艺了？”

肖闻郁正在烧水，闻言看她一眼，简洁地道：“你不会。”

她不会厨艺。

沈琅顿了一瞬，没理清这是个陈述句还是疑问句。她还想出声，流理台上的烧水壶倏然烧开，蒸腾的水汽叫嚣着蔓延上来。肖闻郁撑着台沿，神情捉摸不透。

沈琅以前不会厨艺，是因为沈宅里有阿姨，沈大小姐十指不沾阳春水，早上想吃的菜，中午就能摆上餐桌。等到自己从沈宅里独立出来，做到建筑设计师时，就忙得更没时间自己下厨，每餐饭不是外卖就是随便应付过去，能准点吃上饭就已经是对胃的尊重了。

厨房内，炖锅里煲着汤，渐渐地弥漫出食料的香气。

清洗池对肖闻郁来说还是低了，沈琅在另一头切胡萝卜，见男人在池边处理排骨。后颈与脊背微躬，隔着烟灰色的薄毛衣，背肌舒张后又紧绷。

非常赏心悦目的一幕。

“肖先生，袖子松了。”沈琅出声。

肖闻郁的衣袖没挽紧，随着动作往下移，刚好卡在小臂肌肉处。沈琅走过去，挨近了，伸手替他挽起来。

她替他挽袖子的时候微垂着头，乌黑的长发披在肩后，松松地用发绳扎起来。动作间，发绳也跟着脱下去，如瀑的长发顺着披散开。

鼻端萦绕着花木调的淡香，浅淡旖旎。

肖闻郁垂眼，眸色骤然低暗。

沈琅挽好袖子，目光落在肖闻郁那双浸在水里的手上，想起超市里那个让她有点犯懒的牵手动作，意外地没动。

“怎么办，”片刻，沈琅抬眼看肖闻郁，弯着眉眼说，“你的手太好看了。”

肖闻郁回视她，没回话。

厨房里很静谧，炖锅轻微地“咕嘟”一声，显得沈琅下一句话特别清晰——

“我都为肖先生下厨了，能不能给我牵一下手？”沈琅声音很软，觉得没够，又补了一句，“再牵个手吧。”

沈琅还没有下一步动作，水声响起，肖闻郁手腕一动，反手牵住了她。

他的声音带了压抑的哑，耳廓也泛上红色，几乎克制到了底：“别说话了。”

沈琅还真没再开口撩拨他，牵了一会儿，收了手，眼带笑意地去切她那堆切到一半的胡萝卜。

这回沈琅试了几道准备过的菜，好在手艺没那么糟糕，看着还凑合，味道淡了点咸了点，都在接受范围内。

唯一出彩的是餐桌上的那道鱼——鱼是肖闻郁煎的，从旁边摆盘的雕花小番茄就能看出来主厨刀工不错，不像是自己平时下厨琢磨的，应该真是专门去学了厨艺。

饭后，肖闻郁收拾餐桌，在洗手台前洗手。沈琅切完水果，靠着厨房的流理台，看向男人。

她想起肖闻郁两个月前在餐厅跟她跳的那支交谊舞，又想到他莫名去学的厨艺。

"肖先生神神秘秘的，我好奇很久了。"沈琅忽然问，"我还有什么不知道的？"

肖闻郁冲水的动作停了，缄默片刻，嘴角抻平了，像是一个微抿的动作。

她有什么是知道的。

肖闻郁："你想知道什么？"

"我想知道，"他没有正面回答，沈琅也不追问。她没有当面问人隐私的习惯，反而顺着话问，"明天晚上我们吃什么？"

肖闻郁洗完手，关水，转过身的时候已经收敛了情绪，看着她道："随你。"

当晚，沈琅没多逗留，她坐了肖闻郁的车过来，他原路将她送回去。

公寓楼下人影幢幢。沈琅下车，没立即上楼，而是又矮身叩了叩主驾驶座的车窗。

车窗缓缓摇下，露出肖闻郁轮廓英隽的一副面容来。

沈琅在寒冬腊月里呵着白气，翻手袋，将准备好的红包递给他，笑容满面地道：

"提前祝肖朋友新年快乐，等我回来跨年。"

年三十下午，沈立珩约了沈琅聚餐。

沈二少身边的女人很多，在过年的这段假期常会忙着带女人出国度假。因此以往这个时候，他跟沈琅在年三十简短地聚完餐，就算是过完年了。

沈立珩在前一天晚上订好餐厅包间，给沈琅发了地址。

餐厅位置离沈琅的公寓不远，马路上冷冷清清，车辆稀少，沈琅到得很快。

侍应生从门口一路引着沈琅进门，推开包厢，躬身让她进去。

沈立珩也是刚到没多久。他看着菜单，抬眼望见沈琅，招呼道："琅琅来了，来，坐这里。"

包间里还坐着一个人。

沈琅的目光扫过沈立珩，落在坐在一旁的宓玫身上，微微诧异了一瞬："大嫂。"

宓玫已经脱了外套，穿着一件细绒的白色毛衣，长发微鬈，看上去温婉而雅致。她放下水杯，勉强朝沈琅笑了笑："琅琅。"

"二哥没告诉我还有人来，我只带了一件礼物，要委屈大嫂了。"沈琅落座，把带来的礼物拿给沈立珩，"新年快乐。"说完，她弯了弯眼眸，"大嫂，新年快乐。"

沈琅没问为什么宓玫也在。沈立珩不是那种喜欢没事叙旧情的人，他能说动宓玫过来，就一定有他的目的。

多半是为了沈立新的事。

三人寒暄几句。点完单，沈立珩转了话题，直接道："琅琅，等开了年，再过三个月，你就能办理股权转让手续了吧？"

沈琅微顿，看了一眼身旁的宓玫，应了一声："嗯。"

沈立珩没避讳在场的宓玫，他本来今天叫人来也是为了公司股权的事，顺着把话接下去了。

三个月后，沈琅的股权继承约束解除。到时候，她就能把她手里恒新百分之十的股份转让给沈立珩。但在过去的三个月内，恒新高层的格局剧变，如今肖闻郁占着公司近百分之四十的股份，即使沈琅将股份转给沈立珩，后者也拿不到公司的实际控股权。

谈话间，沈琅注意到宓玫的神情。她一直听着，没接话，也没表态，脸色有些发白。

她并不想来。

“到时候，我还是只能让那个废物来管我们沈家的公司。”沈立珩脸色难看，“以前恒新由老爷子接管也好，大哥接管也好，我接管也好，最后怎么都轮不到让个外人来管！”

“一个外人，是怎么拿到公司这么多股份的？”

沈立珩查过肖闻郁账户的公开交易记录，找不出一丝纰漏，唯一能想到的就是，肖闻郁不是在交易上动了手脚，而是在其他事情上动了手脚。比如沈立新的车祸。

那场车祸引起的一系列效应，看似都推波助澜地在帮肖闻郁取得了如今的地位。

沈立珩转向宓玫：“大嫂，你之前跟我说过，大哥在美国的时候，跟肖闻郁的关系非常不好。”他直白地问，“我大哥的车祸，跟他有没有关系？”

宓玫看了一眼沈立珩：“我不知道。”

沈立珩皱了眉，还想再说些什么，包间门被敲开了。

侍应生端上汤，躬身离开。宓玫拿起公勺，默不作声地给自己舀了一碗。

她的手是微微颤抖着的。

沈琅替她拿了汤勺，不动声色地问：“大嫂，你很冷吗？”

宓玫也意识到了自己的异样，将手往里缩了缩，维持笑容道：“没有。”

“怎么可能没有关系？”沈立珩拧着眉继续，“没有关系，大哥他好端端的，怎么会酒驾？肖闻郁一个外人，怎么能在恒新里坐到现在的位置？大嫂，大哥和你那么恩爱，不能平白无故就出了事。你再好好想想，车祸当晚有没有细节是……”

沈琅知道他在想什么。

宓玫是公众人物。当有影响力的公众人物在媒体前表态，隐晦地怀疑自己已故的丈夫死因时，事态会陡然扩大。

沈立珩手里有着恒新文娱公司的产业链，到时候借舆论再次发酵，不管肖闻郁有没有罪证，都会成为被怀疑的对象。他只要怀疑就够了，而丧失公信力会让一个公司的董事长受到重创。

沈立珩丝毫不放人，宓玫已经红了眼眶。

沈立珩持续打感情牌："大哥他以前那么爱你——"

"是我。"

宓玫终于克制不住，撑着额头，神色接近崩溃，哽着声音打断他："立新车祸的事，全怪我。"

"都怪我，是我……"

声音戛然而止。

包间内无声寂静。

宓玫将脸埋进手里，深吸着气，眼泪掉得很凶。再松开时，精致的妆容已经胡乱地被晕染开，神色憔悴而绝望。

"没有别人，我不想拖别人下水——

"肖闻郁是爷爷定下的继承人，他害立新干什么呢？"

宓玫呜咽道：

"是我。"

包间内静默无声，一时间没有人接话。静到只能听见宓玫时断时续的哭声，喃喃重复着同样的字句。

沈琅很快地蹙了蹙眉，将手边的纸巾盒递给宓玫，轻声安慰："大嫂，慢慢说。大哥车祸那晚，到底发生什么事了？"

"你再说一遍，什么叫老爷子定下的继承人？肖闻郁？"沈立珩难以置信，厉声打断，"肖闻郁怎么会是继承人？！"

宓玫没有接过纸巾，她平复了片刻，目光扫过沈立珩，最后落在身旁的沈琅脸上。

她这几个月，没有一天不陷入巨大的恐慌、压抑、悔恨中。

她竭尽全力想和沈家撇清关系，和过去撇清关系，好像撇得再干净一点，她就能清清白白。

如果不是因为她。

“对不起，对不起，我……都是我，”宓玫脸庞满是泪痕，连声道歉，泣不成声，“那天如果我没有让立新发现，他就不会那么生气。如果我没有提前叫走老庄，他也不会酒驾，也不会……”

老庄是沈立新的司机。

宓玫的思绪很混乱，说得并不连贯，沈琅却隐隐地有点听明白了。

沈琅：“大哥发现什么了？”

“他发现，”宓玫埋着脸深吸一口气，声音很低，“发现我跟方泓还有联系。”她又说，“一个导演。我们很早就认识了。”

“那天晚上，立新发现以后，很生气。我们吵了一架，吵得很凶，我没想到他那么生气。”宓玫说，“我想他应该不想看到我，就先走了……是老庄送的我。”

那天晚宴中途，两人在偏厅露台上争吵后，宓玫独自先离开，因此一直跟着沈立新的司机就先开车送了她回去。

沈立新正处于盛怒中，在晚宴上醉得不成样子，暴戾而不耐烦地拒绝了身边的人要给自己找代驾的提议，独自开车回家。经过车流拥挤的曼哈顿大桥时，他半醉半醒地想点一支烟，烟还没叼在嘴里，方向盘就打了滑——

轰然的爆鸣声接连响起。

“我们没有那种关系……不是立新想的那种关系。立新他应酬多，整天整晚地不回家。我就是想，想试试还有没有机会再回圈内演戏。”宓玫缩在额角的手指微微抖着，像是在说服自己，又重复了一遍，“真的不是你们想的那样，我已经……自从立新车祸后，我再也没联系他了。对不起，真的……”

沈立珩脸色难看，突然插话：“你说跟肖闻郁没关系，我查过，他那晚给大哥打过电话，怎么回事？”

“他看到了。他知道……他知道是因为我，都是因为我。”宓玫脸色苍白。

大吵过后，宓玫难堪地转身离开，撞见了正要来露台接电话的肖闻郁。

男人西装革履，神色一贯疏淡而冷漠。宓玫像阴暗不堪的秘密被见了光，打了一个寒战，慌不择路地逃离这场宴会。

除了已经去世的沈立新，只有肖闻郁知道，她不是光鲜复出的影后，而是一切罪恶的始作俑者。

沈立珩气笑了：“你的意思是说，肖闻郁那晚给我大哥打电话，是想劝他别酒驾？”他觉得荒诞，重复了一遍，问，“他跟我们的关系差到这个地步，你觉得他会好心提醒我大哥？”

一旁，自始至终缄默着的沈琅顿了顿，像是提前猜到了什么，神情复杂而微愕地看向宓玫。

宓玫泪痕未干，沉寂片刻，才开口：

“再差，也有血缘关系。

“肖闻郁，他是爷爷的私生子。”

02:05 03:15

第九章 想讨你喜欢

除夕夜，从餐厅开向肖闻郁公寓的一路上都没见什么车，马路空旷冷寂，整个城市的人吃过团圆饭，都窝在温暖的家中守岁。

沈琅的车不是公寓楼盘的登记车辆，被拦在公寓区外。

她没有立即打电话给肖闻郁，而是在原地停了车，开着车载电台，在音乐声中缓缓向后靠进椅背。

沈琅很早就知道，自己不是沈家的人。

在沈大小姐的中学时光快要接近尾声的时候。

那一年恒新集团的市场重心转向了海外，沈老爷子带着她大哥和肖闻郁一起去了美国，被留在国内公司的沈立珩快气疯了，连带着对沈琅都没摆什么好脸色。

沈立珩和沈立新是同胞的亲兄弟。在很多年前，两人的父母在旅行途中意外坠机身亡后，就是老爷子在管教两兄弟。当时老爷子更重用沈立新，沈立珩当然不快。

沈琅没打算待在沈立珩面前找罪受，跟着圈内同龄的几个千金名媛商量好了旅行计划，准备在几个月的中学毕业礼以后，去环游欧洲。

而在沈琅的毕业礼当天，远在美国的沈老爷子给她打了电话。

“接下来你要有自己的生活，”老爷子说，“有些事也该告诉你了。”

沈老爷子一直以来都不太管沈琅，该给的都会给，多余的一句也不过问，因此沈大小姐早就在沈宅里逐渐摸索出了一套生存法则。这么多年，所有人都以为是沈老爷子重男轻女，连沈琅也同样以为。

直到那刻，沈琅才知道，自己的父母并不是坠机身亡的沈氏夫妻，自己也并不是沈立新和沈立珩的亲妹妹。

沈母当初怀孕不幸流产，导致不孕，悲恸的夫妻俩才抱养了同为女婴的沈琅。这件事，沈宅上下，除了老爷子和私人医生，没人知道。

沈琅用了近一个月才勉强让自己接受这个事实，并竭力尝试摆脱自己娇生惯养的毛病，报了建筑学，独立出沈宅，不过问公司的事。

甚至为了磨去大小姐的脾性，去住过很长一段时间的地下室。

但先天的骄矜与娇贵像与生俱来刻印在她的灵魂里一样，拔除不掉。

车里，电台已经换了一轮歌单，从舒缓悠扬的钢琴曲转成了新年歌曲，热烈欢快，离大年初一还有二十分钟。

沈琅安静地想了一会儿，从副驾驶座上拿过手机，解锁，点开肖闻郁的联系列表。

电话响了两声，被接起。

“肖先生，”沈琅坐在车内，看向远处一幢幢亮着灯火的公寓楼，声音低而软，笑着问，“你睡了吗？”

肖闻郁知道自己是沈老爷子的私生子，与沈家有血缘关系，却不拒绝她的追求。

他早知道她不是沈家的大小姐。

什么时候知道的？

沈琅的尾音听着很轻，却不像平时漫不经心的声调。肖闻郁关掉电脑文件，拿起挂在衣帽架上的大衣，出书房：“没有。”他看了一眼时间，淡声问，“你在哪？”

沈琅没回答，继续道：“太晚了，我就不过来了。祝肖先生新年快乐，平平安安。早点休息。”

沉默片刻，沈琅看了一眼手机，肖闻郁居然没有挂电话。

车载收音机里仍然在放着喜庆的新年歌曲，电台主持人在为新年零点的到来热场。

“你在外面？”肖闻郁听见隐约的电台声，停顿须臾，出声，“给我地址。”

十分钟后，一辆车从地下停车场驶离，出了公寓区，停在沈琅的车前不远处。

沈琅见肖闻郁下车，一身黑大衣，衬得身形越发挺拔颀长，在寒夜里径直朝着这里走过来。

这边，沈琅也开了车门。她呵着白气，跟人打招呼：“肖先生。”

沈琅出餐厅的时候心不在焉，连外套都忘在了包间，等到了酒店楼下，又不想再折回去拿了。因此她此刻只穿着毛衣，刚从开着暖风的车里探了一只脚出来，就被寒冬腊月里的冷气从头冰到了脚。

肖闻郁只看了她一眼，眉宇就蹙了起来，声音骤然低沉：“回车里去。”

沈琅满脑子试探的话，被他一句话就给呛进了车里。她身体是坐回去了，嘴上没停，叹气：“没想到我开了这么久的车过来，你第一句话就是让人回车里……”

车门半开着，肖闻郁半撑着俯身下来，挡着大半的风口，垂眸问：“外套呢？”

沈琅：“忘在酒店里了。”

肖闻郁没再问，漆黑的眸子注视她一眼，开始解身上的大衣。

沈琅侧坐在驾驶座位上，看见肖闻郁解大衣扣子的动作，忽然觉得确实是挺冷的。

她已经很久没想自己不是大小姐这件事了，今天突然因为沈立新的事翻出来，在车里回忆了挺久。本来还打算找个时间，或试探或直白，当面问问肖闻郁本人。

但现在有点懒了，看着肖闻郁，心里想的却不是什么正经的事。

离新年还剩一分钟，电台主持人已经在倒数，正数到四十秒。

“肖先生，就快新年了，”沈琅抬眼和肖闻郁对视，眼睫弯下来，偏浅的瞳色显得多情又缱绻，“我有一个新年愿望，不知道你能不能帮我实现？”

肖闻郁已经解完了大衣的扣子，闻言停了动作，眉眼晦暗，直勾勾地看着沈琅：“什么？”

“不想要外套了，换一个拥抱吧。”

沈琅觉得自己挺得寸进尺的，软着尾音，笑着问：“肖先生给不给抱啊？……不给我就回——”

下一秒，沈琅眼前一暗，肖闻郁欺身过来。

沈琅先感受到的是冰冷的微小气流，随即周身一暖，被俯身探进来的人罩了个兜头暖。

肖闻郁隔着大衣拥住人。

新年倒数正巧完毕。

“……二！一！”电台主持人激动道，“新年快乐！各位听众朋友们，现在……”

沈琅在热热闹闹的电台背景音中回拥对方，贴着毛衣，听见了肖闻郁强劲有力的心跳声。

“新年快乐。”沈琅笑问，“你想要什么新年礼物？”

她柔顺微鬈的长发无意间扫过肖闻郁的手指，痒而撩拨。

拥抱不过几秒，肖闻郁撤回身，继续脱了外套，给沈琅。

做完这一系列动作，他才开口，声音低缓平静：“你的车。”

沈琅有点没反应过来，缓慢眨了一下眼，“我的这辆车？现在？”

她送给他自己的车，今晚还能去哪？

时间已过零点，新年第一天的凌晨，公寓住宅区前的街道上冷清寂寥，放眼望去见不到一个人影。

沈琅披着残留体温的男士大衣，微仰着脸跟肖闻郁对视片刻，转而问：“肖先生还有没有其他想要的？”

肖闻郁盯着她，睫毛的光影很深，没回话。

沈琅：“可是你要了我的车，我就回不去了，怎么办？”她的声音听起来有点苦恼，“要是你留我过夜，晚上一定要锁好房间门，说不定我溜门撬锁就进来了。还在追求期呢，太冒犯了。”

肖闻郁没理沈琅嘴上的占便宜，沉沉地看她一眼：“你知道锁房间门就好。”

时间确实很晚了，沈琅顺理成章，留宿在了肖闻郁的公寓。

偌大的公寓宽敞整洁，一丝不苟。肖闻郁收拾了一间客房出来，等沈琅自己熟门熟路地去厨房倒了一杯水回来，客房的床都铺好了。

以前还没察觉，现在知道他是沈家真真正正的掌权人后，再看他下厨铺床，有一种说不清道不明的微妙感。

沈琅靠着房间门，出声道：“刚才我在厨房看见煲着的汤了，是留给我的吗？”

肖闻郁要出客房门，脚步停在沈琅面前，垂眼看她：“还是温的？”

“温的，我偷着喝了一碗，味道很好。”沈琅倒了两杯水回来，递给他一杯，揶揄着逗他，“看来哪天我真要抽空去学怎么下厨了，要不然就这样追你，一点胜算都没有。”

话刚说完，沈琅见肖闻郁接过水杯，简明扼要地评价她的话：“你没有胜算。”他淡声补充，“你没有竞争者。”

沈琅看着他，心里那种蓦然被勾着发痒的感觉又来了。

肖闻郁喝水的模样实在很赏心悦目，微抬的下颌分明，流畅紧绷的脖颈儿弧度在他的喉结处突出，随着喝水的动作上下滚动，是属于男人的某种性吸引力。

沈琅握着玻璃杯，站着没进去，忽然道：“你这样喝水，我突然觉得你那一杯比我的更好喝了。”

肖闻郁刚好喝完水，停下动作，站在客房门口盯着她看。

在客房的窗外，远处幢幢的公寓已经暗了下来。市内不让放烟花爆竹，守岁过了零点，万家灯火就逐渐熄灭了。黑夜深长，像只有这里的灯光还亮着。

沈琅就站在房间的门口，抬起的眼睫毛纤长鬈翘，红唇含笑，周身柔软，还在对他说着缠绵的轻佻话。

只要他想，此刻就能关了灯，搂过她的腰摁进床里。熄灭这一盏灯，蓬勃汹涌的欲望就在黑暗里恣意生长。

生理上的快感永远会比心理快感来得更快更直接。

但情欲也会覆盖温情。

见肖闻郁没回，沈琅习以为常地往外走，抽空笑着问："你还要不要水？"

肖闻郁捏着空玻璃杯的指端泛白得可怕，无数见不得光的阴暗欲念如野草一般在他内心深处疯长。他无声地盯着她的背影半晌，最后收回目光。

"不用。"

沈琅意外地留宿在这里，没提前准备换洗衣物，于是肖闻郁找了一套干净的男士居家服给她。等沈琅洗完澡出来，拿起放在床头柜上的手机，终于有闲心查看信息。

过了零点，手机屏上多出了一堆新年祝福。沈琅照单全收，靠在床沿挨个儿把祝福语回了，等回完后才放下手机，拿起喝完的水杯，打算出客房门再倒一杯水。

经过宽敞的回廊，半开着门的书房居然还亮着灯。

时间已经是夜里近一点。

书房里灯光明亮，肖闻郁开着电脑，显然还在处理公事。沈琅敲了敲书房门，对上肖闻郁抬眼看过来的目光，弯起唇："恒新什么时候缺人到这种程度了？以前爷爷坐在这个位置的时候，也没见这么忙过。"停顿须臾，她轻声补充，"你新年第一天就这么拼，我可心疼了。"

肖闻郁眸光微动："你睡不着？"

"快要睡了，出来接一杯水。"沈琅晃了晃手上的水杯，"肖先生还不睡吗？"

"再等等。"

肖闻郁确实只是在找点事给自己做。

他意识清醒，偏偏罪魁祸首还优哉游哉地荡过来，扒着门框招惹他一下，又拿着水杯走远了。

过了几分钟，罪魁祸首又踱步过来了，这回手上多了两听啤酒，仍旧是靠着书房门侧，笑意盈盈地问他：

“睡不着，有时间聊一聊吗？”

书房铺着柔软厚实的地毯，靠近落地窗前的几米外，摆着一整套软座椅榻，平时坐在这里喝咖啡，一眼就能望见坐落在公寓住宅区中心的人工湖景。

现在夜深，只能看见倒映在窗上的两个人影，带着静谧的意味。

沈琅开了一听啤酒，往窗外望了一眼漆黑的夜色，撑着脸开口：“过新年没有烟花，可惜了。”话音刚落，她又问对面的肖闻郁，“肖先生想不想看烟花？”

沈琅眼底带着促狭的笑意。肖闻郁回视她，眉眼深邃而沉静，问：“你想放烟花？”

“我想放给你看，”沈琅拿过一旁的手机，低头点了半天，准备好了，“马上就好。”

肖闻郁见沈琅站起身，走到书房开关座前，伴随轻微的“吧嗒”一声，关了灯。

黑暗的室内只剩下手机的光亮，沈琅沿着原路坐回来，找了一个干净的烟灰缸当底盘托座，将手机搁在两人中间的茶几桌上，点开视频。

她找了某个烟花大会的实拍视频，放给肖闻郁看。

半明半暗的气氛下，沈琅声音含着笑：“暂时将就点吧，这么晚了，我也不能给你摘星星找月亮，没别的讨你喜欢了。”

肖闻郁搭在啤酒罐上的指骨扣紧了，像一个压抑按捺的动作，声音很低沉：“你没必要想着讨我喜欢。”

沈琅：“不讨你喜欢，怎么能追到人？”

她顿了顿，又接话，带着开玩笑的语气：“其实我可自私了，连追肖先生，都希望最后是你多喜欢我一点，到时候要是没结果，也不至于太难受。”

感情有如玻璃碴儿，在手心端详的时候剔透又漂亮，等到真正想握紧的时候，还要提防以后被扎得满是血口。

以为关系亲密血浓于水的亲人，有一天突然不是了；以为自己栽培扶持能看着成长起来的助理，有一天因变故猝然离开了。

再漂亮的建筑，剥离砖瓦就剩下一副钢筋龙骨；再漫不经心的外表，褪去皮肉也只是一颗游离不安的心。

沈琅吃过亏，因此朝着肖闻郁走的这一步，想了很久才迈出来。

手机屏幕的光亮明明灭灭，肖闻郁看向沈琅的眸色深沉如浓墨。半晌，他倾过身逼近了，盯着她问：“还要多喜欢？”

那些涌动情热的，蛰伏已久的，在年月里野蛮疯长的渴望，在此刻被他狠狠压抑克制着。

还要多喜欢。

沈琅以为他这话是在问自己，手上的啤酒罐碰了碰他的，轻声回：

“等我追到肖先生，再帮你问问那时候的他。”

沈琅有一搭没一搭地跟肖闻郁闲聊，一听啤酒很快见底。

昨天她为了做啤酒鸭，在超市里拎了一箱啤酒过来，这会儿肖闻郁公寓的冰箱里还囤着不少。中途沈琅出书房，又拿了几罐。

从今天下午听到真相的不可置信，到在车里自我消化的那几个小时，沈琅的神经一直紧绷着。现在氛围宁静后，她喝了几罐酒，逐渐觉得很困了。

四周彻底安静下去。

在手机屏的光下，沈琅陷进软椅里，白皙的脸庞侧靠着柔软的椅背，手搭在脸侧，手里还拿着一听喝得差不多的啤酒。

睡着了。

肖闻郁暂停了还在播放的烟花视频，起身过来，从沈琅手里抽出啤酒罐。

手里突然空落下来的感觉并不舒服，沈琅睡得很熟，但还是在睡梦中下意识地缩紧了手指。

啤酒罐被彻底抽走的那刻，被她缩手的动作勾了一下，肖闻郁动作一顿，啤酒罐往旁边倾斜了一个角度，留在杯沿的啤酒随即流淌下来。

几滴酒液顺着她的下半脖颈儿流下去，带出一道水光潋滟的酒痕，浅浅地汇在锁骨窝处。像蛊惑。

肖闻郁的咬肌几乎在刹那间绷紧了。呼吸渐深。

在细碎微弱的光影下，沈琅合着眸，长睫疏落，毫无所觉。

良久，肖闻郁撑着她座椅扶手的手指收紧，俯身下去。

他的唇就在她的颈侧。

她刚洗过澡，带着清新的沐浴露香气，穿着他的居家服。这种彼此贴合的熟悉感几乎要蚕食他的理智，让他神经战栗，再难按捺地凑近了，汲取她身上的气息。

肖闻郁眸底带着浓稠得化不开的情绪，微侧过脸，薄唇循着沈琅脖颈儿皮肤上晶莹剔透的水痕，一路吻下去。

直到吻去她锁骨窝里的酒液。

翌日，沈琅从客房床上醒来，窗外的阳光尽洒，床头柜上还放着一杯水。

昨晚她在聊天途中睡着，最后一定是肖闻郁抱了她进来。

肖闻郁起得很早，已经晨起健身过一轮，并在餐桌上给她留了早餐。沈琅洗漱完，到书房去找他，没想到人不在书房，而是刚从主卧里出来。

男人洗完澡，只穿着黑色单衣，烟灰色休闲运动裤。身形颀长，难得很居家的模样。

沈琅的心情从起床到现在就一直懒着，跟他打招呼："早——"她笑，"肖先生，我重不重？"

肖闻郁看她，目光落在沈琅的锁骨处，停了几秒："不重。"

沈琅身上还穿着男士家居服，注意到他的目光，也低头看了一眼，弯了弯唇道："衣服我还穿着，你现在想要回去暂时是不行了。等我今天回去洗了，哪天有空再过来还你。"说完，她又补了一句，"不会因为我穿过了，你就不要了吧？"

肖闻郁没接她的话。他眉宇舒展着，像是隐着笑意，淡声开口：“等会儿我送你回去。”

这个年过得挺快。过了初六，上班的上班，开工的开工。

假期几天，沈琅总往肖闻郁那里跑，没事骚扰骚扰他，顺便留在公寓里吃顿饭。大部分时间是肖闻郁在下厨，沈琅作为来客，有时候也跟着他研究几个菜。一场假放下来，她居然也能出两个像模像样的菜品了。

刚一上班，事务所里大大小小的会连着开了两天。

去年沈琅手里那个恒新商业园的项目延续到了今年，已经进入了画施工图的阶段。沈琅在先前主负责了方案初设的部分，接下来施工图的部分则由组里的另一个结构师主负责。因此，她在这个项目里剩下来的事情并不多。

沈琅手里新接了两个别墅楼的小项目，她从E组里重新划了两个小组出来，分别做这两个项目，确实忙了几天。

开了年，肖闻郁那边不会比她这里闲。沈琅见不着人，抽空给他发短信。

沈琅：【肖先生忙不忙？】

自从过完年，沈琅觉得肖闻郁疏淡冷漠的模样减了很多，至少回信息比以往来说是快多了。五分钟后，屏幕上跳出来他的回信。

肖闻郁：【还好。】

沈琅又收不住了，随即打了一句：【几天没见，我挺想肖先生的。】

这次肖闻郁没再回了。

工作日难见到人，好在还有周末。沈琅没忘自己还在追人的事，本来打算周末找个时间，约肖闻郁吃晚餐，没想还没到周末，就意外地见到了人——

在商业园项目的会议上。

商业园是大项目，施工图是一批一批交审的，其中有一栋楼的结构施工图过了审，却在开始施工的中途出了问题。

那张施工图中本来应该说明要用到某高抗震等级的框支梁，结构师却因一时疏忽没标注，因为不是什么明显的结构错误，所以图也过审了，这就导致开始施工的时候出现了问题。

本来不是什么大事，恒新那边敲定了周五的时候来事务所开一个简短的会议，只要重新敲定施工图就行了。

沈琅作为这个项目在华慕的总负责人，自然要出席会议。

她出了办公室，正要去楼上会议室，就在电梯口被助理拉住了。

“沈工，这次好像来了甲方那边的大 boss。”助理被人叫去提前布置会议室，正好碰见恒新的人。她没参加商业园项目，忙不明状况地悄声问，“是我们出了什么严重状况吗？那个 boss……”她见到人，这会儿脸都是红的，跑题说，“那个 boss 他，好，帅，啊——”

肖闻郁之前在写字楼下接她的时候，露过一面，但只有楼下大厅的前台看见了，因此事务所里没人将这个恒新董事长和传说中的“追求沈工的豪门太子爷”联系在一起。

进了会议室，沈琅一眼就看见了坐在首席的男人。

肖闻郁一身剪裁精良的黑西装，眉目如画，闻声抬眸瞥过来，动作微顿。

众目睽睽下，沈琅自然地伸手，客气礼貌地微笑：“肖总，幸会，好久不见。”

肖闻郁与沈琅握手，男人修长的手指绅士地握了她的前半截手指。即将松开时，沈琅微勾起手指，在他指腹擦过。动作转瞬即逝。

沈琅无声地占了一个便宜，心情很好，在组内的结构师身旁坐下。

正站着的会议主持躬下身，一脸笑容地问沉默不语的肖闻郁：“肖总，您看……”

肖闻郁眸光深邃，收回目光：“开始吧。”

本来就是小会议，从开始到结束不过一小时。

这样的会议让恒新的监理过来绰绰有余，谁也没想到甲方的董事长会直接莅临，搞得在场的人都提心吊胆。沈琅倒是大概知道为什么，心说，这样她不自作多情都不合适了。

会议结束，众人安静无声地收拾文件和笔记本电脑，都准备着送走这尊大佛，沈琅却出了声：

"这次施工图是我们华慕出了问题，我作为华慕这次的总负责人，总有责任。"她的神情不能再正经，话说得挺官方，"请问肖总有没有空？关于项目之后的流程细节，我想再跟您商榷一下。"

齐刷刷的目光看向沈琅，旁边真正出问题的结构师不断地朝沈琅使眼色，欲言又止。

没想到男人还真的回了一句："有空。"

结构师的表情麻木：我们沈工疯了。

托最近新接的那两个项目的福，沈琅的办公室乱得可以。而几乎是在领着肖闻郁到门口时，她才记起来这事。

沈琅原本只想找他聊聊天，顺带着稳固一下自己追求者的地位。一开门才发现，她整个办公室堆满了图纸资料，从桌上到地板角落，没一个能看的地方。

等助理小心翼翼地端着咖啡进来的时候，就见那个需要被好好招待的大 boss 正坐在办公室的沙发上，面前的茶几上堆着杂物资料，沈工过年前收的那些拜年礼还放着没拆。

男人穿着雪白笔挺的衬衫，眸光落在茶几上，倾过身，竟然眉目不惊地帮着整理了起来。

沈琅也在理她办公桌上胡乱堆着的图纸，抬眼，撞见小助理惊恐愕怔的目光，走过去接过咖啡，言笑晏晏："端咖啡来干什么？美人的手是用来画图建模的，不是用来端咖啡的。给我吧。"

助理显然还处在震惊中，眼神不住地往肖闻郁那边瞟，悄声问："沈工，我我我要不要收拾一下茶几……"

办公室寂静无声，轻声讷讷两句都能被听见。肖闻郁闻言抬眸瞥过来，面容英隽深刻，神情疏淡，助理的脸立即红了。

沈琅走向肖闻郁，将手里的两杯咖啡分了他一杯，笑着回："不用了。"说完，她对上肖闻郁的视线，语气带了一点后知后觉的自责，还带了一点恳切，演上了，"怎么能麻烦肖总帮忙收拾桌子呢？这里实在太乱了，放着我来吧。”

等助理关门离开，沈琅搅着手里的咖啡，喝了一口，觉得还是苦，随手放在了办公桌边。

“今天开这样的小会，我没想到你过来了。”沈琅眉眼尾弯起来，声调揶揄，明知故问地补了一句，“我以为肖先生特别忙，都忙到没什么时间惦记别的了。”

看眼前的场景，她像是比他还要忙。

肖闻郁扫过办公室内台风过境般的景象，微一停顿，问：“商业园现在的施工图不是你在主要负责，怎么这么忙？”

沈琅：“新接了两个项目，还没来得及收拾办公室，只是前期比较忙。”

办公室里确实杂乱无章。在肖闻郁来之前，沈琅待得心安理得，现在怎么看怎么觉得是有点乱了。她终于动手开始整理，先从那堆年前施工单位送的拜年礼下手，拎了两个礼盒，放进了办公室里间的休息室里。

刚从休息室里出来，就见肖闻郁站在她的办公桌前，垂了眼看，手里拿的是她随意扔在桌上的一盒消炎药。

沈琅有时候忙起项目来熬夜上火，那盒消炎药是她放着救急备用的。

药片空了半板。

上次是胃疼，这次是消炎药。这些年，换正常人都不一定受得了被自己折腾得这么狠。她这样从小娇生惯养的人，磕破皮了都疼得直皱眉，怎么受得了？

“什么时候开始吃的？”肖闻郁的眉宇蹙紧了，眸色很深，抬眼盯着沈琅。

“不太记得了，偶尔会吃一片。”

肖闻郁放回药盒，缄默几秒：“你的胃病，有多久了？”

沈琅只当是闲聊，在忙碌中回：“算不上胃病，有时候会疼一会儿，也不怎么要紧。”

拜年礼还剩一堆没挪进休息室里，沈琅正打算继续，身后伸过肖闻郁的一只手，替她搬了。

沈琅办公室里有一间休息室，是由原来的杂物间改装成的，内置一张简易的单人床。平时项目收尾要赶报审图时，全组没日没夜地加班，沈琅就睡在事务所。

房间没有窗户，开了灯才发现空间狭小，现在杂七杂八的礼盒纸箱往里一搬，就真成了间勉强能休息的杂物间。

收拾完那堆礼盒，肖闻郁打量了眼前那张一个人睡都嫌小的单人床足足有半分钟，才开了口，声音很沉："你平时就睡这里？"

"赶项目的时候睡一段时间。"沈琅开始理办公桌上的图纸，尾音带笑，"晚上你的狂热追求者想邀请你共进晚餐，不知道你等会儿有没有空？"

等了几分钟，肖闻郁没出声。

沈琅才发现有些不对劲。

肖闻郁刚从休息室出来，衬衫袖挽到小臂，那身笔挺的高定衬衫在腰腹出印出褶痕，像是刚亲力亲为地整理了她那堆杂物。

休息室的灯光照出来，他眉眼轮廓影影绰绰的，神色看不怎么分明。跟沈琅对视须臾，他走过来："放着，我来理。"

"我随便理成一摞就行了。"沈琅指了指她桌上的图纸，当他默认自己的晚餐邀请，又问，"我来订餐厅，晚上吃中餐，还是西餐？"

肖闻郁神情冷淡地瞥沈琅一眼，没理她，开始理她办公桌上那堆图纸。

沈琅有些莫名其妙，眨眨眼思忖了一会儿，忽然反应过来了。

"要是肖先生再心疼我一点，我就要去喝那杯咖啡了。"沈琅倏然弯了眼，声音也轻软下来，"刚才没喝出来，等会儿我尝尝是不是甜的。"

肖闻郁的动作稍顿，薄唇抿成一线，仍旧没回。

眉宇沉落，像是隐忍着快绷不住的愠怒。

他整理得很利落，只看几眼，就将图纸的打印稿和手稿按照项目，分类清晰地理成几份。恒新的董事长纡尊降贵地替她理图纸，沈琅看着，蓦然觉得心脏被浸没在温水里缓缓下沉，连手指都不想抬起来了。

沈琅："怎么办，不知道要怎么哄肖先生了。"

肖闻郁修长的手指按在图纸的边缘，克制着，偏头看沈琅一眼。

开了口，嗓音是沉的。

“沈琅，对我好一点。”

这话他之前也说过。

沈琅微怔，很快回忆了一遍这段时间她追求的细节，一时间不明白自己怎么就不合格了。刚开口要哄，见男人停了动作。

肖闻郁手上那张彩印纸她看着眼熟，不是图纸，也不是资料文件。仔细看，最上面还印着一个男人的生活照。

是一份相亲履历表——

是之前助理受她堂哥委托，拿来转交给沈琅的。她当时正忙，看完随手就搁在桌上图纸堆的某个角落里了，没记得处理。

“这是别人给的……是个意外。”平时对谁都能哄出花儿来的沈琅语噎了，笑意收敛了一些，难得有点尴尬，“我助理的哥哥，跟助理吃饭的时候见过几面，话都没说两句。”

一时沉默。

“如果我不来，”片刻，肖闻郁搁下纸，眉目沉静，“还有多少我不知道？”

“肖先生别误会。”沈琅无意要造成这么僵持的局面，对上他的视线，接话，“以后你想知道什么，我都慢慢告诉你，行不行？”

缠绵的语调，哄人的语气。

肖闻郁垂眸看沈琅，鸦羽般的睫毛低垂下来，紧绷的下颌轮廓陷在窗外浅金色的暮色里。

他直勾勾地盯着她看了一会儿，低沉了声音，忽然道：“你有什么是主动告诉我的？”

八年前，肖闻郁跟沈家人离开沈宅。

走的时候是秋天，沈宅前厅的花园里红叶簌簌地落。沈琅穿了一双杏粉色的细高跟，站在落叶丛里送他们。

她最近开始穿高跟鞋了。新鞋磨脚，沈琅还没穿习惯，少女白皙如瓷的脚踝被蹭红了一小片，送他们走的时候还在细细地蹙眉。

肖闻郁见她活动脚踝，抬起眼眸，眼尾疼得泛着潋滟的水光，漫不经心道："走了呀。"她笑着说，"不要太想我了。"

沈琅以前虽然说话也是说三分藏七分，但娇娇贵贵，吃苦受疼了眉头能蹙得沈宅上上下下都知道。

现在却不会露疼了。

那道疤，上次的胃疼，这次的消炎药，以及休息室里狭窄并不舒服的那张床。

他不引导着问，也许她一直不会主动提及。

话题陡然上升了一个高度，有点冤枉人了。

沈琅心说，她身上最大的秘密，不过是她并不属于沈家这一点——而这一点肖闻郁其实已经知道了。

至于为什么当初要跟他定股权协议，他一直没问，她也就没主动提起。

这么想，肖闻郁确实也没跟她提过他的身世。

她想得挺远，轻声笑着回："肖先生难道没有对我藏什么事吗？"

藏了。

肖闻郁垂眼看沈琅弯起的唇，一直蛰伏着的情绪忽然间裂了一道口子，这些年藏着的隐秘的、见不得光的渴望在这句话前被血淋淋地撕裂开来。

见他神色不对，沈琅收敛了，软了声音，叹气："再这样聊下去要闹不愉快了，那就是我这个追求者不对了。肖先生让我哄哄你吧，好不好？"

肖闻郁俯身，平视沈琅，离她不过咫尺，呼吸相闻。

男人的眉眼轮廓很深邃，平时都是疏淡冷漠的，现在却眉梢微垂，带了点笑意。

沈琅背靠着办公桌，搭在桌沿的手指刚动了一下，就被肖闻郁俯撑着她身旁两侧的桌沿，逼近了。

沈琅反应过来。

这是气笑了。

片刻。

“你以为我是什么样的人？”

“哄两句就好的追求对象，还是什么都不做的绅士？”肖闻郁半合了眼眸盯着她，神色沉郁，又低了声，“哪个追求者像你这样。”

他的感情沉重而浓郁。

他一直在引导，在等沈琅再深陷一点，才敢剖开袒露给她看，到时候也不至于吓走人。

沈琅对上那双灼热的眼，还没开口，后颈倏然贴上男人温热的手掌。拇指指腹在她敏感的耳垂边缘擦过，随即按上她耳后柔软的皮肤。

沈琅没反应过来，不受控地随着他的动作仰起脸。

“我就不应该……”他的声音很哑，鼻息笼过来。

后半句隐没在唇齿交缠的吻中。

肖闻郁吻过来的时候沈琅脑中顿时断了线，唇齿厮磨的触感湿润柔软，带着男人清冽凌厉的气息。

她本能地要退，被他舐咬着上唇拉了回来，箍着腰抵在办公桌前，连口气都没给喘匀。

他咬的那一下不轻不重，但沈琅怕疼，被拿捏住了软肋，眼尾一下子不受控地湿润了。

办公室前人来人往。

十分钟后，助理抱着图纸来敲门，等了几分钟，仍然没有人回应。

打开门，室内亮着灯，空无一人。

助理发现沈工这间乱得极富抽象艺术感的办公室不知道什么时候被整理好了，办公桌上整齐地码列着图纸文件。

助理将图纸放在桌上，正要转身走人，发现地毯上洇着深色的咖啡渍。

桌上的咖啡被人碰倒了，咖啡倒在了地毯上，晕开了一片。

沈工也没管。

助理关门离开，一脸茫然地问不远处的眼镜男同事：“沈工什么时候走的？……还有那个 boss，怎么都不见了？”

眼镜男正埋头画图，也跟着茫然："不知道啊，没看见。"

休息室里，沈琅被抵在门上，后腰硌着冰冷的门把手，被吻得泪眼蒙眬。

狠到极致的欲望一朝释放，肖闻郁没打算放过沈琅。她被箍着后腰一路吻到休息室，门一关，陷入昏暗狭小的空间。

办公室的光透过门缝钻进来，照出肖闻郁轮廓幽深的眉眼。越吻越深，两人都有些情动。沈琅勾着他的脖颈儿，泪眼模糊到看都看不清他的神情。

气息交融。

良久，肖闻郁的唇稍稍撤开，鼻梁擦过沈琅的脸侧，感受到了她脸畔的潮湿。

他声音沉哑，问："哪里疼？"

沈琅这会儿还没理出清明的思绪，笑意盈盈哄人的本领全没了，开了口声音带着鼻音，本能地回："后腰疼。嘴疼。"

末了加了一句："你咬我。"

肖闻郁按着她后腰的手上移，摸到抵着她后腰脊的门把手，搂着她往旁边带了一点。

沈琅还没回神，这会儿任人摆布。

在这个吻之前，他说她没主动告诉他什么。

"你不是知道，"沈琅气都喘不匀，鼻息细碎，问，"知道我不是沈家大小姐了吗？"

她的唇被吻得殷红湿润，肖闻郁垂眸盯了几秒，指腹抚过她泛着水光的下唇。

再吻上去前，他回：

"你一直是。"

她是他的大小姐。

昏暗僻静的休息室内，只听得见清晰的呼吸声。

眼前沈琅湿润的红唇如同一个无休止的诱饵，肖闻郁眸中带着讳莫如深的渴望，唇微微撤离，须臾又贴吻上去。她的齿关被唇舌抵开，箍着后腰一遍遍深吻。

分开的间隙，沈琅终于找回理智，勾着肖闻郁脖子的手挪到他耳边，捏了一下耳廓，带着鼻音："再亲不能见人了，肖先生。"

肖闻郁的耳廓很烫。

他没说话，黯淡的光线中，沈琅捏他耳朵的手随即被攥住，拉到嘴边，循着指尖吻过去。

以前沈琅一逗他就耳朵红，她总以为是他纯情和情场青涩的缘故，现在……

沈琅终于缓过劲儿来了。

一向长袖善舞的沈大小姐，人生第一回，开始怀疑起自己是不是识人不清了。

像他这样肌肤饥渴症一般的症状，她到底，是怎么觉得他纯情的？

肖闻郁的鼻息近在嘴边，沈琅刚理出思绪，眼看着又要被扰乱心思，偏头稍微避开他的鼻息，提醒他："肖先生。"

他盯着她，低低沉沉地"嗯"了一声。

"你长成这副模样，亲我一口都算是我占便宜了。"沈琅与肖闻郁鼻尖相挨，软着声音笑，"你算算，到现在我占了多少便宜了。"

沈琅虽然是笑着，但小指却微微蜷起。这是她紧张时候的小动作，肖闻郁摸到她纤长细瘦的手指，没再端着，接过话：

"既然是你占便宜，你紧张什么？"他蹭过她的鼻端，眸底暗潮涌动，问，"是紧张占我便宜，还是紧张我？"

沈琅："……"

她几乎能确定了。

她以前的的确确，是识人不清了。

沈琅脸上的泪痕未干，白皙的肤色中晕着红。肖闻郁抚上她的脸，替她擦去眼泪，问：

"没有别的想问我？"

“有。”沈琅的唇红润泛肿，不浪了，虚心请教，“我订了今晚七点半的餐厅，我们这样子，要怎么走出这间办公室？”

半小时后，到了事务所的下班时间。

沈琅办公室外的这一片都是E组的办公区域。最近E组商业园项目的施工图任务不重，新项目又没到赶报审图的生死期限，所以基本全组人都贯彻着“下班不积极、思想有问题”这一宗旨，不到十五分钟，人就走得差不多了。

等沈琅出办公室时，大厅里已经没了人影。

华灯初上。

沈琅戴着口罩，靠在办公室门口，露出的一双眼中带着促狭的笑意，叹息道：“可惜没有见证人，没人知道我今天把肖先生‘金屋藏娇’了三个小时。”

肖闻郁垂眸看她，衬着灯色，深邃的眉眼是舒展的。

他微俯身，指头抵着沈琅的下颌，隔着单薄的一层口罩布料，指腹摩挲过她的下唇。低声：“你把口罩摘了，说这话比较有说服力。”

以往沈琅揶揄肖闻郁，他多数时间是不理人。现在不仅理了，还连着拆了她两次台。

语噎片刻，沈琅开口：“以前。”

肖闻郁回视她，等着下文。

沈琅挺好奇：“以前我逗你的时候，你都在想什么？”

她等了一会儿，肖闻郁才接话：“想你。”

想抱她。想吻她。

堵住她所有轻佻撩拨的话，只在夜深无人的时候，单独说给他听。

由爱生欲。这些话太直白露骨，到如今肖闻郁才泄了一小道口子，让沈琅窥视他心底阴暗不见光的那个角落。

有时候打直球比弯弯绕绕的情话更撩人。沈琅看他，觉得心上一块软肉像是被掐了一下，半晌回：“肖先生，商量个事吧。”

“什么。”

“下回你要说这种话的时候，能不能提前打声招呼？”沈琅弯起眉眼，指了指自己的心，“你这样，它都要跳着跟你跑了。”

肖闻郁眸色骤然深下来，俯视眼前戴着口罩嘴上还要撩拨的人，忍了忍再吻一遍的冲动，回：

“不是刻意要说给你听。”

他情难自抑。

02:05 03:15

第十章
情之所钟

夜幕降临，餐厅的侍应生将餐后甜品端上餐桌，躬身离开。

沈琅吃得差不多了，放下刀叉，问肖闻郁："你是什么时候知道，我不是沈家人的？"

肖闻郁将热毛巾递给她，才回："刚出国的时候。"顿了顿，他道，"到美国的第一年，我才知道所有的事情。"

包括他是沈家继承人这一点。

沈老爷子要栽培继承人，必然会把沈家上下的背景底细都告诉肖闻郁。在美国的八年，肖闻郁步步为营，他心思缜密，有商业头脑，幕后又有老爷子推波助澜，要实际控股公司，只是迟早的事。

沈琅了然。

即使没有沈立新那场车祸，肖闻郁也是恒新名正言顺的继承人。

肖闻郁没打算瞒她，简明扼要地淡声说："小时候我被养在福利院，十岁被我第一任养父母接走，十三岁换了第二任，二十岁来到沈家。"

接下来的事，沈琅就都知道了。肖闻郁在沈宅住了两年，大学毕业后，跟着沈老爷子去美国，再回国时，已经成了掌权的恒新董事长。

沈琅见肖闻郁神情收敛平静，幼年时被亲生母亲抛弃，又连着被领养家庭辗转抛弃两次，他回忆起来却不悲不怒，像在叙述别人的人生。

沈琅支着脸，默不作声地听完了，笑着说："当初我二哥听说你在美国杳无音信，一定也没想到会有今天，我也没想到。"她的笑少了平时的轻佻，多了几分柔软的意味，开玩笑说，"以后我们肖朋友就什么都有了，欢迎来到新人生。"

肖闻郁看她一眼，眸子漆黑，瞧不出什么情绪。

"既然你早知道我不是沈家人，为什么一开始，这么快就答应跟我的股权协议？你甚至都没问过我的交换条件。"沈琅问，"你就不怕我中途反悔，或者在执行协议的时候要点不怎么光彩的小手段吗？"

肖闻郁："我有所图。"

沈琅微怔。

图什么？

既然肖闻郁是第一顺位继承人，那么沈立珩做什么都撼动不了他的位置，他何必冒着不明的风险图她手上的股份？

肖闻郁没再解释，而是搁下手边的水杯，修长的手指叩着杯壁，盯着她片刻，索性在今天把话说开了。

沈琅听他开口喊她的名字："沈琅。"

声音低沉而有磁性。

"我的人生不是在美国开始的。"肖闻郁神色很淡，眸色却深，"我的人生，从遇到你就已经开始了。"

可能是在沈宅大厅里的初见。

可能是在医院醒来的时候。

也可能是在舞会上。

记不太清了。等回过神来，这根心头刺已经嵌进了骨肉里。

沈琅没反应过来这句话是什么意思，盈盈的笑意顿在嘴边，甚至以为自己听错了。

"我不关心协议。"肖闻郁接着回答她的上一个问题，直白地回，"无论你说什么都可以，我全盘接受。"

他淡声道："我拒绝不了你。"

一时间，所有细节都如洪流开闸，迅疾而翻腾着向前汇聚，有了指向。

晚驼峰那晚凌晨他开过的山路，意味不明却带情欲的吻，时而让她觉得过于灼热的眼神，相处间纵容隐忍的态度，都有了明确的指向。

沈琅以前对这些不是感觉不出来，只以为这些都是回国后才开始的。她屡次撩拨逗他，作为成年男性，肖闻郁不可能没反应。

她没想到。

那瞬间沈琅的感觉是复杂而强烈的，像神经心脏被浸没在水中，一时半会儿没法捞起来思考回应。

肖闻郁问她："这样的我，你还敢追吗？"

良久，沈琅拿过杯子，喝了一口水，轻声道："我不知道，原来你以前一直都在故作矜持。"

肖闻郁没回，默认了。

"肖先生不和我说，"沈琅喝完水，平复她那不安分的心跳，总算回过神来，开始翻旧账，"我以为你一直对我冷冷淡淡，是出于绅士风度迁就顺从我。"

肖闻郁锁住她的目光，半晌才回："以后不会了。"

沈琅顺着他的话，逗了一下："以后不打算当个绅士了？"

估计今天沈琅被肖闻郁拆了太多次台，他眼神微动，让了让，没接她的这句话。

沈琅又喝了一口水，抿了一下唇，唇上刺疼肿胀的感觉还在。

她见他没回，得寸进尺，弯唇又逗他："肖先生，老实说，你上一次想吻我是什么时候？"

肖闻郁："现在。"

他说完，随手拿过盛着柠檬水的玻璃瓶，给她续上水，眉眼沉静："你别在这个时候招我，我忍不住。"

沈琅不说话了，只缄默地打量肖闻郁。

他一身做工考究的白衬衣，身上早前因为帮她整理办公室而印出了几道褶皱，这时候因为倒水的动作被绷紧拉平了，勾勒出男人衬衫下流畅的肌肉纹理。

再往上是扣到底的衬衫扣，银色金属领撑，说不出的金贵禁欲。

说着情话，还红着耳廓。

肖闻郁像潭深渊，一旦踏进就没有回头路，不是追了就算的人。

却也足以让人心动。

“怎么办，”沈琅看着看着，倏然开了口，“就算肖先生对我故作矜持，要拆我的台，还吻疼我——”

沈琅：“我还是很期盼，以后跟你共进晚餐。”

话音刚落，盛着柠檬水的玻璃瓶狠狠地磕碰水杯杯沿，发出一道清脆的响声。

肖闻郁放回玻璃瓶，抬眸看沈琅。

他面上不显，眼神却晦暗深沉，接近灼热逼人了。

肖闻郁：“什么意思？”

“意思是，我以后还想跟你见面，想继续这段关系，不想就这么放手。”沈琅话说得挺坦然，眼尾带笑，“好不容易在你这里插了八年的队，就这么放手了，我不舍得。”

说完，沈琅还觉得没够，声音轻软：“在肖先生心里住了八年没给房租，不好意思了。以后慢慢补上。”

肖闻郁仍直勾勾地盯着她，没回话。

他在把自己汹涌浓郁的感情剖开袒露给沈琅看前，设想过无数个情境。

可能她没想认真，觉得这段感情相处起来太沉重，索性作罢。

可能她陷得不深，觉得他藏得太深，再不敢深入。

却从没设想过她欣然接受。

“不过我还没完全见过你——”沈琅斟酌了一下措辞，继续问，“不矜持的样子，是什么样的？”

肖闻郁眼神微顿，默然片刻，直白地回：“你能见到的所有样子。”

她是他的克制，也是他的不矜持。

用完晚餐，肖闻郁送沈琅回公寓。车驶进住宅区，停在公寓楼下。

沈琅正要下车，突然想起一件事来。

她偏头，问肖闻郁："你怎么不问我，为什么我会知道你是沈家人？"

肖闻郁俯过身，替她解安全带，简略地回："沈立珩来找过我。"

除夕夜那天，宓玫在沈立珩和沈琅面前说出真相后，隔天，满是震惊的沈立珩就去仔细查了肖闻郁的身世。

从前沈老爷子对这个司机的养子这么好，沈家两兄弟不是没有怀疑，也曾找人查过肖闻郁的身世背景，却都被老爷子暗自压下，最终两人见到的也只是一份信息残缺的调查文件。事情就这样不了了之。

过年那会儿调查进程慢，等开了年沈立珩才拿到结果。后者难以置信地将文件翻了几遍，砸了一整间办公室，才私下里找上肖闻郁。

沈琅倒不关心沈立珩找他说了什么，她看着肖闻郁近在咫尺的眉眼，忽然有点儿懒得下车了。

"我二哥要是知道，我不是他的亲妹妹，还跟他最看不过眼的死对手沆瀣一气，估计就不只会砸他自己的办公室了。"沈琅打趣着开口，停顿片刻，又问，"如果宓玫不说，肖先生打算什么时候告诉我？"

肖闻郁解开安全带，却没撤回身，就着呼吸相闻的姿势。他没打算骗她："我不会主动告诉你。"

沈琅愣了一瞬。

"我是不是沈家人不重要。你愿意，我可以是；不愿意，你将一直是沈家大小姐。"车窗外灯光落下，肖闻郁脸部轮廓衬着光，毫不掩饰自己的野心，淡声回，"我的身份只能成为相配的条件，不会成为阻碍。"

沉默片刻，沈琅才出声："原来肖先生指的不矜持是这样的。"

肖闻郁看着她，没接话，也没后撤。

车内寂静下来，气氛逐渐陷入暧昧。光影中，沈琅见眼前男人漂亮的眼眸深沉炙热，长睫毛如鸦羽，她没管住手，伸手拨弄了一下肖闻郁的睫毛。

沈琅笑："肖先生太迷人了。"

肖闻郁反手握住她的指尖，收拢在掌中，另一只手抚上她的侧后颈皮肤，微抬起下颌。

吻了沈琅的额头。

温热柔软的触感顺着眉心往下，混着渐深的鼻息，停在她的鼻尖。

沈琅心跳也挺快，但神色还算自然，眼尾弯起，刨出闲工夫去逗他："不会就亲到这里了吧。"

语气还带上了点失落。

肖闻郁松开握着沈琅的手，在旖旎昏昧的光线中抚上她的侧腰线，隔着薄薄的一层衣料，明显感受到了她瞬间紧绷的腰际皮肤。

"我今晚收不住，再下去，不会只是亲你。"对视一会儿，肖闻郁出声问她，声音磁而哑，"不怕疼了吗？"

今天不知道第几次被拆台的沈琅："……"

常泓最近是真觉得，过完年后，公司里新年新气象，一切都有点儿不太一样。异样。

下午公司的高层管理例会上，某董事提议要连着废止两条公司的制度。自从国内海关政策变动后，那两条制度摆在那儿也就只是走个形式，废了也能省下不少工夫。

关键那个董事是肖闻郁的人。自从他接手恒新后，公司几乎从上到下被刮了一遍骨，而以沈立珩为首的一群公司老人守着旧规矩，在会议上跟肖闻郁一直不对盘。

而今天沈立珩脸色难看归难看，决议的时候居然没吭声。

"你当时没看见他的反应吗？我都奇怪得够呛，跟怕了你一样。"

常泓觉得新奇，跟着肖闻郁进办公室，见他回完邮件，关电脑起身，问："怎么了这是，下楼吃饭？"

"下班。"

六点半。

常泓不敢相信地又看了一眼腕表，确实六点半。工作狂要下班。

最近他们的董事长连着几天掐点下班，剩下的公事也带回去处理，简直算得上行为反常了。

“我这儿也差不多到点了，等会儿一起吃饭。”常泓在旁边念，“过年你也没回美国，就老林跟我喝酒……他酒量忒差！喝倒在酒吧里都是我给扛回去的。哎哟，不是我损他，他真该减肥了……”

没想肖闻郁回：“我约了人吃饭。”

掐点下班，还约了人吃饭。

常泓懂了，随即笑得挺八卦：“改天跟我和老林几个约出来吃顿饭呗，也让我们见见那女孩儿啊。”

肖闻郁正穿大衣外套，没拒绝，眉宇舒展：“我问问。”

工作狂下班下得那么积极，活像家里藏了人，其实常泓不问也大概猜到了。他怀着一颗老母亲般欣慰的心，目送肖闻郁离开。

藏人了。

肖闻郁进地下停车场，常泓的电话随即打来。

常泓震惊：“那女孩儿是沈琅？！”

肖闻郁：“嗯。”

消化片刻。

常泓：“之前有一回，你打我电话，装得挺像样的那回，把我当厨师那次——那次你身边也是沈琅？！”

“是她。”

事实太匪夷所思。常泓开始猛劲儿回忆：“上回酒会上，你跟我说什么八年，就说我晚了八年，什么意思？”

当时常泓光顾着震惊肖闻郁更衣室里藏的是沈琅这事儿了，没注意什么八不八年的。现在一想，八年前，不就刚巧是肖闻郁来华尔街那会儿吗？

那时候肖闻郁比现在还要沉默寡言，酒量很差，几乎滴酒不沾。刚应酬的时候不少女人趁醉往他怀里钻，被拒绝也不甘心，能死乞白赖地缠他很长一段时间。

当时常泓作为肖闻郁身边的合作伙伴，又是能传信的那一个，也受累被烦了挺久。

后来肖闻郁逐渐在名利场上游刃有余，经手了几个成果漂亮的融资并购案，在圈内声名鹊起。

某次在迈阿密，宴会后，几人在露台上高谈阔论。谈资本，谈未来，谈梦想。

海风吹得很舒服。有人问肖闻郁："Shawn 呢？都听这么久了，说说你吧。"

常泓也问："以后打算去哪？做到恒新 CBO，留在美国？"

有人笑："外汇市场崛起了，所有人都该往伦敦跑了！"

肖闻郁掐了烟，神情很淡："准备回国。"

"回国，去见一个人。"

华灯初上。

事务所里，助理拿了包要下班，下班前往沈琅亮着灯的办公室里探了一眼：

"沈工，您又要加班呀？"

话说完，助理发现沈琅其实不忙，电脑屏幕也暗着。本人甚至拆了一套施工单位年前送的乐高建筑玩具，此时正半蹲在茶几边搭建筑模型。

一副百无聊赖，等待认领的模样。

"我在等着下班。"沈琅笑意盈盈，问她，"你出差的行李准备好了吗？"

助理忙道："昨天就准备齐了，听说 S 市那边比我们这里热，我多带了几件薄毛衣。"

明天沈琅要去 S 市出差，带了助理和组里另一个结构师。公费出差三天，助理早早就准备好了行李箱。

助理问："您是在等人来接吗？"

"嗯。"

男朋友？助理还想问，沈琅放在一旁的手机屏幕就亮了起来。

肖闻郁来接她下班。

这段时间，沈琅的晚餐一直都是跟肖闻郁一起吃。有时候在外面订餐厅，大部分时间她就近去他的公寓，做个好吃懒做的客人。

公寓里，沈琅倒了一杯水，踱步进厨房："肖先生喝不喝水？"

肖闻郁正在去虾线，双手都空不出来，闻言侧过脸，垂眸看她："放着吧。"

沈琅没放，反而笑着回道："你都为我下厨了，我还不给你一口水喝，有点过分了。"她晃了晃手上的水杯，揶揄他，"就着我的手喝也可以。"

肖闻郁停了动作，盯着她半晌："好。"

话都放出去了，沈琅思忖一瞬，还是没反悔。她微举着玻璃杯凑到肖闻郁嘴边，两人身高悬殊，他俯身下来够她的手。

沈琅人生第一次给人喂水，拿水杯的角度并不标准。肖闻郁喝过一口，站回身，她见不小心倾溢出来的水流过他的嘴角，沿着下巴，慢慢顺着脖颈流畅的弧度往下流，直到延出一道晶莹的水痕。

肖闻郁没动，定定地看向沈琅，漆黑的眸子如墨。没开口。

像在等她。

沈琅："……"

自从上回餐厅坦白后，肖闻郁没再在沈琅面前故作矜持。她得寸进尺，他欣然受之。她一时半会儿还没习惯过来。

气氛沉默几秒，"罪魁祸首"抬手去擦他嘴边的水痕。

肖闻郁的皮肤触感很好，如瓷器温玉。沈琅上次摸是在昏暗的更衣室里，在明亮的灯光下上手摸还是第一次。

他下颌线轮廓分明，沈琅的指腹顺着往下擦，摸到男人突起的喉结。手指下的喉结毫无征兆地上下滑动了一下。

沈琅的指腹像是蓦然感到了轻微的刺麻感，顺着指尖神经，一路抵达心脏。

猛地跳动了一瞬。

肖闻郁看她的目光很沉，声音也低哑："可以了。"

沈琅收回手指，食指与拇指指端非常细微地摩挲了一下，浪不动了。

片刻，她回他：“我去给你找一根吸管。”

吃完饭，肖闻郁开车送沈琅回公寓。

沈琅站在车外，微俯下身，眼带笑意地看主驾驶座上的肖闻郁，无声注视了他十几秒。

“明天我要去S市出差，要见不到肖先生了，有点舍不得。”

肖闻郁问她：“出差要多久？”

“三天左右，”沈琅回，“我尽量早点回来，不要太想我了。”

不要太想我了。

肖闻郁的手腕搭在方向盘上，很短暂地停顿了刹那。那瞬间他的眉眼是沉落的，像是想起一些以前的事。

公寓楼底四下无人，在室外站久了挺冷。沈琅没多闲聊，尾音缱绻地打了一声招呼：“上去了，晚安。”

刚走出一小段距离，身后传来车门碰响的声音。

沈琅走了几步，觉得不太对劲，回头看了一眼。

公寓楼前的车没有开走，肖闻郁开了车门，没披大衣外套，黑衬衫下的双腿修长，正径直向她走来。

“怎么——”

男人身上清冽好闻的气息笼罩住了她。

下一秒，沈琅毫无防备地被他捧住了脸，下颌被迫微微抬起，后半句话被堵在唇齿厮磨的吻中。

很多年前，肖闻郁跟随沈老爷子出国，沈琅在沈宅门口送他们，随口说了一句：“不要太想我了。”

当初肖闻郁已经坐进车内。车窗半开，他闻言看她一眼，顿了一瞬，又神情疏淡地收回目光。

像是已经习惯沈琅的口无遮拦，并不放在心上。

深吻结束，肖闻郁垂眸又贴上来，无声舔舐细吻过的她的嘴角。

沈琅从这个莫名充满独占欲的吻中回过神来，舌尖这会儿还酸胀发热，被反复舔吻轻咬的上唇也隐隐疼着。

沈琅的手扯着肖闻郁腰侧的衬衫布料，觉得自己有点无辜。她平复了鼻息，找话题："我没打算出差去幽会别人，同住一间房的助理是女孩，去两三天就回来了。"

肖闻郁没回话。

良久，他出声："八年前，我就想这么做。"

"我一直很想你。"

隔天，沈琅去S市出差。

事务所去年在S市做的一个产业群楼项目已经进入施工后期，但临时又出了差错。

施工是按当初给的图纸来做的，但由于后期在转交项目时，施工单位又按甲方的要求加了一座带天窗的矮楼，这就导致要重新计算楼与楼之间的防火间距。

几方多次商量下，决定重新设计方案。沈琅带了助理和组里的结构师，去S市开讨论会。

三人当天晚上抵达酒店，沈琅和助理共住一间。身为男性的另一个结构师住在隔壁。

助理第一次跟着事务所公费出差，到了酒店，还有些兴奋。

"沈工，昨天我看了一下，S市这两天在办一个樱花展，花刚开起来，不知道好不好看。"助理边翻手机，边说，"正好在我们开会的地点附近。要是讨论会开得顺利，我们是不是能去看展？"

沈琅刚理完行李，抽空给肖闻郁发了一条短信，答应了。

S市已经入春，这几天气温不低，天气预报显示未来一段时间都将是晴天。然而一行人到的第二天，市内就下起了雨。

猝不及防，赶上了倒春寒。

翌日上午，沈琅带人，跟着监理和施工方走现场。

雨下得急，温度很快降下来，一旁助理的伞被风吹得打都打不稳，中途换了一次性雨衣，抱着手臂挨近沈琅，悄声说：“沈工，我我……我们不然还是别去樱花展了……”

沈琅边走边拍照，闻言眼尾微微弯起，开口逗小助理：“这时候去，正好能碰上樱花雨，不浪漫吗？”

助理老实回：“太太……太冷了。”

说话间，助理见沈琅披着雨衣，在雨里神色自若地拍照，眼睫被细密的雨丝冲刷打湿，雨珠不断顺着睫梢滚落下来。

偶像就是偶像。

这么恶劣的环境，还能美出时尚大片般的艺术感。

助理肃然起敬。

没敬完，偶像蹙眉偏头，打了一个喷嚏。

当天晚上，沈琅的嗓子开始不舒服。吃的感冒药似乎并没什么用，等隔天上午的会开完，回酒店休息时，她的身体已经开始发热。

助理刚从隔壁聊完天回来，进门问：“沈工，徐哥问我们中午是在酒店叫餐还是出去吃，您有什么想吃的吗？”

沈琅烧了开水，正站在酒店的书桌前喝水，笑着回：“想吃药。”

沈琅一出声，助理才发现不对。仔细打量，对方脸色也比平时要红。

她用手摸了摸，额头果然滚烫，倒吸一口凉气：“沈工，您发烧了。”

“烧着呢，”沈琅喝完水，拿了手机，打算下楼买药，“走吧。”

助理迟疑：“那……那下午的会我们还开吗？”

“开。”

助理心里纠结了一下，看沈琅状态还算可以，也就没多劝什么。刚想跟着走，见沈琅的手机嗡鸣起来，后者一瞥来电显示，脸色顿时有点变了。

肖闻郁的电话。

接电话前，沈琅清了清嗓子，偏头问助理：“我的声音听起来还哑吗？”

助理见状有点蒙：“好像……不太能听得出来。”

接起电话，沈琅开口："肖先生。"

对面缄默须臾。肖闻郁的声音响起："声音怎么哑了？"

一时间，沈琅脑中闪过数条能转移话题的备选理由，最终还是决定坦白："着凉了，有点烧。"

她声音松下来后，绵软的鼻音再也藏不住。

肖闻郁闻言眉头微蹙，打开平板电脑，调出了S市的天气预报。

近两天气温骤降，满城卷起暴风雨，来回的航班接连被取消。

"你现在在哪？"肖闻郁问她，"吃药了吗？"

沈琅边跟助理往房间外走，边回："在酒店，刚想下楼买药。"她鼻音挺重，带了笑，"都说小病不断，大病不犯，肖先生放心，回来的时候就好了。"

说完她又没正没经地加了一句："不要皱眉。"

半年内烧了两回。

肖闻郁的眉宇蹙得更紧，他拨通董助的内线电话，又问："觉得哪里难受？"

他的声音低低沉沉，像藏着什么情绪。沈琅的脚步慢慢停了。

助理回身看，见发个烧从来都气定神闲的沈琅敛了笑，长睫毛垂落，乌黑的长发也顺软地披散下来，整个人看起来柔软又低落。

沈琅轻声回他："哪里都难受。"

下午沈琅撑着把会开完，三人回到酒店。

吃了药后，沈琅一直昏昏沉沉，本来想靠在床头翻看一遍今天的会议记录，迷顿间陷入黑沉的睡眠。

中途沈琅像是被助理叫醒过一次，她睡得迷糊，凭着本能回了几句。

等到沈琅真正清醒时，酒店的窗外仍下着暴雨，夜幕漆黑。

已经是晚上十点。

助理躺在隔壁的床上聊微信，见状欣喜："沈工您醒了？您感觉怎么样？"

沈琅起床喝水，弯眸回：“好多了。”

声音还是明显嘶哑。

“对了，”助理突然想起来，“您男朋友打过电话来，当时我叫不醒您，就先帮您接了……”

沈琅喝水的动作停了，回头问：“什么时候打的？”

“一两个小时前吧。”

沈琅解锁手机屏，点开通话记录。

一个小时前，肖闻郁给她打过电话。

助理转述：“他问您住哪儿，还问吃晚饭了没，我说您一直在睡没吃晚饭……”

沈琅回拨过去。

电话接通，沈琅开口：“刚才睡着了，没接到电话。肖先生还没有睡？”

肖闻郁：“嗯。”

沈琅踩着拖鞋，踱步到窗前，可惜道：“这几天一直都下暴雨，我们回程的航班又延后了，委屈肖先生再等等我。”

沉默片刻，才响起肖闻郁的声音。

他淡声道：“等不及了。”

沈琅微怔。

说话间，酒店的房间门被敲响。助理边嘀咕边去开门：“徐哥这么晚又不睡干……”

助理的声音紧接着断在开门的刹那。

眼前的男人面容异常英隽深刻，身形挺拔颀长，穿着一身大衣，手里拎了一把长柄黑伞。伞尖还在淌着水。

沈琅回身，隔着大半间房间的距离，跟肖闻郁对视了片刻。

安静良久。沈琅笑说：“哪里来的田螺先生。”

沈琅一出声，一直呆滞僵愣在门口的助理如梦初醒，随即红了脸，又茫然又惊惶地回头找她。

正巧酒店窗外风雨如晦，雷电错闪。肖闻郁还站在门口，深黑大衣长雨伞，配合那张冷峻疏淡的脸，助理下意识地打了个激灵，反应过来。

不能怪她记性好，虽然她只是在事务所瞥过一眼，但眼前的男人这张脸长得实在太让人印象深刻了。

助理震惊了。

这、这不是恒新商业园项目的那个甲方大boss吗？！恒新的老总？！

沈琅不久前刚起床喝水，现在只披了一床薄毯，踩着拖鞋来门口找肖闻郁："肖先生是怎么来的？"

暴雨倾盆，S市如同被雨隔绝的岛城，航班接连取消。肖闻郁打量她的模样，回："坐车。"

由北向南，六个多小时的高铁车程，还没算上期间车站奔波的时间。这么推算，他中午结束电话后，没隔多久就赶过来了。

"你没吃晚饭？"肖闻郁的目光落在沈琅潮红的脸颊，几不可察地蹙了一下眉，"还难受吗？"

沈琅握着玻璃杯，笑得非常蛊惑人心："见到人，就哪里都不难受了。"

三个人在门口僵持似的伫立了半晌，一旁的助理终于发现有什么不对了。她忽然觉得自己脑袋顶锃光瓦亮，忙对肖闻郁道："啊您您您请进！沈工我，我去隔壁待会儿！！我找徐哥打个牌……"

"你和徐聘两个人，能打什么牌？"沈琅出声拦住小助理，"时间太晚了，你早点睡。我出去另开一间房。"

另开，一间房。

另开！一间！！房！！

这边助理还处在极度震惊与艰难消化的状态中，那边突然出现的肖闻郁早在问酒店地址的时候，就已经订了套房。

沈琅能带的行李不多，她跟着肖闻郁乘电梯上了顶楼，发现这个突然出现的田螺先生也拉了行李箱来，看着还不小。

肖闻郁下午临时重新安排了行程议事，刚出电梯，就接到了一个越洋的汇报电话。

离房间还有一段长廊的距离，沈琅的行李箱还在肖闻郁手里，加上他自己的那只，两手都占着，要腾出手来接电话，只能松开行李箱。沈琅自然地要接过自己的行李箱，下一刻见肖闻郁神色淡淡地让了让，没让她碰，转手将大衣口袋里的房卡交给她。

示意她先进房间。

沈琅手指摩挲了一下手里尚留体温的房卡，逗他："我的行李箱是什么宝贝吗？值得肖先生这么护着。"

手机在嗡鸣，肖闻郁接电话前垂眸瞥她一眼，简略出声：

"你是。"

不得了了。沈琅以前浪过劲儿的时候，都没觉得自己脸皮有这么薄。此刻，一向厚脸皮如她都噎住了声，没再接话，还真听话地离开了。

酒店顶层的套房客厅开阔明亮，灯光温暖。厚绒地毯一路铺至落地窗前，小吧台上摆饰的玫瑰花簇新鲜欲滴。沈琅倒水的时候微俯身闻了闻，果然没嗅到什么香气。

鼻塞，高烧，全身都没什么力气。

等肖闻郁打完电话进门，见客厅沙发里缩着一团人影。沈琅已经裹着绒毯，躺靠在沙发里睡着了。

沈琅带上来的那堆药里有一支电子体温计，肖闻郁给她量了体温，还在发烧。

沈琅本来就烧得昏沉，这么一睡下去，很快就陷入了深度睡眠。半昏半睡间，她被人叫醒，对方温凉的手指擦过她微微发汗的额头，将她汗湿散乱的额发拨到耳后，低声问："今晚吃过药了没？"

对方的体温对她来说像触感极佳的冷瓷，沈琅的脸不自觉地往肖闻郁的手指蹭过去，略显迟钝："没吃。"

沉默刹那，肖闻郁问："晚饭也没吃？"

沈琅顺从："没吃。"

对方不说话了。

气氛安静下来，沈琅如同渴睡症患者，紧抓着安静的时间慢慢合眼，又陷入昏睡。

又一次醒来，仿佛过了一个世纪这么长。

不知什么时候，沈琅被抱到了套房的主卧里。卧室内暗蓝色的窗帘露出一条细缝，窗外夜色深浓，还在下雨。

服务生推来摆满汤粥餐点的餐车，停在主卧外，微笑着低声跟肖闻郁打了声招呼，躬身离开。沈琅按着软被靠坐起来，带着还没睡醒的茫然，循着动静，抬眼对上了门口肖闻郁的视线。

肖闻郁接手餐车，推进来："我叫了餐，先吃一点，等会儿再把药吃了。"他俯过身，单手扭开床头昏黄的壁灯，与她平视，"明天早上你还要开会？"

"明天下午还要开一个讨论会，"沈琅的眼眸印着壁灯潋滟生光。她从睡意中缓过来，生着病还不老实，调侃他，"像我这样的小毛病，说不定你亲一口就好了，别担心。"

肖闻郁眸子漆黑，闻言无声地盯了她一会儿，抚撑着床沿的小臂微动，毫无征兆地逼身过来。

沈琅揶揄的笑还挂在嘴边，见状腰脊一僵，眼疾手快地抬起手背隔了一下。

他的吻落在手腕。

沈琅有点不知道要说什么了，半晌开口："我烧着呢，会传染给你的。"

肖闻郁垂眸盯住她，声音低沉而郁晦，接她之前的话："对别人知疼知热，知道要问要担心，怎么不知道顾及你自己？"

沈琅与他对视几秒，听明白了。

言下之意：她还知道自己在发烧，真难得。

沈琅被肖闻郁拐着弯呛了一回，沉默了一会儿，顺着他的话哄人："肖先生不是别人。"

肖闻郁没再回她，撤回身，一样样地打开了餐车上的银色餐盘。

沈琅发着烧，酒店送过来的餐都是偏清淡口的中餐。梨粥熬得清甜软糯，鸡汤热气袅袅。可惜沈琅这会儿吃不出太多的味道，吃两口权当垫了一下胃。吃得差不多，又开始犯困了。

夜晚漫长而静谧。主卧的床边多了一把木椅，肖闻郁开了笔记本电脑，眉目沉静地坐在床边看文件，像在等她。

他临时决定要来，推迟了不少会议行程，就这么毫无预兆地在大晚上出现在了相隔一千多公里远的地方，监督她吃饭吃药……还真挺像田螺先生。

沈琅看着肖闻郁，搁下汤勺，思忖了片刻，忽然开口问他："田螺先生，你明天没有会要开吗？"

"在你回去之前，我都在这里。"肖闻郁注意到沈琅强压困倦的神情，瞥了一眼时间，"半小时后我叫醒你吃药，先睡吧。"

"你不忙吗？"

肖闻郁看了她一眼，停顿一瞬，随手合上电脑搁在床头柜上，站起身过来。

阴影大片落在沈琅身上，肖闻郁在光影中撑手俯身，替她擦去嘴边残留着的一点晶莹。

"我很忙，来不及时时刻刻顾上你。"肖闻郁没骗她，低声继续，"这次我恰好给你打电话，知道你发烧，下次呢？"他逼视沈琅，问她，"下次你会主动告诉我的概率是多少？"

肖闻郁的薄唇紧抿，沉默了片刻，沈琅跟他漆黑晦暗的视线对视，才反应过来。

压着火呢。

沈琅敛笑，眼里调侃的神色也淡了。她按着被角的手指很快蜷了一下，沉默良久："没有不想主动告诉你。肖先生太好了，我还没习惯过来。"她停顿，回想起上回在办公室里那个余怒未消的吻，又道，"下回什么都告诉你，疼不疼，生病了没有，吃没吃晚餐……好不好？"

没想到肖闻郁淡声回："没习惯就不用告诉我，我不想强迫你。"

沈琅心说，真生气了？

没等沈琅反应，他垂眸，温凉的指骨搭上她的下颌，拇指指腹一遍遍地抚过她温热内陷的下唇窝，像要抚上她的唇，却又怕自己下一刻就情难自禁地吻上去。

肖闻郁：“你不主动告诉我，我会主动来了解你。”

怎么主动？

沈琅还没问，就见肖闻郁凑近了，衬衣随着俯身的动作勾勒出肩颈处的线条，半透着光，往下隐约能见腰腹间的腹肌与人鱼线，是属于男人的性感。沈琅的视线不由得停留刹那，他的手指又抚上她的脸畔，漂亮漆黑的眼睛盯着她，两人鼻息咫尺相隔。

肖闻郁的体温对发烧中的沈琅来说如凉玉，无形中暂缓了她的高热，带着若有似无的引诱力。沈琅的注意力散了一瞬，就听肖闻郁继续道：“我不想再在某个晚上无意中知道你正在发烧。沈琅，以后跟我住在一起。”

他低了声，声音低沉而富有磁性，又问：“好不好？”

沈琅被转移着注意力，耳朵里听半句过半句，见肖闻郁居然破天荒地问了她一次“好不好”，心尖上的软肉如同蓦然被人狠掐了一下，几乎是本能地回了一声“好”。

三十秒后，沈琅总算回神过来了。

沈琅沉默。

他会对她用美男计了。

沈琅发着烧，脑子是迟钝的。她看向肖闻郁，半晌才缓缓道：“你乘人之危。”

肖闻郁被揭穿，神情却不显任何拘谨尴尬，替她掖了被子，眸色很深：“嗯，我乘人之危。”

02:05 03:15

第十一章
对你任性点

这一晚，沈琅睡在主卧，肖闻郁前半夜在她的床前处理公司事务，中途沈琅渴醒几次，喝过他倒过来的温水，又沉沉睡过去。一夜安稳。

翌日起床，窗外的暴风雨已经转成了小雨。

沈琅出了主卧室的门，经过次卧的时候多注意了一眼，次卧的门开着，肖闻郁醒得比她要早。

她拐过走廊，肖闻郁正在客厅里开线上的视频会议，神情很淡，像是有所察觉地抬眸。沈琅没上去打扰他，弯唇无声道："早。"

时间近中午，酒店送餐上来。等沈琅洗漱完坐到餐桌前，查阅回复一遍邮件，又点开微信，助理已经给她发了不少消息。

助理：【沈工，我们下午的会还开吗？】

助理：【中午您是跟我们一起吃，还是跟您男朋友一起吃？】

助理：【您好点了吗？】

助理：【您放心！昨晚的事我真！的！跟谁都没说！！】

安安稳稳睡了一整晚，沈琅醒过神，心情很好地回复了助理，随即开始吃早午餐。

下午沈琅还得去项目方那里开会，助理和组里的另一个男结构师此刻在酒店房间等着。她吃完饭的时候，肖闻郁这边的会议也正好结束。

经过一晚，沈琅退了烧，但现在还有点感冒。

可感冒丝毫不影响沈琅的发挥，她吃完饭，不急着起身走，反而注视着肖闻郁走过来，坐在餐桌对面。

沈琅撑着脸，声音带笑地开口："昨晚……"

肖闻郁骤然抬眼，等着她的下文。

沈琅眼波粼粼，语气像是回忆，翻昨晚的旧账："昨晚肖先生向我撒娇了。"

她看起来状态好了许多，能跟他翻旧账了。肖闻郁眉目沉静，问："什么？"

"昨晚肖先生既矜持又迷人，问我，"沈琅揶揄，"'以后住在一起，好不好'。"

这话由沈琅转述给他听，衬着她浅色的瞳眸，多了几分多情的撩拨感。

肖闻郁的目光在她身上一寸未挪。

他淡声："好。"

关于那片高新产业区的项目讨论会连着开了两天，在下午的会议上，三方敲定了设计修改方案初稿，后续将按照初步拟定的方案继续深化。到目前为止，进程终于告一段落。

会议结束，几人撑着伞从甲方公司出来。沈琅打了车，三人回酒店。

天气预报显示在未来两天仍旧是全城下雨，航班没着落，要想提前回去，就只能坐高铁。

沈琅关了天气预报，征询其他两人的意见："你们是想多留两天，订后天的航班回去，还是明天坐高铁回去？"

坐在副驾的结构师挺无所谓的，笑着回了一句："我怎么着都行，没事儿，您跟小雯商量着定吧。"

助理："我也都行。"

说完，助理悄声凑过来问："您不和那个大……不是，您男朋友商量商量吗？"她觉得不太对，又问，"他能跟我们一起走吗？被其他人看到会不会不太好？”

昨晚助理辗转反侧没睡着，上网搜了搜那个大boss。对方是恒新的董事长兼任CEO，自从半年前回国，名字就开始非常频繁地出现在各版面的财经新闻上，除此之外干干净净，没有被报道过任何八卦绯闻。

一时间，什么豪门权贵与普通白领的地下恋情，什么被家族所不允许的阶级之恋，都连着在助理脑海里演起了八十集的电视剧。

“又不是不能见人，没什么好藏着掖着的，”沈琅好笑，正好三人要回酒店吃晚餐，她低头给肖闻郁发了信息，“我问问他，等会儿下不下来跟我们一起吃晚饭。”

闻言，前面的结构师转过头来，感兴趣地问：“谁要跟我们一起吃饭？”

助理：“沈工的男朋友。”

沈琅没反驳。

“原来是S市人啊？”结构师诧异后恍然，神情悲叹，“其实所里早就在传沈工有男朋友了，好多人不信，没想到我们所里的女神真的就这么名花有主了，晚上我得代表所里广大男同胞好好慰问慰问他。”

然而，晚餐餐桌上，在见到男人后，结构师成功愣成了一个棒槌。

就在几周前，这位还以恒新董事长的身份出现在商业园的施工图讨论会上，沈琅跟人简短地握手，非常客气地叫一声“肖总”。

谁也没想到会是肖闻郁。

肖闻郁在私底下穿得并不正式，来吃饭的时候也没戴任何腕表袖扣，但掩不住气质淡漠金贵，气场强大。别说酒店餐厅来上菜的服务生，就连隔壁桌的女客人都会朝这里多看两眼。

酒喝过一轮，过了最开始那段放不开的适应期，结构师逐渐活络起来，他找话题聊，兴致勃勃地问沈琅：“沈工，你们是怎么在一起的？”

助理悄声：“徐哥，你一大男人怎么这么八卦。”

“我这不是替所里失恋的那几位问的吗？”结构师玩笑道，“他们失个恋，可不得搞清楚自己失在哪儿了吗。”

沈琅很慢地眨了一下眼，对上身旁肖闻郁转过来的目光，笑着回：“别冤枉我，我怎么不知道有几位。”

可惜建筑理工男的脑回路永远笔直，结构师还真给她算起来了：“先说A组的那个王工，他有事没事总爱来我们组这儿晃，眼神就挺明显。还有前年我们去意大利采风那回，我们组那个方……”

肖闻郁搁下酒杯，像是在听。

再听下去越来越不像回事了，沈琅刚想开口，就听肖闻郁出了声：“她不缺人喜欢。”

沈琅身边从来不缺关注和欣赏的目光。就连以往的酒宴舞会上，她都是舞池中央最令人瞩目的那个。

肖闻郁神情很淡：“观影的人会有很多，主角只有一对。她以后只有我一个就够了。”

话音刚落，餐桌上的声音戛然而止。沉默几秒，助理轻声倒吸了一口气，绷着脸看向沈琅。

这话说得可太有杀伤力了。一句话，把沈工的那些追求者们都撇成了旁观的局外人，没给别人留半点念想。

旁边的结构师也反应过来了，尴尬地摸了摸鼻子：“是，是这样……”说完，他总算想起来要补救如此尴尬的场面了。他端起酒杯，挤出笑容，“来，那什么，我跟您干一杯吧，敬您。”

沈琅喝不了酒，酒杯刚一开始就被肖闻郁扣下了，现在玻璃杯里盛的是柠檬水。她低头喝了一口，抿出来了一点醋味。

好在服务生适时地上了沙拉，几人各怀心思，沉默地用餐。

刀叉交碰声中，沈琅接过服务生递过来的热毛巾，借着动作，微微靠近身旁的肖闻郁，轻声说：“肖先生这么对我深情告白，我要不好意思了。”

不好意思的人哪是沈琅。

过了最初那阵劲儿，沈琅现在已经缓过来了。她特意往身旁多看了一眼，发现眉眼沉稳的男人喝着酒，耳廓却不太明显地红着。

闻言，肖闻郁敛眸瞥她一眼，没说话。

用过沙拉，沈琅见餐桌对面的两位都一副大气不敢喘的模样，眼里都是揶揄的笑意。笑完了，她出声解围："明天休一天假，我们有什么安排吗？"

高新产业区的项目方案讨论会已经开完了，由于天气滞留，沈琅订了后天早上的机票走，三人预计在市里多留一天。

此刻肖闻郁正好离席去接了一个电话，没走多远，对面被沈琅划入"我们"的两人目送男人挺拔修长的背影，纷纷开始降低自己当电灯泡的瓦数。

结构师接话："前两年组里辞职的那个刘江园您还记得吧？这几天他在市里，正好赶上了，明天我找他叙叙旧去。"

助理："我去看展。"

沈琅还记得助理要看展的事，问："是那个樱花展？"

"不是不是，是一个室内的设计展，"助理回，"您不知道，这场雨要下到明天下午才停呢，我就打算找个室内的展看。"

说完，助理悄声问："您明天打算干什么？"

沈琅确实没想好，思忖一瞬："可能待在房间里。"

结构师诧异："您俩好不容易见个面，就哪儿也不去啊？"

助理比他更诧异，给无情趣的大龄单身男科普："徐哥你真不懂，有这样的男朋友，哪里都不去光盯着看一天也行。"说完，助理神色激动地小声补了一句，"刚才那句话说得太酷了。"

结构师承认："酷，是真酷，就是刚刚那气场有点吓人。"

下着雨，确实哪儿也去不了。沈琅回忆了一遍她早上出门前，肖闻郁接的那些视频会议和汇报电话，看起来不像是能腾出空闲的样子。

沈琅也没真想骚扰他，想了想，决定明天给自己找点正事做。晚餐后她还在想这件事，跟着肖闻郁出电梯，穿过走廊，在套房门口遇见了一个眼熟的人。

对方向两人颔首恭敬道："董事长。小姐。"

沈琅想起来了，是肖闻郁身边的助理。

董助完成公司总部那边的交接才赶车过来，今天中午到的S市，刚才跟肖闻郁通完电话后，就一直等在套房门口。

“我们跟扬升资本的合同已经拟好，具体细节法务那边也沟通过了，需要拿给您签字。”董助将手里的文件合同递交给肖闻郁，又道，“下午我去了一趟分公司，曹总他们听说您在市内，托我务必转交给您这个，想问您这两天有没有闲暇，好让他们能有机会招待您。”

递过来的信封袋中是一张高级会所的会员卡。某外资财阀集团在市内建立的游艇会所，坐落在金融商圈的中心，靠水临江，一直以来都实施着会员邀请制。

肖闻郁以恒新董事长的身份回国仅不到半年，纷至沓来的送礼和邀约就一直没断过。董助以为这张卡又要沦落到积灰的下场，没想到肖闻郁简略地扫了一眼，收了。

肖闻郁：“定明晚的时间。”

董助应下。

回到酒店套房，沈琅换鞋进客厅，回头问：“肖先生明天准备出门？”

肖闻郁简略地回：“带你出门。”

“我以为你会想要我留在酒店里，哪里也不去。”沈琅还记得今晚餐桌上的事，调侃他，“出了门，就不怕我被人看？”

肖闻郁的手还搭在套房门把上，闻言动作顿了顿，深深地看她一眼：“我不介意我们被围观。”

换成了“我们”。

沈琅没顺着肖闻郁的话继续调侃下去，她笑得眸光潋滟，心说，这有点儿太醋了。

室内开着暖气，肖闻郁脱了大衣外套，往厨房的中央岛台走，烧水拿药。等沈琅坐在客厅沙发里把邮件回完，面前的矮茶几上多了一杯热水和两粒感冒药，客厅里不见肖闻郁的身影。

时间还早，沈琅吃完药，踱步到肖闻郁睡的次卧门口，难得问了一句正经的：“这次出差我没带礼裙，明天跟着你出门，该穿什么好？”沈琅抬手礼节性地敲门，继续，“正式场合，总不能穿……”

后半句在看到眼前的场景时，顿住了。

门没关，虚虚地掩着，她这一敲，门自然而然地开了。

次卧的门口一望进去就是床，沈琅见肖闻郁站在床尾边，正撑臂脱衣服。黑色的单衣被他扣住后领兜头脱下，随手扔在床角，动作流畅自然，露出男人上半身匀称而紧实的肌理线条。

比例漂亮，宽肩窄腰的好身材。

肖闻郁准备洗澡，见沈琅进来，漆黑的眸子骤然眯了一瞬，不躲也不避，问她："你想穿什么？"

现在这话题变得限制级了。

沈琅站在门口，进也不是退也不是，索性欣赏般打量了一眼肖闻郁的身材，很快收回目光，语带笑意地接话："原来只想穿得随意些，现在看到你这样，又有点想改主意了，毕竟你穿什么都好看，我总不能配不上你。"

肖闻郁对沈琅的夸赞没有表露出愉悦，甚至在她提及"配不上"时，极其短促地蹙了一下眉。

气氛沉默片刻。沈琅还没摸清这个蹙眉是什么意思，就见肖闻郁径直朝她走了过来。他刚到眼前，她的手腕猝然一紧，下一刻就顺着力道被拉进了卧室门内，还没来得及反应，耳畔随即响起关灯的声音。

沈琅措不及防地被箍着腰揽过去，顺势跌进对方的怀抱，脑后被宽大修长的指掌垫住，随之压在了身后半开不合的门上。

次卧的门"咔嗒"一声关碰上。

室内陷入彻底沉不见光的黑暗中。

突如其来的黑暗让沈琅一时捕捉不到任何信息，心脏随着关门的声音猛然一跳，只感觉肖闻郁灼热沉然的气息染过她的额角，温热的唇一路触碰至脸侧耳畔，他低低沉沉地开了口："我确实很在乎。"

沈琅下意识地问："在乎什么？"在乎配不配？

这句话说得没头没脑，沈琅被肖闻郁熟悉而强势的气息笼住，手指微微蜷起来，他就像预知到她的反应一般，手掌循着她的手腕反扣住，带着沈琅的手拉向自己。

深浓的黑暗中，沈琅的指尖触碰到男人腰腹分明而流畅的肌肉线条，她不由自主地呆滞了一瞬，随后被带着往上。

隔着紧绷而起伏的胸膛，她感受到了肖闻郁搏动有力的心跳。

“我吃醋，嫉妒，忍不了别人注视你的目光，怕你恐惧退缩而不能接受。”这些隐秘露骨的话只有在黑暗里才得以宣泄。肖闻郁的声音和心跳近在沈琅的耳边，含着欲，更多的是直白袒露，“它是你的附属品。你应该想我配不配得上你。”

无关名利地位，感情的自卑方永远属于先动心的那个人。

良久，沈琅缓过劲儿来，忽然轻声问肖闻郁：“为什么不开灯说？”

肖闻郁松开掣住沈琅腕际的手，声音像在按捺：“我见不了你的反应。”

沈琅在黑暗里弯唇，心情很好地顺着话逗他：“就算关了灯，现在的你听起来也不像是多冷静的样子。”

然而下一秒，沈琅所有待说出口的调侃话被耳垂蓦然传来的湿润疼痒打断。

沈琅还在感冒。肖闻郁在放开她前，压着翻腾汹涌的欲望，舔吻噬咬她的耳垂，声声低沉而沙哑：

“你没见过我不冷静的样子。”

翌日清晨，沈琅洗漱出卧室门，发现餐桌旁多了几件礼盒，旁边还剪了一束新鲜的白色马蹄莲点缀。

董助按照肖闻郁昨晚的要求，连夜赶着买来了宴会要用的衣饰，刚送上来不久。沈琅打开，宽扁的丝绒礼盒中是一件藕荷色的系带礼裙，另两个礼盒中分别是手包配饰与高跟鞋。

沈琅看了一眼礼裙的吊牌，价格不菲，尺码刚好。她回头问餐桌旁的肖闻郁：“肖先生是怎么知道我的尺码的？”

肖闻郁从财经新闻中抬眸，眸光微动，没回答她的问话，出声回：“配得上你。”

下午，恒新分公司高管们来接的车早早地停在酒店楼下，也不进酒店，刻意撑伞等在酒店外，态度极为殷勤。董事长突然莅临，几个经理早有准备，寒暄送礼一样不落，一心要借机讨好肖闻郁这尊大佛。

加长慕尚的后座坐了肖闻郁和沈琅两人，有幸同车的总经理坐在前座的副驾，时而回头殷切地问候两句，事无巨细地介绍起当地的风土人情。

曹成借机打量这位只出现在财经新闻和公司传闻中的掌权人，内心暗自惊诧。

私底下看，这位的模样未免太过年轻了。

眼前英俊的男人像是见惯了各式各样的讨好逢迎，神情寡淡，心思难测。倒是旁边带的女伴有时候还会感兴趣地听一会儿，漂亮的眼尾微弯，看久了还有点眼熟。

沈琅很少在恒新的年会或商务聚会上出现，旁人只知道沈家有个千金，留学回国后就低调得没了音信。曹成没回忆起来沈琅，认定了她是哪位模特或不出名的女星，没再多想。

“今晚有一个品酒会，”曹成的脸上堆着笑，热情地道，“听说您喜欢藏酒，真巧了，我在会所的酒窖里存了支 1990 年的柏图斯，可算是等到您来了！”

今夜游艇会所正举办着面向会员的品酒会，设宴在餐厅中心，名流汇聚。

餐厅临江，一整面墙的落地窗外都是开阔的江景。几个高管熟悉当地的高端俱乐部，有着自己的人脉圈，随即殷勤而周到地为肖闻郁引见在场的人。

金融圈是自成一圈的名利场，圈内知名的巨鳄大拿屈指可数，肖闻郁以中资四强之一恒新集团董事长的身份回国后，实绩就在圈内传遍。此刻出现在宴会上，很快成了众星拱月的焦点，上前来谄媚套近乎的敬酒人士不在少数。

沈琅对这样的宴会驾轻就熟，她现在是肖闻郁带来的女伴，当然自觉地成为他社交应酬的一部分。

觥筹交错中，肖闻郁接过董助递过来的酒杯，换走了沈琅手上的那杯香槟。

高脚杯中的红酒色泽醇厚，沈琅低头品闻了一下，停顿一瞬，抬眼对上肖闻郁垂落的目光，接着抿了一口。

看起来和红酒无差，闻着却没有酒味，是覆盆子汁和葡萄汁的混合饮料。

沈琅指尖在杯脚处摩挲了一会儿，借着挽手的动作贴近他的耳侧，轻声笑问："以往你不会喝酒的时候，也这么做吗？"她声调很低，打趣补充，"应该早点告诉我的，我这么多年宴会的酒都多喝了。"

温软的气流拂过耳廓，肖闻郁被沈琅挽着的臂膀刹那绷紧了，他盯着她片刻，回："你不喜欢应酬，不用在这里陪我。"

董助领会上司的意思，对沈琅适时躬身道："楼下有个古玩品鉴会，我带小姐去。"

以肖闻郁现在的地位，出席宴会时身边缺少女伴，有点儿说不过去。

思忖一瞬，沈琅语调狎昵："真舍得我走？"

肖闻郁眸色深沉如墨："随你。"

沈琅倒没走。

她在厅内找了一个远处靠窗的位置坐下，轻微地活动了脚腕。

沈琅今晚的礼裙很合身，与之搭配的高跟鞋却不太合脚，小了半码，上午她试鞋的时候就感觉出来了。

烟灰面的红底细高跟，鞋面的勾银暗纹设计精致，手工细腻，颜色很配身上这条藕荷色小礼裙，也是沈琅喜欢的款式。董助短时间内能买到这双鞋想必花了心思，她没有为难人的习惯，当时神色自然地穿了进去，也没多提。

确实紧了，接近疼了。

现在没人注意她，沈琅才微微蹙了眉，垂眼留意，脚跟果然已经磨出了一小片红。

沈琅在舒服的小沙发中休息，耳边倏然传来一道搭讪的声音：

"这位小姐，我们是不是在哪里见过？"

曹成来附近的香槟塔拿酒，一眼就瞧见了沈琅，回头看，被人群簇拥着的肖闻郁身边确实没了女伴。他上下打量她，觉得还是眼熟，多问了一句："我看你总感觉熟悉，小姐怎么称呼？"

对方是恒新分公司的高管，可能和沈立珩的关系匪浅，沈琅笑了笑，没接话。

见她不愿回，曹成也没继续问下去。

沈琅是肖闻郁带来的人，即使他再有胆量也不敢去搭讪她，只是随口聊了一句："你也是心大，不紧跟着，反而给别的女人投怀送抱的机会。"

投怀送抱的还不少。

肖闻郁身边没了女伴，主动凑上去的女人接连不断，衣香鬓影地围绕在男人身边。沈琅循着曹成的目光看过去时，一个鬈发女人正含羞带怯地向他敬酒。

鬈发女人没想到今晚会在 S 市的游艇会再次碰上肖闻郁。

"肖总可能不记得我了，两年前我们在纽约交易所见过面，在维谊科创上市的敲钟仪式上。多亏拿到恒新的那笔融资，我们才能成功上市。"女人是维谊老总的千金，她撩了撩头发，声音很温柔，"早听说你回国了，这次我回国参加朋友的婚礼，居然能再遇见你。"

女人颈间喷了香水，随着撩头发的动作浅浅散开，后调甜而幽远。

见肖闻郁没回，旁边的某基金经理正要打圆场，女人微红着脸兀自继续："我朋友的婚礼办在市里，正好就在这两天，肖总有没有时间……"

肖闻郁开了口："没有。"

拒绝得很干脆。

女人几乎没被什么人拒绝过，别提还是这么直接不留情面地拒绝，闻言有些错愕地看向肖闻郁。

面前英隽的男人神色疏离而冷漠，模样金贵而禁欲，很难让人不动心。

女人咬唇："那……"

"要陪太太。"肖闻郁淡声道，"一辈子参加一次婚礼就够了。"

一旁向来不苟言笑的董助没忍住，非常迅速地颔首低头，掩住了笑。

这些年，董助见过老板对追求者不为所动，见过冷淡拒绝，就是没见过他像这样签空头支票式拒绝人的。

太太。参加一次婚礼。

这“一次婚礼”指的是谁的婚礼，不言而喻。

女人既震惊又难受，百味陈杂，终于没再纠缠肖闻郁，维持着最后的颜面，勉强笑着打了一声招呼离开。

曹成拿了一杯香槟，跟沈琅说：“刚才那个，吕松资本总裁的侄女，现在这个，维谊科创创始人的千金。都是些名媛淑女。”他以为沈琅只是肖闻郁平时众多女伴中的其中一个，多嘴了一句，“我看你没什么家世，但好在长得漂亮，得抓住机会，不然人就没了。”

沈琅挺接受他的好意，略微一顿，笑意盈盈地回：“我争取抓住机会。”

没有休息多久，沈琅又重新回到社交圈内。

之前隔得远，沈琅只看见肖闻郁拒绝人，却没听清具体对话。她看他一眼，尾音缱绻道：“肖先生太受欢迎，我很不放心。”

肖闻郁垂眸与她对视，眉眼深邃而舒展，接了话：“看紧我。”

品酒会后，阴雨连绵的天终于停了雨。夜幕落星，平静开阔的江面倒映着城市大厦的霓虹灯影。

会所在江岸边建立了专属的游艇码头，时间正好，众人离开餐厅下楼，分批乘坐游艇，将酒会延续到了游艇上。

中型游艇沿着江慢慢驶过夜色。鞋不合脚，沈琅站了一晚，又跟着船身轻微晃荡，此时脚底与足尖疼痛的感觉越来越明显。

她在船舱内面色不显，中途找了一个理由出来透气，终于在甲板上找到了休憩的地方。

甲板上设立了小小的茶座区，沈琅窝在木椅中看江景，身后传来了沉稳熟悉的脚步声。

肖闻郁拎着长外套，站定在她面前，问她：“不怕风大？”

“肖先生。”

两人一坐一站，高矮悬殊。沈琅见肖闻郁微俯过身，随即周身一暖，被披上了男人的外套。她仰起脸看他，没立即站起来。

沈琅半脱着高跟鞋，脚尖松松垮垮地勾着鞋背，模样疏懒而安静。借着船舱内透出来的灯光，肖闻郁的目光扫过她的脚踝，骤然定在泛红的脚后跟上。

他眉宇蹙起，那瞬间的气势几乎是压迫凌人的。他俯过身来，注意到了沈琅眼里细微潋滟的水光。

沈琅也没故意遮掩，向他坦白："鞋的尺寸不合脚。"她弯起睫毛，指了指那双昂贵的高跟鞋，用了一个挺恰当的比喻，"有点儿像硬穿了辛德瑞拉的水晶鞋，穿着不太舒服。"

肖闻郁没理沈琅的嘴贫，眸光沉郁地看她一眼，边拨助理的电话，边问："疼了有多久？"

"不久。"

五分钟后，董助从船舱里出来，手上拎着一双干净的拖鞋，还翻了一包创可贴出来。

沈琅的脚后跟被磨破了皮，肖闻郁解了西装扣，在她面前屈膝半蹲，俯首托起小腿给她贴创可贴。

肖闻郁半敛着眸，从沈琅的角度能看到他疏长的睫毛和修挺的鼻梁，五官英隽深刻，言行举止像绅士权贵。她很快修正说辞，心说，确实也是权贵。

沉默间，沈琅笑着开口："贴个创可贴就行了，我用不着穿拖鞋……"她就这样穿拖鞋回去，太不体面了。

肖闻郁没给她逞能的机会，让助理收走了那双高跟鞋。

沈琅还想做最后的挣扎，转而道："贴了创可贴，再穿就不疼了。"

"不舒服就不穿，"肖闻郁托着她的小腿，为她穿上拖鞋，抬眸看她，"穿不上水晶鞋是鞋的问题，不是你的问题。"

他眉目沉敛，淡声继续道："沈琅，任性一点。"

游艇行驶在平阔的江上，江面风声微软，人声细微，衬得肖闻郁这一句话格外清晰。

沈琅愣了一瞬。

名利场中，上流圈里，凡是开了灯见光的地方，没有人不光鲜不体面。

她以往还是沈家大小姐时，也会在沈宅里瞻前顾后，如履薄冰。

现在有人跟她说，鞋子不合脚就脱，疼了可以喊出来，不喜欢应酬，也可以不需要硬融入这个圈子。

任性一点。

她花了数年的时间想扭转自己娇生惯养的毛病，现在像是在被慢慢地纵容回来。

两岸灯火辉映。肖闻郁替沈琅穿好拖鞋，站直身俯视她，睫毛的光影很深，像是一道无声蛊惑的深渊。

缄默半晌，沈琅抬手，勾住了他微垂下来的领带。

她手上的力气很小，肖闻郁却自然而然地顺着力俯过身，直到与她鼻息交错。

沈琅此时的神情是骄矜而狎昵的，漂亮的眼尾染着笑意，忽然回道："那就任性一点。"

肖闻郁漆黑的瞳眸盯着她。

"肖先生亲我一下吧，"沈琅轻声，"想得不得了了。"

沈琅话音刚落，下颔就被肖闻郁的手指抵住上抬，他疏长的眼睫半合，毫不客气地俯身过来。

与此同时，游艇内舱通向甲板的楼梯口处，传来了脚步声。

曹成在三层游艇里转了一圈，没找到肖闻郁的身影，只见到了他身边的助理。此时曹成端着红酒，殷切地上甲板来找人。

好死不死，撞到了不该撞见的一幕。

肖闻郁压下暗涌难抑的欲念，指腹在沈琅的下唇摩挲而过，片刻撤回动作，替她扣紧了男士大衣的领扣。

不久前，沈琅被不合脚的高跟鞋疼得眸泛水光，她身上还披着肖闻郁的外套，脚上套了拖鞋，在旁边人看来就是一副非礼勿视难以言说的模样。曹成一看，傻了。

沈琅被打断也难受，她的目光落在肖闻郁瞬间紧抿的唇线上，含着鼻音低声道："本来想问你讨个吻的，太可惜了。"

当事人倒没多尴尬，曹成这会儿尴尬得直想跳江，讪讪道："我看您人没在……"

他一开口，甲板上暧昧的气氛就散了。曹成是一个人精，最初的蒙劲儿过后，忙将功补过地接了一句："肖总，船就快回码头了，等会儿来甲板的人多，我就想先替您来探探路。"

游艇在夜色中沿江绕了大半圈，最终回到游艇会的码头，靠港停船。

送几人回酒店时，曹成胆战心惊，并没有殷勤巴结地跟上来，而是跟公司其他两个高管坐了后面的一辆车。

车内一片静谧，司机沉默不语，董助也安静地坐在副驾上休憩。沈琅回完助理和结构师的几条留言，再次确认了一遍明早的航班信息后，关手机屏，侧过脸看向旁边的肖闻郁。

他正开着笔记本电脑回邮件，长眉舒展，神色沉敛而冷淡，已经回到了处理公事时的沉稳内敛。

甲板上暧昧旖旎的氛围因为曹成的出现而被中断，此刻一切恢复平静。

一路无话。车在酒店前停稳，与几个高管告别寒暄后，董助拎着电脑进大厅，替两人摁开酒店套房的专用电梯。

电梯直达酒店顶层，电梯门在眼前缓缓合上，只剩两人。沈琅想起明早航班的事，刚要开口问，腰际蓦然一紧，被肖闻郁箍着腰毫无征兆地吻了下来。

憋得狠了，连情欲都是凶的。沈琅要问的话尽数被他堵在唇舌间，循着齿关勾舔纠缠。

她细喘着气从电梯中央一路被吻到角落里，对方凛冽迫人的掠夺气息逼得她只能在唇齿交缠的间隙呼吸，腿软得一时有点儿站不住，只好在理智燃烧殆尽前上手去攀肖闻郁的脖颈儿。

不勾他后颈还好，搭上去的下一刻，肖闻郁修长的手拨开她的外套探进来，自她细腻光裸的脊背皮肤抚摸至尾椎骨，拉下了沈琅礼裙后背处的拉链。

他在她后腰窝的触碰接近灼热烫人。

有点儿太过了。

沈琅的呼吸一下子乱了，唇微微撤开，服了软："明早……我要赶飞机，太晚了。"

肖闻郁眼一眨不眨地盯着她，睫毛低垂，眼底晦暗难辨。

略微停顿，开了口，声音低沉而沙哑："什么时候走？"

"早上九点半，"沈琅订的是经济舱的机票，昨晚定航班时她本来想跟肖闻郁提一句，但因为餐桌上的小插曲暂时忘在了一旁。她问他，"要不要跟我一起走？"

沈琅显然还没从刚才的吻中回过神来，说话间，下意识地抿了一下泛肿微疼的唇。肖闻郁按着她后腰的手指逐渐收拢，缄默良久，拉上了她的拉链。

还没回，电梯"叮"的一声，门打开了。

像肖闻郁这种不动声色的按捺几乎是致命的，表面平静无波，内里却暗潮涌动。沈琅进酒店套房，在客厅给自己倒了一杯冷水，喝了半杯，握着玻璃杯看向他。

"刚才过来的路上，我看你冷冷静静的，以为要讨不到吻了。"平复过后，沈琅撩拨的劲儿回来了，弯唇调侃他，"肖先生掩饰得太好，有时候不知道你在想什么。"

在电梯里紧张的是她，现在蹭着过来口头撩拨的也是她。肖闻郁看着沈琅，回得简略直白："想让你疼。"

他知道她怕疼。

02:05 03:15

第十二章
徐徐图她

翌日，肖闻郁将沈琅几人送到机场，替她托运了行李，送至安检口前。

助理目送男人颀长挺拔的背影离开，登机牌遮住下半张脸，凑过来悄声问沈琅："沈工，您的男朋友不跟我们一起回去吗？"

"他在分公司还有事要办，晚两天才能回 B 市。"沈琅扫了一眼助理的登机牌，差不多到了时间，笑着回，"走了。"

助理忙不迭跟上。

走了两步，助理带着一种迷妹的语气，忍不住小声说："我觉得您就是传说中的那种完美女朋友。"

沈琅没想到自己还有这种称谓，诧异一瞬，笑着逗小助理："是吗，像你这么完美吗？"

助理被夸得猝不及防，特别不好意思，脸红着回道："我说的是真的。"

"我感觉您长得这么漂亮，还又温柔又体贴，好像一点小脾气都没有。"助理回忆，"连前两天发烧的时候都没让您男朋友知道。"想了想又补充，"对，您还不黏人，换了别人，刚才一定要黏着自己男朋友了。像我，我就没办法做到像您这么成熟，感觉就像……"

助理觉得词穷，一时间用什么词都觉得欠妥，"感觉"了半天没补全话。

连助理都感觉出来了。

闻言，沈琅脚步微停，忽然想起昨晚肖闻郁在甲板上的话来：

“任性一点。”

下一周周六，许许总算是忙完一阶段的工作，来沈琅公寓过周末。

进了公寓，许许一眼就看见了门廊处堆的行李箱和几个大纸箱。纸箱的封条还没贴上，依稀能看见箱内打包整理好的日常用品与摆件。

“琅琅你不是住得挺习惯的吗，怎么突然想要搬家了？”许许换鞋进门，话问了一半，突然想起几年前沈琅自虐搬去住地下室的那段时光，警觉地问，“要搬哪儿去？”

东西是几天前就理好的。沈琅从厨房出来，将手里的玻璃杯递给许许，抬眼笑着道：“搬去和肖闻郁一起住。”

许许一口水呛在喉咙里，猛咳了半天才缓过来，话都没问利索：“肖什么？！”

“肖闻郁。”

沈琅一直以来，对肖闻郁的称呼从“肖总”过渡到“肖先生”，几乎没念过他的名字。她念了一遍，觉得意犹未尽，又语调缱绻地重复了一遍。

“肖闻郁？我认识的那个肖闻郁？”许许震惊，“什，什么时候……”她本来想问这两个人什么时候到这一步了，半路改了话问，“什么时候搬？”

“明天。”

这事不能怪许许知道得晚。从年初开始，她所在的杂志社就开始忙四大时装周的秋冬展。这个年许许过得不着家，为参加发布秀全世界到处飞，年初一还在伦敦忙得日夜颠倒，群发了一条祝福短信就算过年了。

回国后杂志社里也没闲着，以至于年过了近两个月，她才后知后觉沈琅与肖闻郁现在的进度。

许许捏着玻璃杯，难以置信。

这哪是跨年般的突飞猛进，这简直是跨世纪般的突飞猛进了。

许许今天过来，原本是打算晚上跟沈琅出门约一个酒吧小聚，猝不及防被爆炸性信息兜头一罩，此时蒙了满脸。

最后演变成了在公寓里一人一罐黑啤的闺密之夜。

沈琅从 S 市开方案讨论会回来，现在手里除了之前接的两个项目，又多了一项产业区施工图的改稿内容。许许见她边画图边跟自己聊天，简直有些匪夷所思："都这个时候了，你怎么还有心思工作？"

沈琅从电脑屏前抬眸看她一眼，眉目流转道："是太晚了，那我们先睡觉？"

"正经点，"许许喝完一罐啤酒，搬了一把椅子坐到她旁边，打算来一场促膝长谈，"怎么在一起的？不是年前你还在追着吗？"许许的娱媒八卦心收都收不住，转眼间问了一个更关键的，"肖闻郁居然这么容易就追到手了？"

许许不知道肖闻郁曾在沈宅的往事，更不知道其中复杂的身世纠葛，沈琅没把细节说给她听，一是没有必要，再者也牵扯太多。许许听完了大概，感慨道："现在他掌权恒新，又跟你哥不对盘，让你哥知道了不得废了你吗？"

沈琅心说，现在沈立珩只知道肖闻郁是沈家人，要是再知道她跟他的关系牵扯不清，一定会怀疑她的身份，到时候确实会废了她。

"你哥八成不同意你们在一起，但他又在公司里跟肖闻郁低头不见抬头见的，到时候你打算怎么办？"

沈琅好整以暇地睨她，煞有介事般道："只能背着我二哥幽会了，不行就以死相逼，再不行就只能假死私奔……"

许许跟着她在心里过了一遍罗密欧与朱丽叶的剧情，看着沈琅精致姣好的侧颜，忽然想到了一切抗争的前提："琅琅，你们这一次是认真的吧？"

问这问题的主要原因是，在沈琅最初撩拨肖闻郁的时候，亲口说了不打算发展恋情。导致后来她和肖闻郁的关系更进一步时，许许总以为她是因为消遣而追人家，并不是真心。

罗密欧与朱丽叶之间的爱情之所以轰轰烈烈，是因为十六岁与十四岁的两颗赤诚之心彼此碰撞相爱。但在成年人的世界里，为打发感情空虚而发展关系的现象太常见了，许许自己就是贪图欢愉而不谈感情的典型。

但这次沈琅搬去与肖闻郁同居，许许顿时生出一种她这回是动了真心的念头。

对于感情，沈琅自我防备心太重，一直以来都只敢口头撩拨，而在行动上瞻前顾后，不可能会像现在这样。

谈话间，沈琅松开鼠标，去开了一罐啤酒。她难得安静地想了一会儿，才弯唇道："我不知道。"

许许没理解："什么叫不知道？"

沈琅撑着脸看许许，挺坦诚："我不知道，他是不是准备好认真了。"

"缺乏安全感？"作为一本时尚女刊的编辑，许许对杂志里的情感专栏也颇有研究，随即开解她，"在爱情里缺乏安全感这种事太多了，刚在一起，肯定会想对方到底喜欢自己哪儿了，会放不开，会小心翼翼，过了适应期就好了。"

沈琅对这些话照单全收，笑着回："这么想，跟你在一起要轻松多了。"

这女人真的正经不过三秒。

事实上，沈琅比这要想得更深一点。

在知道肖闻郁是沈家人后，沈琅就一直在思考，对于一个曾经辗转漂泊、被领养又被弃养的人来说，忽然多了沈家这一归属，可能他对沈家多多少少是有眷恋的。

所以在沈立新和老爷子相继逝世后，肖闻郁回国，只是多方扩张巩固自己的实权，并没有直接吞并沈立珩的股份。

因此——

在肖闻郁知道她交换股权的条件本质是针对沈立珩之后，他还会选择站在她这边吗？

还是会看在同是沈家人的分上，选择放过沈立珩？

当感情一旦牵扯进利益，就不完全是纯粹无瑕的了。有这些顾虑，沈琅所有的在她助理看来称得上完美的举动，其实是出于不够坦诚的犹豫。她对他没有完全放开。

既然如此，那为什么还要冒着走出安全区的风险更进一步？

沈琅的指尖在啤酒罐边沿微微摩挲，思维打了个岔，倏然想起过年那会儿的某天，在肖闻郁公寓的厨房里，她尝试煎牛油鸡翅。

当时起锅起晚了，汤汁烧干后，鸡翅和蒜蓉在平底锅内煳了一整面，铲都铲不起来。

本来沈琅想随手将失败品扔了，但中途接了一个电话，等回来的时候，她微诧地发现肖闻郁正在灶台前，夹了一筷子鸡翅肉试味。

他试菜的模样非常赏心悦目，举手投足间俱是高贵。但沈琅没真的继续欣赏下去，她委婉地提醒："我没买胃药，要是肖先生真的吃了，我会心疼的。"

最后肖闻郁还是吃了，淡声评价："还可以。"

这评价可太高了。沈琅对自己的厨艺挺有自知之明，沉默了片刻，她弯起眼眸笑："我以为就只有我喜欢哄人，没想到你也这么会哄人。"

肖闻郁注视她片刻，像是很浅地勾了一下唇，又转瞬即逝地恢复疏淡。他搁下筷子，声音低缓：

"过来。我教你。"

就如肖闻郁向她剖开真心的那晚沈琅说的那样，她还是很期盼，以后跟他共进晚餐。

实在没能管住自己的心。

确实是，喜欢上了。

沈琅跟许许聊到凌晨才睡下。到后半夜的时候，窗外淅淅沥沥下起了雨，沈琅睡得浅，被雨声吵醒，几乎是清醒着等到了天亮。

搬家的行李箱和纸箱都已经打包好，沈琅的东西不多，不需要找搬家公司，等过了中午，她接到了肖闻郁的电话。

他的车就等在公寓楼下。

许许赖床到中午才起，拿着烤土司走到客厅阳台边俯瞰，一眼就看见了那辆显眼的黑色慕尚。

许许由衷感叹："这一幕就跟罗密欧痴痴等在朱丽叶阳台下一样，他要爬上朱丽叶的阳台，对她深情呼唤——”

话还没感慨完，门铃响了。

沈琅踱步过去开门，门口的肖闻郁一身简洁修身的衬衣黑裤，英隽的眉目如画。他垂眸看沈琅，问她：“吃过了吗？”

“吃过了。”沈琅给他拿了一双鞋套，笑意盈盈地介绍许许，“上次在晚驼峰的时候没来得及介绍，这是我的朋友许许，在一家时尚杂志当编辑。”

许许伸手：“你好你好，久仰大名。”

肖闻郁神色矜敛地与她回握，简略寒暄几句。

沈琅在门廊处收拾出两个纸箱，理了一个大拉杆箱。肖闻郁没带任何司机助理来，亲力亲为地分趟搬下楼，没让沈琅帮忙。

“我天，这都不用爬阳台，往楼下一站，哪个朱丽叶不动心。”这是许许第二次见到肖闻郁，惊艳不减。趁人不在，许许跟沈琅咬耳朵，“他有没有其他兄弟，长相身材跟他差不多的？”

“可惜只有这一个了，”沈琅心情很好，语调也轻快，“不然今天来搬家的，就不只他一位了。”

许许：“收敛点吧。”

肖闻郁在市内的这套住所沈琅不是第一次来，市中心近两百平方米的单身公寓，欧式设计，大方简约。

车在地下停车场停稳，电梯上楼，进门，沈琅在玄关处打量了一会儿，觉得还是有哪里不一样了。

“肖先生，”沈琅一点都不局促，轻车熟路地去厨房倒了一杯水，靠着磨砂玻璃门逗他，“我们这算是非法同居吗？”

肖闻郁将她的行李箱推进客厅，闻言动作略顿，眸光疏晦了刹那，道：“我不介意合法。”

沈琅听明白了，不逗了。

沈琅的部分行李还留在车里。肖闻郁进客厅，解了腕表，和其他随身物品一起随手搁在中岛台上，继而下电梯去搬其余行李。

公寓原本简单的客房已经收拾成了温馨舒适的次卧。沈琅进了门，卧室的飘窗纱帘正巧被风吹起，又柔软地垂荡下来，拂过窗台上的几盆雏菊。

沈琅搭在行李箱拉杆上的手指微蜷，昨晚没睡好，困意顿时涌了上来，心尖上那点软肉也像是被顺软地拂了一下。

行李箱中除了换洗衣物与日用品，还有一些摆件。沈琅开了箱子理行李，中途站起身时，倏然间晕了一会儿。

没休息好，有点低血糖。

沈琅出卧室，打算给自己泡一杯糖水。经过客厅，搁在桌上的手机屏幕亮起，忽然嗡声响起来。

打电话来的是沈立珩。

自从过年后，沈立珩像是备受打击，偶尔才给她打一个电话。沈琅接了电话："二哥。"

那边沉默了片刻，沈立珩的声音才响起："琅琅？"

是个问句。

沈琅顿了一瞬，困得发钝的脑中倏然清明。她很快地拿下手机扫了一眼，愣住了。

熟悉的机型，熟悉的款式，却不是她的手机。

肖闻郁走前随手搁在桌上的手机。他的。

对面沈立珩的声音又接着传来，像是带着一点儿不可置信："肖闻郁的手机怎么在你那儿？"

门口，密码锁被打开的电子机械音响起，肖闻郁穿过门廊，跟客厅里神情愣怔的沈琅打了个照面。

沈琅捏着他的手机，没出声，闭眼轻轻地按了按太阳穴，非常短暂地蹙了下一眉。一个极其追悔莫及的小表情。

沈立珩确信刚才自己听到的是沈琅的声音，他追问："你怎么会跟肖闻郁在一起？！"

冷静了一会儿，沈琅接话："二哥——"

肖闻郁垂眸扫沈琅一眼，很快明晰了眼下的突发状况。他接过手机，声音平静："是我。什么事？"

从沈立珩知道肖闻郁的身世起，他心情复杂。继承的位份被强压一头，在公司里也处处受掣肘，对着肖闻郁，沈立珩的气势不由得弱下来。

"她在你旁边？"沉默良久，沈立珩早就将打来电话的目的抛诸脑后，脸色已然十分难看，忍气吞声道，"让我跟她说两句。"

肖闻郁淡声："她不方便接电话。"

沈立珩再也没忍住，撂了电话。

想也知道，沈立珩此刻一定暴跳如雷。电话中断，沈琅平时漫不经心的模样也收了起来，回忆着向肖闻郁解释："刚刚我不小心把它当成我的手机接了。"

"我二哥他暂时不会怀疑我们的关系，"沈琅了解沈立珩，逐渐捋清了思路，顿了顿继续，"他知道我跟你私底下见面，第一反应会是我们之间有利益联系。我继承了公司的股份，他会想或许是你来找我谈，想要我手里那百分之十的股份……至于其他的，他还不会想到。"

如果沈琅判断正确，今天沈立珩应该还会再联系她，约她见一面，弄清楚到底是怎么回事。

这段时间沈琅过得有点儿松懈了，快要忘记半年的继承限制已经过去，她手里恒新的那部分股份已经能进行转让了。

当初她和肖闻郁定的是关于股权转让的君子协议，并没有找律师拟具有法律效用的合约，因此她也一直没跟他明说股权转让的交换条件。

而由于她误接的这个电话，一切都要提前了。

肖闻郁搁回手机，问沈琅："你想让他知道吗？"

沈琅还在想该怎么措辞，一时没反应过来，顺着问："知道什么？"

肖闻郁撑着沈琅身后的桌沿，微俯身平视她，声音很沉："我们的关系。"

挺简单的五个字，被他低缓悦耳的声音一念，多出几分暧昧引诱的味道来。

他以为她在顾忌公开两人的关系。沈琅回过味来了，弯了眉眼，跟着轻声揶揄：“你放心，我准备在所有机场都拉一条横幅，向全世界好好细说我们之间的关系，少一个人知道都不行。不过在此之前……”

沈琅略微停顿，斟酌着，还是把话说了：“在此之前，我们谈谈。”

肖闻郁见她神情轻松，随意搭在桌台边缘的小指却微微收拢，蜷了起来。

在紧张。

他没有继续话题，简略道：“先整理行李，我们吃完饭再谈。”

公寓里有家政阿姨来定期清扫，沈琅要住的次卧也提前被打扫得一尘不染，房间温暖干净，床单被套换了崭新的。她没多久就整理完了行李，抽空查看了一眼手机信息，发现沈立珩果然给她发了一条酒店餐厅的地址。

约在两天后的晚七点见面。

晚上肖闻郁下厨，沈琅在旁边搭把手帮了忙。餐后，沈琅切了盘水果沙拉，敲开了书房的门。

书房阔朗，此时肖闻郁没开顶灯，在落地窗前的沙发套旁留了一盏橘黄色的立式灯。房间里正煮着咖啡，香气浓郁绵长。

沈琅在门口问：“肖先生有没有空？”

肖闻郁坐在茶几桌边，手边没有电脑文件，像在等她。他闻言抬眸看沈琅：“过来。”

暖色调的灯光下，现在书房的环境让人犯懒。沈琅的指尖在咖啡杯柄上摩挲了一会儿，开了口：“半年前，我跟你定过一份股权转让的协议。”

话开了头，肖闻郁眉目沉静，等着她的下文。

“从我知道自己并不是沈家人开始，我就从家里独立了出来，这些你都知道了。”沈琅撑着脸回视他，语气没有调侃揶揄，难得挺正经，“当时我说的话没有骗你，我确实不想要这份继承得来的股份。但是因为一些……原因，我也不太想把这些股份转让给我二哥，所以才找上了你。”

肖闻郁：“什么原因？”

落地窗外的夜幕已深，城市亮起万家灯火。沈琅偏头看了一会儿，才轻声回：“我以前有一个助理，因为她，再也没回过家了。”

沈琅还记得三年前的某个下午，她在外市出差参加某个新城区项目的基地调研，刚从会议室开完会出来，一开手机，屏幕上顿时铺天盖地地跳出来了无数条信息。

组里的一个设计师打电话来，告诉她，陶芸芸昨晚在出租房里开煤气自杀，直到早上才被人发现。等发现的时候，已经太晚了。

陶芸芸是沈琅的助理，刚毕业不到一年，背井离乡，北漂来找工作。

那年，沈琅刚做到事务所项目负责人的位置，陶芸芸算是她的第一任助理，两人年龄相差不多，关系也很亲近。当时恒新有一个开发区的大项目找上事务所，沈琅在外出差忙得抽不开身，陶芸芸作为离升职只差临门一脚的助理设计师，被抽调进了恒新的项目，画施工图。

意外的是，工程在施工的时候出了重大事故。因为施工图的设计失误，楼层塌方，直接导致数名工人重伤。

施工图出现失误，除了施工单位，设计方和审查机构都有责任。

当时恒新是项目的甲方，是沈立珩在接管着开发区的项目。而平时他与那家审查公司的老总关系匪浅，因此恒新的施工图几乎是走个程序的事，并不会严格审查。

事故上了新闻，沈立珩动用手里文娱公司的媒体资源，带动舆论，将大众的视线集中在了设计方身上。弃卒保帅，矛头直指设计组里经验不足的助理设计师，认为陶芸芸是靠着背景关系才进了这样的大项目。

舆论发酵后，很快掀起一轮“职场新人做人重要还是做事重要”的辩论，众人忘了最初事件的起因。

也忘了，处于舆论矛头的那个新人，在受到各方的道德指摘后，该怎么自处。

陶芸芸平时在所里人缘好，一向严肃的设计师打电话的时候声音都哽咽着，气得不行：“太傻了！出了这种事，三方都有责任！这小姑娘怎么就这么想不开？！”

沈琅去看望陶芸芸的父母。中年女人迷茫又无措地流着泪，攥着她的手一遍遍念："不要钱……我们不想要钱，我们就想芸芸回来。"

陶父陶母收到了恒新的一大笔赔偿金，女儿却再也回不来了。

灯光温暖的书房里，沈琅简明扼要地转述给肖闻郁听，又续了一杯咖啡。

"这些都是很久之前的事了，你就当听了一个故事。"咖啡有点苦了，沈琅喝了一口，微微蹙眉片刻后出声，"接下来的话，才是我今晚想跟你说的。"

肖闻郁起身替沈琅拿了方糖罐，放在她手边，眉目沉静："什么？"

沈琅没有直接回答，而是转了话题："你好像从来没问过我股权转让的条件。"

肖闻郁注视她，眼梢狭长，平静地接话："你想要我帮你对付沈立珩。"

"你猜到了。"沈琅闻言没有太多惊诧，她垂眼坦白道，"当初我想，在我将手里百分之十的股份转给你后，作为交换，你会在董事会上罢免他星宿传媒 CEO 的身份。"

星宿传媒是恒新集团旗下的控股子公司，文娱传媒公司中的巨头之一。这些年沈立珩作为星宿的 CEO，动用私权替他自己干了不少事，在这时候罢免他的身份，无异于斩断他的手足。

当时谁也没想到，沈琅找到肖闻郁时，怀的是这个心思。

而沈琅也没想过，肖闻郁会是沈家的人。即使沈立珩多年前跟肖闻郁有着很深的过节，他也有可能看在血缘关系的分上，放过沈立珩。

到现在，一切都已经明了了。

书房内气氛静谧，安静到只能听见咖啡机轻微的运作声。沈琅搅拌着咖啡杯里的方糖，半晌道："当初我找上你，是出于我的私心，也带了目的。"

没等肖闻郁开口，她又继续："我想罢免他，不完全是在替我的助理伸张正义，还为了自保。我担心，在某天他知道我不是沈家人后，会用同样的方式来对付我。"

这可能是沈琅人生中第一次这么剖开内心，袒露自己，语调是轻描淡写的，但神情却少见地没了笑意。她这话说得毫不客气，像是直截了当地在告诉他，她有目的，有私心，这段感情的最初不是纯粹的。

沈琅说这些话的时候没看肖闻郁，安安静静地搅她手里那杯早溶完了的咖啡。缄默片刻，一道阴影在旁侧罩落下来。

肖闻郁拿走沈琅手上的咖啡，修长的手指抵着她的下颌抬起来，俯过身，敛眸盯住她。

他淡声道："你觉得我会介意你带着目的接近我？"

沈琅看他近在咫尺的眉眼，没否认。

停顿一瞬，肖闻郁接了话，声音低沉而郁晦："我担心当时你没有私心，没有目的，不来找我。"

沈琅愣住了。

"沈琅，我很自私。"他喊她的名字，直白道，"过程你想怎么样都可以，我要结果是你。"

这话说得有点儿太露骨了。

肖闻郁落在沈琅脸上的目光一寸未挪，半垂的眼睫毛浸在暖橘色的灯光里，问她："还担心什么？"

沈琅一时半会儿不知道要怎么接话。

半晌，沈琅回过味来，伸手去碰了碰肖闻郁疏长的眼睫毛，笑意盈盈地回："不担心了。"

她语调缱绻："心都在你这儿了。"

肖闻郁的目光很沉，随着沈琅的动作垂敛了一下睫毛，没避开。

他这动作简直驯良得要命。沈琅上一秒还在没羞没臊地撩拨人，这一刻就顿时被勾了一下，刚想开口说些什么，她没收回去的手被肖闻郁猛然攥住了。

"我收到了。"肖闻郁直勾勾地盯着她，声音很低，"沈琅，别骗我。"

这话听起来就更驯良了。

沈琅被他勾得有点儿犯懒，没抽回手腕，轻声笑着回："怎么肖先生……这么没有安全感。"她想到很久以前自己没心没肺地跟许许说的那句“不打算发展感情”，蓦然一顿，嘴欠地顺口问了一句，“要是有一天我欺骗你的感情了，你要怎么办？”

肖闻郁眉目沉敛，没说话。

片刻，他开口：“我没想过。”

“即使当初你不来找我，我也会来找你。”肖闻郁抵着沈琅下颌的手指微屈，拇指指腹摩挲了遍她的下唇窝，声音很平静，“我会接管恒新，给你想要的，要你习惯，要你离不开我。等了八年，我没想过放你走。”

阔别多年，肖闻郁只是偶尔听到沈琅的消息，她去英国留学，逢年过节偶尔给老爷子打来电话。他还以为她过着娇娇惯惯的大小姐生活，但直到回国后才发现，她成了吃苦受疼都不吭声的人。

他把情话说得这么赤裸坦白，根本没半点刚才人畜无害的驯良模样。

沈琅愣了一瞬。

言下之意，即使她现在真的是在欺骗他的感情，他也打算攥着她不放了。

“你要对自己有点信心，”沈琅弯起眉眼，调侃着开导肖闻郁，“你长得这么好看，就算不拿别的来引我上钩，我也乖乖跟你走了。”

停顿了一下，沈琅又继续：“其实以前有过一段时间，我有些怀疑自己。”

在知道自己是被沈家领养之前，沈琅确实过惯了养尊处优的日子。知道真相后，她心理上在接受，在习惯，而偶尔袭来的小病小疼却在明晃晃地提醒她，她在生理上还是那个娇贵得如同瓷娃娃一样的沈大小姐，连一点疼都受不了。

“一直到我的助理自杀，我发现我能做的很有限，甚至想不出以后要自保的办法。那时候我才知道，不管是从心理上，还是从生理上，我都需要接受自己不是大小姐这个事实。”

说话间，肖闻郁见沈琅轻轻翻过手腕牵住了他，有一下没一下地捏他的手指，语带笑意：“所以我逼了自己一下，去体验了一段时间属于自己的生活。”

所以她去住了阴暗潮湿的地下室。

肖闻郁眼睛一眨不眨地注视她，眸光晦暗。没接话。

沈琅可惜："住了以后我才发现，想要改掉我娇生惯养的毛病，实在太难了。"

由奢入俭的励志故事没发生在她身上，沈琅住了两个月就搬离了地下室，重新住回了她的复式单身公寓。

今晚沈琅索性一个劲儿地坦白完了，她打完同情牌，笑得眉目流转，软着尾声道："我跟你说这些，就是想让你心疼心疼——"

最后的那个"我"字蓦然被堵在了唇舌间。

肖闻郁没忍，吻过来的力道很重，沈琅被他掐着下巴吻过来，还没觉察出到底是麻还是疼，上唇就在唇齿交缠的缠绵间被含着厮磨吮咬了个遍。他毫不客气地欺舌进来，越吻越深。

像是汹涌难耐的折磨到了头，所有的情绪一并迸发出来，甚至是莫名压着火的。

沈琅受不住疼，在猝不及防被咬的那一刻就已经不受控地红了眼眸，染着朦朦胧胧的水光，眼尾弧度也跟着软了下来。

她拨出心神捏了一把肖闻郁的手指，蹭着他的唇，含混不清地道："疼……"沈琅的气息不稳，笑意敛了敛，语调还带了一点控诉，"我以为你会心疼我，没想到你是想要弄疼我。"

肖闻郁看着她，声音低低沉沉，有些嘶哑：

"我疼你。"

沈琅的声音带着些鼻音，轻声回："怎么疼？"

沈琅被吻得打断了思绪，这会儿满脑子暧昧缠绵不可说的念头，一时没摸清楚肖闻郁这个"疼她"到底是哪个意思。

直到翌日清晨。

沈琅洗漱完出卧室门，绕过长廊来到客厅，一眼就瞥到了摆满餐桌的餐点，逐渐回过味来。

昨晚在书房，她向肖闻郁坦诚，事无巨细地把话说完了。时间已过凌晨，书房那个吻后，他送她回房间。

都是成年人，当时沈琅被勾得也有些难耐，搭着卧室的门把，抬眸看着面前眉眼深邃的男人："晚安？"

肖闻郁盯着她被吻得泛红的唇，晦暗的目光垂落，隔着三步的距离，站定在走廊上回："晚安。"

沈琅弯唇问："真的就晚安了吗？"

听这语气，还有点意犹未尽的意思，仿佛不久前被咬了一口就红眼眶的不是她本人。

肖闻郁声音很淡，看她的眼神却深沉炙热，缄默半晌，回："怕疼就别招我，我等你准备好。早点睡。"

回忆结束，沈琅扫了一眼桌上热气腾腾的各式早餐，瓷盏精致，酱汁蘸料调成十几种，宽大的餐桌中央摆的水果盘甚至还做了镂空雕花。像是私厨的手笔。

肖闻郁不在客厅，主卧的门半开着。沈琅推门看了一眼，只看见简约的室内装潢，没见到人。

"肖先生？"

沈琅去隔壁健身室看了一圈："肖闻郁？"

仍旧没人。

看来是不在公寓里了。

今天周一，沈琅要上班。她吃过早餐，进次卧拿了自己的手机出来，刚给肖闻郁留了一条言，就听见主卧内传出些细微的开门声。

肖闻郁有早起健身的习惯，洗完澡，在主卧的衣帽间内换衣服。

主卧在次卧对面，沈琅和几步开外的肖闻郁打了个照面，收起手机笑："早。"

肖闻郁问她："吃早餐了吗？"

"吃过了，"沈琅心情很好，示意了一下客厅餐桌的方向，弯唇问，"昨晚我睡得很好，都不知道今早有厨师来过。你醒得很早吗？"

肖闻郁神色微动，目光落在沈琅身上："没怎么睡。"

他失眠了？沈琅微微诧异了一瞬，还没出声问，肖闻郁又开了口："等会儿我送你上班。"

闻言，沈琅思忖着，这样的对话似乎很早之前发生过。只不过上一回是肖闻郁要送她回公寓，而这一次是上班，并且上了班后，她会再次回来。

沈琅忽然产生了点舒畅感。

肖闻郁一身的衬衫西裤，身形颀长挺拔，高定的版型更衬出他身材的好比例。沈琅注意到他没打领带，站在原地没动，伴随着这种舒畅感开口："你又准备早餐，又要送我上班，事都让你做全了，我想不到要做什么了……"

她语调回转道："我帮你系领带吧？"

肖闻郁回视她，眉宇漆黑而舒展，低低地"嗯"了一声。

直到跟着肖闻郁进衣帽间前，沈琅的笑意犹在，神情还算从容。

偌大的衣帽间内，三面都是沉木的壁式衣柜，中央岛柜一侧嵌着领带架，基本都是黑灰的色调。

趁着肖闻郁抽柜拿领带的间隙，沈琅开了手机屏，给许许发了一条信息。

沈琅问得诚恳：【领带要怎么系？】

沈琅长这么大，确实没动手给别人系过领带。

不一会儿，许许的回复到了。

身为时尚杂志编辑的许许回得也挺诚恳：【领带是用来解的，不是用来系的。】

三十秒后，沈琅收起手机，转眼看向拿了领带的肖闻郁。

领带是最常见的纯黑色，摸上去触感顺滑如缎，从哪里下手都不合适。沈琅接过领带，见面前的肖闻郁半倾下身让她折腾，想了想还是把实话说了。

"我没学过怎么给人系领带，怎么办？"沈琅伸手抻起他的衬衫领，绕过领带试了一下，抽空提议道，"不如你教教我。"

肖闻郁垂眸看她，没立即回答。沈琅只好按照印象开始系。过了一会儿，她动作稍顿，弯唇又开口问：“再低一点好不好？系不到了。”

两人本就身高悬殊，沈琅在房间内没穿高跟鞋，即使肖闻郁照顾她的身高弯下身，系起来还是不太方便。

话音未落，沈琅腰际蓦然一紧，猝不及防被他扶着腰抱坐上了身后的玻璃表柜。

两人的位置随即高低互换，她甚至低首就能抵上他的额头。

她脸上微微诧异的神情还没淡去，肖闻郁已经撤回手。他随手撑在表柜两侧，略抬起眼注视她，声音很沉：“你教过我。”

沈琅这回是真有点儿诧异了，问：“什么时候？”

很多年以前。

肖闻郁来到沈宅不久后，沈家举办家宴。

每年正式的家宴几乎只在中秋年节才会办，很少有像这样临时才想着办起来的。当天过了中午，沈家几脉远亲的车就开进了沈宅外的雕花铁门。沈琅下楼的时候，正好在二楼楼梯口碰上她的两个哥哥。

她停了，扶着栏杆随意打招呼：“大哥，二哥。”

沈立珩看沈琅一眼，也没回避，继续跟沈立新道：“老爷子没事不会叫那么多人过来，别是有什么好事要说吧？”

沈立新穿着正式，西装上衣口袋绅士地露出一截白色方巾，闻言面色沉稳地回：“就是喊过来一起吃顿饭，能有什么事。”

“哥，别人不知道，你不可能不知道啊。”沈立珩总觉得沈立新装得道貌岸然，话说得有点儿阴阳怪气，“我听说，今晚老爷子要宣布一件事，我们都在猜是要升你在恒新里的位置，哥你到时候可别让我们失望。”

沈立新刚想说什么，余光瞥到从旁边的黑漆楼梯上又走下一个人，中止了对话。

从三楼下二楼有左右两道楼梯，最终交会在此时沈家两兄弟站着的这片楼梯口处。沈琅百无聊赖地听了一会儿两人吵架，此时也跟着看过去，发现那个司机的养子正从对面楼梯上下来。

司机老陈在沈宅几十年，早就能出现在沈家家宴上。肖闻郁作为司机的养子，也跟着出席家宴。

沈琅注意到他只穿了衬衫西服，却没打领带。

想想也是，沈宅上上下下的用人这时候都在忙晚上的家宴，老陈也跟着老爷子出门了，谁会去教一个司机的养子怎么打领带。

肖闻郁刚来没多久，平时不常出现，沈家兄弟不咸不淡地扫他一眼，眼神多多少少带着点轻蔑。而肖闻郁也没看他们，神色极淡，一言不发地绕过几人下楼。

沈立珩哪里受过这种冷待，正要发作，听沈琅忽然出声说了一句："你的领带。"

少女的声音甜得发糯，语调带了点漫不经心的天真。肖闻郁下楼的脚步一顿，抬眼看过去时，才发现沈琅这话是对沈立珩说的。

沈立珩看自己："领带怎么了？"

"打得不好看，有点歪了。"沈琅打量他，目光又转回沈立珩，"大哥今天就打得好多了。"

谁不知道今晚沈立新可能要有好事。沈立珩最烦别人拿他跟他大哥比，但看着沈琅少女稚气的笑靥，像是对他的怒点毫不知情，只好忍了，脸色难看地抽了领带，当着几人的面重新打了一次。

肖闻郁看在眼里。

随后，他深邃沉静的目光落在远处的沈琅脸上。后者倒没看他，心情好地撑着栏杆，侧颜白皙姣好。

当晚，沈老爷子在家宴上提起司机老陈跟了沈家这么多年，帮了他太多，已经到了可以告老退休的年龄。而接下来，出乎所有人的意料，老爷子收了老陈的养子当义子。

众人惊愕，纷纷看向角落里的青年。

模样英隽疏淡的青年坐在角落里，一身西装，领口处系着的领带工整而不苟，看起来挑不出任何差错。

肖闻郁不惊不喜。

他被辗转抛弃几次，已经习惯境遇的起落。真情有假，欢愉有假，悲悯有假。

但不动声色的伸手却如同在他心里埋了一粒火种。

不热烈，但致命。

肖闻郁在众人的瞩目中抬眼，明亮的灯色下，一眼瞥见了人群中沈琅纤细窈窕的身影。她也神情诧异，眨了眨眼，饶有兴致地打量他，半晌，无声说了一句“恭喜”。

02:05 03:15

第十三章
为你学会系领带

沈琅是真的不记得了。

她以前顺手帮过肖闻郁一些小忙，大多数时候觉得他挺好玩，逗人的成分居多。

那个时候她是骄矜得高高在上的大小姐，又跟处处排挤肖闻郁的沈家兄弟玩在一起，换了谁，都要觉得她这是接近羞辱性的施舍。

但肖闻郁记了近十年，记得一丝不差。

沈琅坐在玻璃表柜的柜沿，领带系到一半，手搭在眼前男人的肩颈处，望进那双漆黑沉郁的眸。

“不想让你出门了。”沈琅低头蹭了蹭他修挺的鼻梁，轻了尾音，叹气，“要是让别人知道你给点甜的就能拐跑，那我要怎么办？”

“不会有别人。”

肖闻郁对她的亲昵来者不拒，骤然眯了眼眸，伸手箍紧了她的腰。隔着单薄的衣料，他的指腹按上她柔软而微陷的后腰窝。

他盯着她，淡声回：“我只想要你。”

眼里炙热深沉，含着欲。

时间不对，再撩拨下去真要出事了。沈琅的腰脊线微微绷住了，手指停在打到一半的领带扣上，低声打趣：“这么不矜持啊？”

肖闻郁没接话。

沈琅确实不是服侍人的料，打个领带也不老实，时不时开口逗两句，最后领带打得歪歪斜斜，简直就是典型的与本人如出一辙。

她上手调整了几遍，最后模样稍微好看了那么一点，但也工整不到哪里去。

肖闻郁不在意，也没纠正她，眉目沉敛地开车送她上班。

车停在写字楼前，市中心繁华的商业地段人来人往，路人频繁回头打量这辆价值千万的豪车，可惜车窗贴了膜，看不清车内的车主。

沈琅没有立即下车，她偏头看向主驾驶座上的肖闻郁，心说。

太招眼了。

车招眼，人也招眼。

肖闻郁停车，俯过身来给她解安全带。沈琅注意到他那条被自己打得模样全无的领带，慢慢补了一句。

领带也挺招眼的。

沉默间，沈琅弯起眉眼开口：“别人看到你的领带，一定要误会了。”

肖闻郁看她，声音很沉：“误会什么？”

一向禁欲清明的肖总早上衣冠不整地来公司，领带还打得歪歪斜斜，还能误会什么？

沈琅知道肖闻郁等着自己说出来。她在暧昧的气氛里无声地看他，嘴角倏然弯出一个促狭的笑容，不回反道：“你叫我任性一点……”

肖闻郁似有所觉，一眨不眨地盯着她。

沈琅心跳得有点儿快，面上却不显。她就着两人此刻挨近的姿势，低下了头。

柔软顺滑的发梢拂过肖闻郁搭在安全扣上的手背，下一刻，湿润轻柔的触感在他喉结下方一掠而过。

沈琅吻完人，抬起脸，垂眼看过肖闻郁喉结下方淡红的唇印，调侃他：“这下就坐实误会了。”

几分钟后，沈琅自作孽，被反客为主地吻到一口气都没给喘匀。

她下车前总算找回了一点自己的良知，替肖闻郁把不小心蹭在他唇上的印记给擦了。后者食髓知味，攥着沈琅吻她的手指，半晌才回："晚上我接你下班。"

擦了嘴角的，没擦喉结下的。

周一恒新有大大小小的董事高管例会要开。开完会，常泓和老林跟着肖闻郁进董事长办公室，八卦得兴致高昂：

"行了，全国人民都知道昨晚你抱得美人儿归了，要是等会儿再跟纽约那边的分部开个跨国会议，全世界都知道了。"常泓带着老母亲般的感慨，指了指身旁的男人说，"你不知道，刚才老林在会议桌下拼命骚扰我，一个劲儿地问我你跟谁好了，忒烦！"

被指的男人叫老林，当年跟着两人在华尔街做融投资项目，在肖闻郁和常泓回国后，他也跟着回来发展。是个不到中年却发了福的胖子。

老林嘿嘿一笑："别搞得我有多八卦似的，我还没见过肖有女人呢，问两句多正常啊。"

肖闻郁神色很淡，脱了西装外套搭在衣架上："过几天我带她出来，一起吃顿饭。"

舍得带人出来，说明关系差不多稳定了。常泓反应挺快，呛了呛老林："听见没？吃顿饭。催我们给女孩儿准备见面礼呢。"

老林有点儿兴奋地拍了一把肚子："是谁？"

常泓卖关子，没提沈琅的名字，理所当然道："肖太太啊。"

临近下班，事务所内不忙项目的人开始聊天。助理敲门进沈琅办公室，将装订成册的项目标书送到她桌上，欲言又止。

"怎么了？"这个欲说还休的眼神沈琅挺熟悉，抽空抬眸笑看了一眼助理，"这次又要给我递谁的相亲履历表？"

"不不，不是，"助理拼命摇头，悄声问，"沈工，今天是您男朋友送您来上班的吧？”

“嗯。”

助理也有点为难，还是说了：“所里都传遍了，说这回开的车跟上次来接您的不一样，都在猜您男朋友是谁，说什么的都有。不过您放心，我跟徐哥谁都没说，别人不知道您男朋友是……”

沈琅停了鼠标的动作，了然了。

别人不知道她的男朋友是肖闻郁，也就对她两次从不同的豪车上下来有些……合情合理的猜想。

“也没什么不能说的，只不过他比较纯情，不好意思上来见你们。”沈琅随口开玩笑道，“哪天我开个会，跟你们仔细说说我们的故事。”

助理莫名吃了一嘴狗粮，消化了一会儿，又问：“那下个月所里组织的旅行，您是打算带您男朋友一起来吗？”

华慕每年办一次跟团的采风旅行，上年里评级前三的项目组都能拿到公费名额，还能带着亲属家眷随行。

沈琅最近快把这件事忙忘了。

下班时间，人群如潮。肖闻郁把车等在写字楼的地下停车场，给沈琅打了个一电话。

忙了一天的肖总系的还是早上那条惨不忍睹的领带，喉结下的唇印比早上淡了不少，但依稀能看出早上的“风采”。罪魁祸首沈琅坐进车里，微微错愕地看他，一时半会儿不知道该说些什么。

“怎么不擦掉？”沈琅失笑，顿了半晌，逗他，“擦了大不了我再亲回来，补给你一个就好了。”

车驶出停车场，开进繁华的商区大道。肖闻郁瞥过路况，闻言侧过脸看她，眸子漆黑，很深的一眼。

他小臂搭在方向盘上，手指略微收紧，平静地回：“好。”

沈琅看肖闻郁，总觉得他这模样又露骨又矜敛，越看越觉得心痒，怎么看怎么讨人喜欢。

她没正没经地接话：“那我……好好练一练。”

车内缄默片刻，肖闻郁开口："我有朋友，他们想见你。"

沈琅没在私底下见过肖闻郁的朋友，闻言笑意盈盈地回："明天我去见我二哥，其余的时间都是你的。"

车驶过灯影斑驳的闹市街道，在红灯前停下。

那会儿沈琅接到沈立珩的消息时，正考虑着怎么和肖闻郁摊牌，还没来得及跟他提过这件事。肖闻郁问："什么时候？"

"定了明晚七点。"沈琅没瞒他，顺带着连地址也说了，"明天我下了班开车过去，会晚点回来，委屈你要等我了。"

因为沈琅那个始料未及接错的电话，沈立珩将地点定在离事务所不远的酒店餐厅里，约她明晚出来见一面。

翌日下班，沈琅掐准时间，按点到了餐厅包间。

上次她见到沈立珩还是除夕夜的时候，肖闻郁的身世对他打击不小，不过两个月，沈立珩已经少了许多以往阴狠跋扈的气势。他看着气色不顺，连带着旁边陪他一起来的女伴的神情也小心翼翼。

包间的环境奢华雅致，沈琅将手袋搁在黑丝绒脚凳上，入席就座，打了一声招呼。

"二哥。"

沈立珩此时的神情看不出喜怒，抬眼看她："来了。"

有女伴在场，他并没有立即说正事，而是让侍应生上了菜单。沈琅点完单，还语气自然地问了对面女伴的忌口。后者受宠若惊地看了一眼沈琅，忙轻声回答了几句，有些拘谨。

正好侍应生进来倒餐前酒，沈琅递了一杯给女人，笑得眸光潋滟："你长得那么漂亮，该觉得紧张的是我。"

她这话一出口，包间内僵持紧张的气氛在刹那间淡了不少。

对方是最近才攀上沈立珩的某个小模特，在来之前，她原本以为像沈立珩这么阴晴不定的主，他的妹妹一定也不是一个善茬，没想到她彻底想反了。

同为女人，沈琅有着让同性艳羡的资本。她长相精致昳丽不说，身份是沈家的大小姐，却又没半点小姐脾气，看起来是真正优雅金贵的名媛淑女。

沈立珩目睹了这一幕，凝神若有所思。

沈琅待人处事称得上八面玲珑，却不会让人觉得姿态低。

会哄人像是她某种天生的技能。以前，他有时会庆幸自己的妹妹在交际方面很让人舒心。毕竟以往沈琅不选择在沈立新和他之间站队，也不掺和公司的事，对他来说还不算是一个麻烦。

沈立珩以前对沈琅不太上心，没有防备揣测她的闲工夫，但现在以旁观者的角度看来，沈琅这样令人如沐春风的态度其实是若即若离的，像是遮住了她内里的情绪，让人看不透她真正的想法，也难以知道她的意图。

一顿饭沉默地吃完，沈立珩打发女伴去酒店套房等着，面色不快地开口：“你那天怎么会跟肖闻郁在一起？”他又问，“什么时候你跟他这么熟了？”

沈琅居然私底下和肖闻郁保持着联系。为什么？

除了利益相关，沈立珩想不到其他。现在他在恒新的地位岌岌可危，少了沈琅的帮衬，以后他在股东大会上的话语权就更少。他不能失去这条臂膀。

沈琅笑道：“二哥你忘了，他很多年前就跟我们认识了。”

沈立珩的脸色顿时变得难看，他耐着性子劝：“琅琅，就算他现在是跟沈家扯上了一点关系，但毕竟我们才是亲兄妹。他一个不亲不熟的私生子，还轮不到让他来控股沈家的产业。”

沈琅抬眼打量阴沉着脸的沈立珩，目光落在他穿戴得体的着装上。她的指尖轻轻碰了一下高脚杯的杯柄，出神思忖了一瞬。

这些年，沈立珩一直是一个过得很讲究的人。

如同所有上流阶层的人一样，沈立珩开豪车住豪宅，身边美人不断，每年坐私人飞机去各地度假，活得光鲜体面。而在知道自己不是沈家大小姐前，沈琅的生活也奢侈舒逸，起码在物质上不曾亏待过自己。

因此，即使肖闻郁有着直系血统，沈立珩也不甘心让一个从小在筒子楼里长大的人接手沈家产业。

其实挺奇怪的，在这圈子里最格格不入的人本该高贵，而最如鱼得水的人却名不符实。

顿了半晌，沈琅支着脸，接话道：“二哥，他不是不亲不熟的人，我才是。”

沈立珩皱眉：“你在说什么？”

“我是被抱养的。”沈琅抬眼微笑，话说得轻描淡写，“大概八九年前，爷爷打电话来告诉我，说当初——”她略微停顿，像是在斟酌措辞，“当初妈妈怀孕的时候流产，才抱养了我。”

这件事当年极少有人知道，后续的档案和资料也被沈老爷子清得一干二净。如果不是几年前沈琅去找沈宅退休的私人医生再次确认，估计她自己也不会相信。

沈立珩像觉得荒诞，不可置信道：“怎么可能？！”

沈琅喝完杯里的红酒，给自己倒了一个杯底，回：“我没有必要骗你。”

她确实没有必要撒这种谎。沈立珩惊愕良久，暂且把这个问题抛到一边，问了最关键的：“你跟肖闻郁到底怎么回事？”

沈琅没有再解释。

“你要站到他那边？怎么，你以为肖闻郁是什么好合作的对象吗？”

沈立珩冷笑道：“自从他回来后，公司里那帮资格老的都被他辞了，现在就快轮到我了。他连我这个沈家人都不会放过，你觉得他知道你不是沈家人以后，还会保着你？凭什么？凭你手上那点他早晚能拿得到的公司股份？”

即便沈琅并不是沈母亲生，她也不该倒戈。沈立珩实在想不通，脸色沉得可怕，正要继续，沈琅倏然开了口：

“那二哥你呢？”

她晃了晃酒杯，神情慵倦地问他：“如果你知道我不是你的亲妹妹，手里还有恒新百分之十的股份，你会放过我吗？”

答案可想而知。

包间内沉默无声，沈立珩阴着脸没回话，话题就此中断。

沈琅对他的反应毫不意外。她放下酒杯，拿起热毛巾擦拭手指，准备离开时，搁在一旁的手机倏然亮起了屏幕。

肖闻郁：【喝酒了吗？】

顿了顿，沈琅回：【喝了。】

很快，对方的回复又到，简略的四个字：

【我在楼下。】

沈琅今晚喝了酒，本来想着回去的时候叫一个代驾，没想肖闻郁已经等在了酒店楼下。她神色不变地和沈立珩打一声招呼，离开了包间。

黑色慕尚静静地停在路边，酒店门童躬身为沈琅打开后座的车门。

车内，肖闻郁靠在宽敞的后座，神色沉敛而淡，正开着笔记本电脑处理公事。

驾驶座的司机见沈琅坐进来，忙转头向她问好，热情地笑道："沈小姐是开了车来的吧？您把车钥匙给我吧，我替您开回去。"

沈琅了然，怪不得今天肖闻郁难得地带了司机来接她。

她弯起唇，明知故问："你开了我的车走，那谁送我回去？"

司机被问得一愣，赔笑地看了看沈琅身旁的肖闻郁，又看了她一眼，拿不准这话该不该接。

肖闻郁合上笔记本电脑，沉默的目光落在她的脸上，注视片刻回："我带你回去。"

谁料沈琅又笑着问："只是今晚吗？"

眼看着车内气氛逐渐不对，司机忙不迭地接过沈琅的车钥匙，恭敬地向肖闻郁颔首，麻利地开门下了车。

车内恢复静谧。

肖闻郁在后座没动，也没问沈琅和沈立珩谈了什么，像在等她开口。

"以后也都带着吧，好不好？"没了外人，沈琅脸上习惯性的揶揄笑意也淡了。她回视他，声音低缓而绵软，"我没有地方去了。"

当沈琅和沈立珩坦白她的身世后，她和沈家最后一丝联系也就此中断了。

沈家人情凉薄，按理来说，沈琅对沈家和她过去的身份应该都没什么眷恋。但她此时除了轻松，还有些微不可察的迷惘。

习惯是一件挺烦人的事。

她罕见地向他服软，肖闻郁却没应声。

沈琅见他定定地盯着自己，须臾，随手将笔记本电脑连着工作台一起推到一旁，欺身过来，挨近了。

肖闻郁伸过手，修长的手指托起她的脸，问："很难过？"

"没有难过，"沈琅挺坦诚，"有些事自己心里承认是一回事，说出来让人知道又是另一回事，我就是有点……不太习惯。"她喝了一点酒，鼻息带着微醺的酒意，语调暧昧地装可怜，"怎么办，我就要无家可归了，你要不要带我走？"

肖闻郁看她，深刻的眉眼轮廓浸没在车窗外影影绰绰的光下，情绪如暗涌。

他不说话，沈琅也就没继续这个话题。她闲不住地搭上他肌理流畅的小臂，顺着摸到他质感冰凉的腕表，心情逐渐平静下来。

感受到沈琅撩拨般的触碰，下一刻，肖闻郁猝然绷紧了臂腕，随即反扣住她的手。

车后座的位置舒软而宽敞，两人中间隔着一道扶手。肖闻郁垂眸扫过一眼，按下升降钮。扶手降落合起，后座成了躺卧无阻的长榻。

沈琅见他俯身抵过来，睫毛低垂，平静地道："不用去习惯，你没有的我都能给你。"

沈琅弯起眉眼，刚想抬脸说些什么，就被倏然堵上来的吻压了回去。

她还没反应过来，就被肖闻郁牵制着手腕往后摁在了身后的皮质椅座上。男人的薄唇自她的唇齿间一路下吻到白皙纤细的脖颈儿，吻上领口处若隐若现的锁骨，贴唇吮吻，而后齿端摩挲着咬了一下。

沈琅喘了一口气，被按着的手指立即猛地蜷缩了起来。

周围是商业闹区，等会儿交警来贴个罚单，指不定明早她和肖闻郁在车里擦枪走火的事就能登上新闻头版。

她抓住最后一点理智反省——

就该回公寓再嘴欠去招他的。

手机振动起来的时候，沈琅正被肖闻郁抵着吻上肩窝，扣子也散了两颗。

她眼尾还泛着水色，伸手去够地上不知道是谁的电话，正想摸索着关了，却不小心开了免提。

对方一口熟悉的美式京腔乍然响起：

“刚才我跟老林商量过了，光带人沈琅吃顿饭忒没意思，周六去打几杆球怎么样？”常泓挺兴致勃勃，“就去品盛馆，他家那片高尔夫球场的草皮不错，我这儿有预留位，到时候……”

沈琅再浪，浪过劲儿了也要脸。此时此刻，她默然无声，没回话。

肖闻郁停了动作，垂眼盯着她泛红湿润的唇色，对视几秒。他伸手擦去她眼角幽微的水色，扣上衣扣。

常泓自顾自念了半天，发现对面没声儿，疑惑：“人呢？”

肖闻郁拿过手机，沉缓道：“明天谈。”声音是微哑的。

常泓戛然而止。

他一看时间，才八点半。

沉默几秒，单身老男人出离愤怒了：“你们这有点儿早了吧？”

常泓挂电话的时候还在愤愤不平，打什么球，人家都准备热情似火地本垒打了，他一单身狗还巴巴地凑上去问人家打不打高尔夫球。

而另一边，被突如其来的电话打断，车里的气氛并不像常泓想象得这么热情似火。一时间，只能听见彼此按捺的呼吸，没人出声。

肖闻郁撑着椅背，贴在沈琅颈侧缄默片刻，薄唇略擦过她温热的耳后窝皮肤，拿了手机撤回身。

“什么时候学会打高尔夫的？”沈琅被吻得有点儿难耐，随口扯了一个话题，“以前我以为你不会打。”

多年前在沈宅的时候，沈琅曾在沈家的高尔夫球场上，当着众人的面理所当然地认为肖闻郁不会打高尔夫，漫不经心地回绝了沈立新让她去和他打一球的提议。

肖闻郁开了后座车门下车，闻言回头看向沈琅，顿了顿回："当初确实不会打。"

沈琅了然。他是后来才学的。

刚才车里光线昏昧，此刻肖闻郁开了车门，沈琅才注意到他的耳廓不知道什么时候泛着红色，在车外商业街的霓虹灯光里异常明显。

对比他笔挺的领带西装，有一种看似迥异却意外搭调的特质。

越相处下来，沈琅越觉得肖闻郁是一个很能藏得住事的人。

阔别八年，刚见面那会儿她只觉得他虽然看起来气质凌厉锋芒，但在感情上怎么都应该是属于矜持纯情那一类的。直到后来她才知道他深藏不露，心机欲望都隐匿在心里。偶尔被她发现一角，揭开来，总能发现新线索。

肖闻郁关上车后座门，绕到驾驶座，开门坐进来。

车刚发动，沈琅继续刚才的话题，语含笑意，倏然开口替自己解释了一句："那时候大哥让我找你打高尔夫，我以为你不会打，还没挥杆就会让人看笑话，就拒绝了。"

虽然沈琅当初也有傲慢骄矜的大小姐毛病，但不像她两个哥哥那样，有想方设法让人当众出丑的癖好。

这一点肖闻郁从很早前就知道。

他透过后视镜看她一眼，眉目深邃而沉静，"嗯"了一声。

"我以为经过那一次，你会私底下去练高尔夫。"沈琅又道，"但后来我问过球场的球童，他们说你没再去过了，所以我一直觉得，你不喜欢打高尔夫。"

肖闻郁："是不喜欢。"

沈琅像是已经预料到，顺着问："那为什么又学了？"

他平时自己待着的时候并不下厨，却去学了堪比五星餐厅水准的好厨艺；应酬时对来搭话的异性冷淡疏离，却去学了几乎需要贴面的交谊舞；

不喜欢打高尔夫，却还是在多年以后学会了它。

而以他现在的身份地位，并不需要迎合上流圈的规则去学会这些。

沈琅和镜子里的肖闻郁对视，漂亮的眼尾微弯，语调放得轻而慢：“我可不可以自作多情一点……其实你去学高尔夫，是想要跟我一起打？”

肖闻郁紧盯着她，眸光微动。

这话换了别的哪个女人说，都要让人觉得是自我感觉太良好。

但是在他和沈琅之间，她永远不会是自作多情的那一方。

这么多年，肖闻郁身边从不缺殷勤搭讪的女人，华尔街金融区的夜晚纸醉金迷，酒宴应酬上的女人也大胆奔放。

曾有女人紧贴过来要为他点烟，笑容妩媚，红唇翕张：“我和Vanessa都在猜测，你今晚会邀请我们两个中的哪个人一起共度夜晚。”

肖闻郁冷淡不理，兀自敛眸点了烟。见女人失望离开，旁边的白人同伴询问他，东方人是不是接受不了这样直接的调情。

他当时给的答案很简略：“分人。”

同伴恍然领悟：“你喜欢哪种女人？”对方猜，“那些温柔的，知性的，还是天真的？”

而肖闻郁在丝丝缕缕的白雾中略顿，掐灭烟，淡声回他：“The one.”

那个人。

现在那个人笑意盈盈地在问他，做了这么多，是不是为了她。

此刻，车正开过车流拥堵的绕城公路。肖闻郁刹车停下，在后视镜内瞥沈琅一眼，低低沉沉地开了口：“是。”

他在她面前毫不掩饰自己的企图，承认得直截了当：

“一直是。”

02:05 03:15

第十四章
只对她低头

周六天气好，碧空万顷。常泓约老林出来凑了一个局，约在品盛馆。

品盛馆是一家高尔夫俱乐部，在市郊占地广阔，内设多个专业的高尔夫球场。五月初草皮长得好，正是打高尔夫的好时候。这些球场平时有一部分都会空着，预留给俱乐部内的那些特定会员。

两人到得早，已经在球场上挥了几杆。

老林打了一会儿，大汗淋漓表示实在打不动了，坐回休息亭内中场休息。

“老林你就是欠运动。我记得我们刚认识那会儿，你还没这么胖呢。”没人陪打球，常泓一个人追着球打也没意思。他随手把球杆给球童，摸出手机打电话，“我问问闻郁他们什么时候来，跟你打忒没劲。”

老林被损习惯了，边擦汗边笑着回：“他来了也不见得会跟你打，他不是还要陪另一位嘛。”

提到这个，老林对那天留在肖闻郁喉结下的女人唇印印象深刻，又特八卦地问了一嘴：“那位我见过没有？”

“你肯定认识。”

常泓电话号码刚拨出去，就见远处坡道上开过来一辆代步车：“那儿呢，来了来了。”

自从那个唇印的事被传到公司总部上下人尽皆知以后，“董事长女朋友是哪路神人”已经超过“听说董事长性冷淡是不是真的”，成了恒新五大未解之谜的榜首。老林汗都不擦了，直接扔了毛巾出来看人。

代步车停在不远处的树荫下，球童正带着两人走过来。

老林见肖闻郁身边的女人穿着一身白色的高尔夫球服，乌黑长发扎成马尾流泻下来，身段窈窕纤娜，肤色在阳光下白皙得晃眼。

确实非常漂亮，就是漂亮得太熟悉了。

“不是，等会儿，”老林毫无心理准备，目瞪口呆地问，“这……她，怎么长得这么像沈立珩他妹妹啊？！”

对对，就是这种表情，这表情跟自己当初知道的时候简直一模一样。常泓一个劲儿地乐：“就是沈琅。”

肖闻郁带着沈琅来到这边的发球台，介绍两人给她。

“常泓，林嘉元。”

沈琅今天来就是打算认识他的朋友，随即态度大方地微笑打了招呼。面前两个男人，常泓是她一早就知道了的，但两人没有过直接交流。他笑着跟她握了握手：“沈小姐，幸会幸会。”

客套寒暄两句，沈琅看向另一个面孔陌生的男人：“林嘉元先生。”

老林震惊的劲头还没过，人都到面前了才猛然回神，忙回：“叫我老林就好，没有那么多讲究。”

“哪儿跟你这么熟啊，别瞎占人家便宜。”常泓在旁边拆台。

气氛活络起来，常泓是个自来熟的，说完给沈琅递了一个结盟的眼神：“我跟你男人特熟，等会儿你要想知道什么情史秘密尽管问我，我给你好好说说。”

闻言，沈琅抬眼跟身旁的肖闻郁对视一眼，弯唇问他：“可以吗？”

肖闻郁看她，漆黑的眉宇舒展：“可以。”

“什么可不可以，问情史不用经过他的同意，沈琅你甭理他。”常泓在旁边念，“其实闻郁这个人特别没劲，以前眼里就只有工作没女人。哪天你要是不和他在一起了，也可以考虑一下我……”

肖闻郁瞥了一眼常泓。

沈琅被开了玩笑也并不扭捏，笑得眸光潋滟："那可不行，我不能没有他。"

常泓没领教过沈琅撩拨人的本事，看她居然能神情自然地说这种话，再去看肖闻郁的神情，后者的目光沉得就跟下一秒要带人回家去干点儿什么一样。

再这样下去，他看这球也不用打了。常泓无声地跟老林交换眼神，有点憋不住："你俩平时都这么报复社会吗？"

"纠正一点，是专门报复你这样的大龄单身男。"老林插刀，"我结婚了，咱俩不是一路人。"

常泓无语。

几人聊开以后，两个陪同的球童走过来。

常泓今天来球场，难得是来纯消遣不谈事的，当即兴致勃勃地提议开了一场四人两球赛。他跟老林一队，去了较远的发球台，留肖闻郁和沈琅二人世界。

两队很快分散开，球童拉着球包分别跟在身后。

今天球场上的风不大，打高尔夫要轻松许多。沈琅已经很久没打高尔夫了，试了几杆球后才发球打出第一杆。球童见白色的球抛落在极远的草坪里，恭谨地笑问："请问您二位需要坐车过去吗？"

"不用了。"沈琅将球杆递给球童，道了谢，侧过脸问肖闻郁，"我们走走，好不好？"

肖闻郁："好。"

两人找到落地的白球，肖闻郁接过球杆，打出第二杆。

他打球的姿势标准利落。沈琅见他动作干净地引杆击球，被绷紧抻拉的球服随着动作勾勒出他腰腹处紧致的肌理，力量感恰到好处地迸发，高尔夫球倏然抛线远落。

被一杆直接打进了果岭区域。

旁边的球童忍不住赞叹："好球！"

这球打得比刚才那杆要远得多，肖闻郁收起球杆，垂眸问沈琅："还是要走过去？"

平时沈琅能开车的路就绝不用走的，这会儿居然没犯懒，而是无声地打量他片刻，弯起眉眼笑道："走走吧。"

肖闻郁停顿一瞬，应声："嗯。"

说完，他转身径直走向球童，接手了对方的拉杆球包，眉眼沉沉："走吧。"

没了球包，球童手里顿时空空如也，见状，走也不是跟也不是。他诚惶诚恐地问眼前模样金贵的男人："您……您不需要我帮您二位拿东西了吗？"

"有。"沈琅给了球童自己的手机，笑回："带着不方便，麻烦你帮我暂时保管着了。"

就这样，球童一人一车一手机被留在了原地。他目送两人离开，工作以来第一次能这么清闲到不知所措，突然有点儿蒙。

两人向前走了一段，再往前走是草地的上坡路，沈琅估摸着差不多了，正打算开口，垂落在身侧的手忽然被牵了过去。

肖闻郁没停下脚步，牵着她的手带她走上坡，问她："你想跟我说什么？"

沈琅垂睫看过两人牵着的手，顺杆儿爬，不规矩地顺着他分明的指骨慢慢捏过去，笑着说："刚才我都想好要怎么说了，被你牵个手，现在忙着数心跳呢，忘记了。"

话音刚落，肖闻郁修长的手指骤然拢紧了。他扫她一眼，声音哑下来："别捏。"

从刚才她当众对他说情话开始，他就一直在忍。

沈琅浪了一下，老实了。

她思忖一瞬，声音缱绻，出了声："以前你还在沈家的时候，我就觉得你和我身边的人都很不一样。"

沈琅身边的人做着光鲜体面的工作，过着奢侈高贵的生活。而肖闻郁格格不入，不迎合，不融入。

“我打高尔夫，跳交谊舞，是因为我怕做那个截然不同的人，而现在我不再是那个圈子里的人，也不再高贵了。”她坦然地陈述事实，抬眼看肖闻郁轮廓分明的侧脸，继续，“你不用为了我低头妥协，勉强去做自己不喜欢的事。”

几乎是同时间，肖闻郁的脚步停了。

沈琅被他牵着手，腕际一紧，随即被拉到他面前，也跟着顿足。

而后，肖闻郁一言不发地欺身过来，与她平视。

沈琅的目光从他疏长的睫毛扫落下去，对上那双直勾勾地盯着她的漆黑眸子，听到他开口：“沈家以前能给你的，现在我也能给你。所以在我这里，沈家原来给你的身份地位不是衡量你是否高贵的标准。”

沈琅的高贵无关物质。

她在他的圈子里天生高贵。

沈琅微怔。

“我不是为你低头妥协。”肖闻郁道，“是我想对你低头。”

也只对她低头。

另一边，老林球打到一半就累得汗流浃背，坐上了球童开过来的代步车回到休息亭。

老林边擦汗边摆手：“打不了了，伤筋动骨了。”

常泓损他：“哪儿能伤筋动骨啊，老林你最多也就伤肉动膘了。”

说完他算了算，两人连二十杆都没打够，还只进了两个洞。换了任何正常的一组，成绩都不至于这么惨。

“没想到我输了人生，还输了球。”今天单身老男人常泓受尽打击，一眼瞥见旁边熟悉的球童，诧异问，“你不是跟着闻郁他们吗？他俩已经回来了？”

打得这么快？

“还没有，”球童还帮忙拿着沈琅的手机，苦着脸道，“肖总他没让我跟着。”

常泓正想再问，就见球童低头去看。他手里沈琅的手机蓦然亮了屏，振动起来。

来电显示是一串英文。球童只能问常泓：“这……要接吗？”

常泓本来没想随便替人接电话，但多瞄了一眼来电显示，看着那个“The Pure”沉吟了一瞬，刹那间福至心灵。

“给我吧，我来接。”

之前沈琅把自己的手机给了球童，两人还留了一只肖闻郁的手机。他们边聊边打球，走得很远，等到要折回来时，肖闻郁给拿着沈琅手机的球童打了电话。

电话是肖闻郁打来的。常泓接了电话，满口应承着“行啊，好，没问题，我们开车来接你俩”，应完以后却没挂电话，切换法语低声问了一句：“她在你的旁边吗？”

老林被常泓突如其来的法语给吸引了注意力，边擦着汗，边莫名其妙地朝他看了一眼：“你们对暗号呢？”

肖闻郁声音平静，回的是中文：“在，怎么了？”

常泓又用法语接着问了一句：“你们的性生活不好吧？”

常泓提醒得非常含蓄：“她给你的来电备注是‘纯情’。”

与此同时，高尔夫球场上，沈琅最后一下推杆进洞，心情很好地拄着球杆往身后看。

肖闻郁在原地打完电话，正收起手机朝她走来。

这片果岭上的草皮修剪得平整，风拂草叶，碧色连坡。沈琅见男人一身的白球服，修身的裤腿更衬得他腰窄腿长，像一幅移动的风景画。

平时看多了肖闻郁穿深黑的西装，现在他这一身白看起来简直柔软又无害。沈琅笑：“风景画先生，我给你拍张照吧。”

肖闻郁敛眸解了锁，把手机递给她，没多说什么。

原本沈琅是真的单纯想拍张照，但等她接过手机，举起拍照时，看着屏幕里神色端敛的人就忍不住逗他："笑一个好不好？"

她边逗人还边切了视频模式，在录影的间隙不太真诚地反省了一下，自己是有点儿太坏了。

屏幕里摄进去的画面确实好看得像一幅画报，沈琅等着录下他笑的一幕，放大了屏幕才注意到，肖闻郁的目光并没有看向手机镜头。

沈琅从屏幕上抬眼，正好直直地对上了肖闻郁盯着她的目光。

"怎么了？"

肖闻郁一动不动地看着她，仍是没说话。

先前沈琅为拍照拉开了距离，两人隔得远，她看不仔细他此刻的神情，转而又去看手里的屏幕。刚巧这次他似有所觉地看向了镜头，微抿的薄唇毫无征兆地勾起一个很浅的弧度，眉宇也舒展开了。

沈琅心尖上的软肉像是恰到好处地被掐了一下。

她刚想趁着气氛再说点什么，半举着的手机却倏然振动起来，来电显示常泓。

球场里绵延的矮丘陵不少，常泓他们沿着球道过来接人，一时半会儿没找到，只好打电话过来要定位。

沈琅将手机递还给肖闻郁，抽空捡起被打进球洞里的球，装进球包。她打了大半个下午的高尔夫，束起的马尾松散了一半，此时索性解了长发，半垂着头重新扎起来。

肖闻郁报完定位后结束了通话，沈琅问他："他们还没找到我们吗？"

等了一会儿，没等到回答。

虽然平时肖闻郁也挺沉默寡言，但只是废话少，还没到惜字如金的地步。可他从刚才起好像就没再开口，像在酝酿着情绪。

沈琅终于发现有什么不对了。

他在她身后，在她的角度看不到人。沈琅正想回头，扎到一半的长发自后被拨到了前面。

肖闻郁收起手机，伸手从身后箍住了沈琅的腰。

沈琅本来对他就没防备，这会儿头发扎了一半，微垂着头露出后颈，简直就是送上门来。

清冽熟悉的气息从她的后脖颈处笼过来，沈琅顿时感觉到他修挺的鼻梁蹭过耳后白皙细腻的皮肤，一言不发地沿着她的肩颈线吻到了后颈。

一个自背后而来的拥抱。

她勾着发绳的小指刹那间下意识地蜷起来，顿时懒得有点儿不想动了。

沈琅没明白刚才她哪儿招他了，良久，不怎么真诚地为自己辩了一句："刚才对我笑了的是你，我可没有招过你。"

在沈琅看不见的地方，肖闻郁眼眸沉着情欲。他单手箍紧她的腰，声音低哑地问她：

"为什么我是'纯情'？"

此刻沈琅的心思全在他摩挲的指腹上，没反应过来，顿了顿问："什么纯情？"

"你给我的备注。"

情动到快失控的暧昧气氛里，沈琅总算是想起来自己给肖闻郁的那个来电备注了。她那时候带着调侃的心态随手改的备注，没想到一报还一报，人生头一回栽进了自己挖的坑里。

想想也是，哪个成年男人会觉得纯情是一种夸赞？

"这不能怪我，以前我逗你两句就被挂电话。"沈琅绷着背脊，想起来了这茬，"换了谁，都要觉得你是不好意思了。"

以前沈琅识人不清，现在已经缓过劲儿来，想到那些被"不好意思"挂断的电话，也差不多该明白了。

肖闻郁垂眸看她被吻得泛红的耳颈，复又低头，唇几乎是贴着她的耳后开口："不是。"

"现在知道你不是了，"沈琅被触碰舔吻得忘了词，停了一瞬才想起来继续，说话都含糊，带着鼻音，她翻着旧账揶揄他，"但我那时候怎么知道，其实你是在欲迎还拒……"

肖闻郁没接话，同时间，沈琅感到贴抚着后腰的指腹撤开了。

她刚想回头看他，男人修长的手就自后向前伸过来，气息逐渐靠近。

肖闻郁的下颌支在沈琅肩侧，情绪汹涌，他扳过沈琅的脸吻过来，撬开牙关，堵住了她的唇。

简单直接地结束了这个对话。

沈琅在这个缠绵而强势的吻中想，现在他可能是真的有点儿不好意思了。

十分钟后，常泓几人找到两人，问了一句他们组的杆数。

沈琅回得挺坦然："忘记数了。"

"怎么会没数？"常泓挺惦记自己的比分，不太相信。

"他俩，眼里就只有对方的小情侣。"老林指了指肖闻郁跟沈琅，又指回自己，"我，跑两步就大喘气的胖子。我们四个，就你是来正经打球的，你还管人家数没数呢？"

临近黄昏，夕阳沉落，众人从球场回俱乐部酒店。球童将球包暂存起来，工作人员早准备好房间，恭敬地带客人去洗澡换衣。

餐厅包间也是早定好了的。等菜的间隙，沈琅对着手机上给肖闻郁的备注思忖，想着是该换一个了。

不久前，肖闻郁接了一个越洋电话出去，此时不在包间内。常泓跟老林聊了两句，见沈琅撑着脸看手机，也跟着想到下午的事了。

常泓："闻郁他以前跟我们在华尔街那会儿，就是忒不懂风情的那种人，工作狂，现在终于有女孩儿肯要他了，肯定一时半会儿改不过来。"

这话居然是对沈琅说的。

老林闻言给了常泓个一言难尽的眼神：你还想背着肖撬他墙脚呢？

常泓没理，操碎一颗老妈子的心："所以在某些方面他纯情一点儿，也情有可原，不是说熟能生巧吗。"

沈琅听明白了。她倒是没反驳，大大方方地顺着这个误解笑着回："谢谢。"

"甭客气。"

老林听得云里雾里，但这不妨碍他在旁边帮腔："虽然说肖有时候是工作狂了些，但那是以前了，现在肯定不……”

说话间，肖闻郁已经打完电话，侍应生躬身替他推门引座。沈琅抬眼看过去，对上了他的目光。

一时间气氛微妙而和谐。老林适时地止了话头，和常泓一致保持沉默降低存在感，把此时此刻留给两人。

只是万万没想到，肖闻郁入座后对着沈琅的第一句话是：“我明天要出差。”

“明天就出差？怎么这么突然？”常泓震惊，“去哪儿？”

他的反应太大，肖闻郁的目光暂时从沈琅挪到常泓身上。后者对他挤眉弄眼地暗示，肖闻郁略微一顿，淡声道：“伦敦。”

老林恍然：“全资收购那件事吧？”他转头看向沈琅，给人做证，“这事儿确实是要出差，我也会跟着去。”

两个人都不对劲。肖闻郁眉宇微蹙起来，敛眸回视沈琅，问她：“怎么了？”

沈琅撑着脸，弯眸坦白回：“他们担心我独守空房，不要你了。”

恒新要在伦敦组建新的分部，准备发展科技分公司的部分业务。按照计划，恒新将全资收购伦敦一家智能芯片公司。在此之前，双方已经断断续续地在线上谈了好几个月关于收购的事。

一直以来，双方对合同的估价没能达成一致，再加上恒新内部新旧势力的僵持，因此收购的事拉锯到现在还是没有进展。而就在刚才，对方松了口。

事情来得突然，恒新总部的风控团队和法务团队将在今晚立即飞伦敦。肖闻郁让董助订了他的机票，明早清晨的航班。

几人在高尔夫俱乐部各自离开前，老林顺便给了沈琅他的名片，笑道：“想查肖的岗可以给我打电话，出差我帮你盯着呢，出不了事。”

“沈琅你甭理他，”常泓在旁边揭老底，“老林出个差，他老婆一天能给他助理打三个电话查岗，他连自己都顾不了。”

沈琅笑意盈盈，还是礼貌地把名片收了。

回到公寓，肖闻郁理好行李箱。沈琅泡了两杯蜂蜜水，敲了敲主卧的门进去，递了一杯给他："你要出差多久？"

肖闻郁接过水，盯着她片刻，才回："半个月。"

"太久了。"沈琅握着玻璃杯，看了眼黑色的行李箱，揶揄道，"箱子里还有没有位置？把我折一折，说不定还能塞进去。"

缄默对视半晌，肖闻郁搁下水杯，拿起手机替她订机票。

沈琅没想到他当真了，跟着将杯子搁在床头柜上，搭上他的手腕："我还没有办签证呢。"她叹气，"要是办了，就真的跟你走了。"

这回说的不是玩笑话。

肖闻郁蓦然反手攥住她的手腕，搂过腰，把人按在怀里，没接话。

他的心跳搏动有力，手指勾开衣角边沿往里探，浓稠得化不开的情绪都被隐没进了深处。隔着单薄的衣料，沈琅感受到他紧绷流畅的腰肌，像在克制。

"你的朋友人很好，以前是他们陪你多一些，以后就换我了。"她语调带笑，"比起以后能看到你的那么多年，不见你半个月也还好。我不会不要你的，放心。"

肖闻郁没回，另一只手顺着她微弓的脊背一路抚下去。

窗外夜色深浓，时间已是凌晨十二点。等沈琅从灼热缠绵的吻中分出一点清醒时，她已经被肖闻郁压在床里有一会儿了。

她上衣的扣子被解到露出锁骨，肩颈上也明显有一小片被舔咬出的红痕。沈琅生理性的泪水浸润着眼尾，边细喘着气平复，边心想，他吻哪儿咬哪儿的毛病得改改了。

肖闻郁撑手起身，擦去沈琅睫毛上的泪水，眼眸深得可怕，却没继续。

他倏然停了，沈琅看他。

肖闻郁眼底带着渴望与欲念，语调压抑："明早我出差，不想要你疼。"

他低沉："我想要你难受的时候，我在你身边。"

当晚，沈琅睡在主卧，而两人没做到最后一步。肖闻郁的航班订得早，约莫凌晨五点，她依稀听见窸窣声响，半梦半醒间睁眼，肖闻郁正好从衣帽间出来。

他刚洗完澡换衣服，身上带着清新凛冽的沐浴露气味。沈琅在他靠近床头的时候撑着醒过来，从被窝里伸手勾住了他垂落下来的领带。

肖闻郁没动，眉目沉静地任她动作。

他的领带系得工整，沈琅把领带解了，重新打了一遍。

她一点都不觉得自己多此一举，带着鼻音笑："生活需要点仪式感。"

没清醒的沈琅找回了一点往日骄矜任性的大小姐脾性。

仪式感就仪式在，领带系得再丑，也得是她给他系的。

仪式感还体现在，两天后沈琅在办西班牙签证的时候，顺便办了英国的加急签证。

华慕作为一家待遇不错的私人事务所，每年会在这个时候组织一次员工跟团旅行，为期一周。去年所里评级前三的项目组可带亲属家眷随行，免费。

事务所内，眼镜男跟沈琅的助理闲聊："我们所里最近三年的员工旅行，前年去了意大利，去年所里绩效不好，旅行计划从日本五日游变成了写字楼五日游。"

助理激动之余有点儿疑惑："什么叫写字楼五日游？"

"就是没放假，没旅游。"眼镜男结束凄惨的回忆，继续说，"今年去西班牙，我们组都有家属名额……你有男朋友没？"

助理老实地摇了摇头。

"那可惜了，要是有，就能情侣浪漫异国游。"眼镜男突然想到什么，八卦地问，"对了，你猜沈工这次会带她男朋友一起来吗？"

"我不知道。"这段时间所里都在猜不久前来接沈琅的豪车车主，助理守口如瓶，一个字没往外透，但此时因为即将到来的员工旅行变得有些兴奋。她想了一瞬，没忍住补了一句，"可能不跟着一起来了吧。"

最近几天沈工都是一个人下班，并没有豪车来接。

眼镜男惊讶："分手了？！"

助理恨不得捂住他的嘴，小声：“你别瞎说！”

然而已经晚了。

正巧沈琅端着咖啡从这片工位旁路过，浅淡旖旎的花木调香水味萦绕在鼻端。助理和眼镜男的声音戛然而止，朝她看过去，都僵滞成了一座雕塑。

沈工在旁稍作停顿，轻描淡写地转眸看他们一眼，精致昳丽的脸上少了平时调侃狎昵的笑容。接着，她睫半毛敛，很轻地叹了一口气，进了办公室。

叹了一口气。

良久，助理机械地开口：“沈工她，她为什么叹气了？”

眼镜男顿觉良心备受谴责，仿佛他就是那个棒打鸳鸯的罪魁祸首。他一句“分手了吧”死活都说不出口，憋了半天道：“可能是因为无聊吧。”

沈琅确实挺无聊。

肖闻郁出差后她见不到人，像是重新回到了以往自己住单身公寓的日子。本来已经习惯了几年的生活节奏，现在陡然觉得哪儿都不适应了。

这个时间，英国已经进入夏令时，隔着七个小时的时差，沈琅发骚扰短信都变得不方便起来。

肖闻郁那边应该也忙，有时回得快，有时要隔上三五个小时才回，多数时候是寥寥几个字。

周末，许许听说肖闻郁出差，总算敢来公寓里串个门。她对沈琅短信交流的方式叹为观止：“哪有情侣异地只发短信的，你们这种老年人式的恋爱什么时候能改一下？”

沈琅正画着某办公楼的方案图，闻言睨她，语调哀怨：“人都不在我身边，亲不到摸不到的，还能怎么年轻人？”

许许久违地被她浪了一下，居然还有点怀念。

晚餐时间，许许正想问是叫个外卖还是出门觅食，公寓的门铃就响了起来。

这处高级公寓安保森严，没有户主允许，陌生人压根进儿不来。许许原以为是肖闻郁提前结束出差回来了，开了门，才发现居然是两个白衣高帽的厨师。

沈琅已经习惯，出来给两人倒了杯茶，打一声招呼后踱步回了书房。

厨师带了新鲜食材，按照今日食谱，轻车熟路地借厨房做菜。许许看得有点儿蒙，跟着去书房，问沈琅："是我们叫的厨师吗？"

沈琅回："肖闻郁叫的。"

肖闻郁出差的这几天，沈琅的一日三餐都由星级餐厅的厨师上门负责。如果不是她闲到觉得自己开车挺不错，上下班也会有专门司机来接送。

这哪是老年人式恋爱，这简直是渗透式恋爱了。

许许沉默。

她是来吃饭的吗？

不是。她是来吃狗粮的。

事务所的员工旅行在即，组里加班加点地把该结的项目收了个尾，提前交上了报审图，剩余的跨期项目暂停告一段落。

可能是对去年的写字楼五日游印象太深刻，今年将员工旅行换成个人假期的人不少。前年意大利之行最后成了四个团，今年仅有两个团，同天分批出发。

出发当日，办完手续，沈琅在机场航站楼里给肖闻郁发了一条信息。

候机大厅内人声喧闹，参加员工旅行的大多都带了亲属家眷来。助理的母亲签证办得晚，没跟过来，她坐到同为单身一人的沈琅身边，凑过来悄声问她："沈工，您以前去过西班牙吗？"

"嗯。"

助理艳羡，边翻旅游攻略手册，边问："我听说我们接下来几天主要待在巴塞罗那，有一天自由活动，您有想去的地方吗？"

沈琅笑着回："有啊。"

助理翘首等着下文，没想到沈琅煞有介事地接话，语调缓慢："想回家。"

十几个小时的航程，巴塞罗那当地晚上近十点，航班自机场降落。

办理入境手续后，二十几人转机场班车，入住下榻的酒店。沈琅与助理一间。

跨度仅为五天的旅行行程安排得很紧，倒时差仅一晚，翌日早上七点，众人在早餐后从酒店出发，乘专车抵达巴塞罗那市内。

这片城市到处林立着哥特式建筑，游客络绎不绝。在沈琅多年前还是沈大小姐时，周游欧洲的重点从来都是购物，而不是观景，现在终于有闲心逛小镇游景点了，心里想的倒是另一件事。

沈琅百无聊赖，解锁手机屏，弯唇给肖闻郁发了一条信息：【我在巴塞罗那带了一份礼物给你。】

仅一小时的时差，对方回得很快，两分钟后：【什么？】

沈琅没事找事地逗了一下他，没再回了。

众人在黄昏时登上米拉之家的屋顶，助理第一次亲眼见到这种后现代风格的建筑，兴奋地拍了半晌，拍完不好意思地问沈琅："您能再帮我拍张照吗？"

沈琅拍完照，助理觉得自己得礼尚往来一下："我也帮您拍几张吧。"

"不用了。"

助理迟疑："您不拍下来留个纪念吗？"

沈琅没答，转而语带笑意地夸小助理身上那条裙子："我记住你今天有多好看就够了。"

事实证明，沈琅真是来瞎逛的，一整天下来连风景照都没拍一张，中午的海鲜饭只动了几勺。助理联想到前几天沈工那声悠长轻缓的叹息，屏气凝神，小心翼翼道："有时候不留纪念也不错，留了还容易伤心难过，多不划算……"

失恋了。

沈工肯定是失恋了。

晚上回酒店房间，助理惊恐地发现，明天就是自由活动，而沈琅居然在收拾行李要走。

“沈工！”沈琅刚拉上行李箱的拉链，就见小助理扑过来，哽声拦住她，猛吸一口气后郑重其事道，“我，我妈跟我说过，两个人能够擦肩而过也是一种很深的缘分。虽然我没恋爱过，也知道失恋很难受，但你可千万别想不开啊！！”

“没有失恋，”沈琅好笑，将白天买的工艺纪念品转送给助理，顿了顿接话，“明晚我就回来了，再晚一点也说不准。”

眼前的礼盒纹样精致，打开看，里面是一件工艺细致的瓷偶。助理赧然：“我还没准备礼物送给您……”

沈琅没打算要助理的礼物。她一早就订好了今晚的机票，正准备走，一眼瞥到礼盒上的缎带，停住了。

她回：“送我一根缎带吧。”

第十五章
偏偏想你

巴塞罗那到伦敦仅两小时的航班。

两小时后，飞机落地在希斯罗机场。

晚上八点，沈琅过机场海关，取了托运行李后，给老林打了一个电话。

“在伦敦？！”

老林接到电话的时候，还在酒店里准备换衣，晚上有一个商务宴会等着他去应酬。他塞了半天没把自己塞进那套燕尾服里，从而得出一个结论，他又胖了。

这几天又熬夜又喝酒应酬，老林肚子上的肉又添了一圈。

这边的收购流程几乎是以二倍速在进行着，肖仿佛铁打的身体不需要睡眠，两个精英团队也不敢懈怠，夜以继日地核资产，拟协议，对细节。至少半个月的工作量，这才一周时间就已经完成了七七八八。

打完电话，老林给沈琅发来地址。伦敦金融城的一家酒店，坐落在泰晤士河沿岸。

地铁过去挺方便，等沈琅拉着行李箱到酒店门口时，已经是伦敦时间九点多。

伦敦比巴塞罗那要冷得多，晚上室外温度逼近个位数。老林下来接人的时候见沈琅穿着裙子，都替她觉得冷。

“你怎么就这么来了？”老林带沈琅进酒店大厅，绕过金碧辉煌的礼宾堂，迎在电梯旁的白人侍者替他们按开电梯，“等会儿要是感冒，那事儿就大了。”

沈琅承认得坦然：“忘记有温差了。”

她短短的一句话，老林补全了整个情境。

为什么忘记温差了？因为急，急着想见人。

情趣，情趣。

肖闻郁的套房在顶层走廊最里面，老林那条燕尾服还没试上，给沈琅指了一个房间，打了一声招呼就回去了。

脚下的砖红地毯厚实柔软，沈琅拉着轻便的行李箱来到套房门前，按响了门铃。

套房门口是一片半弧形的宽敞区域，旁边立着复古落地座钟。她看着黑色镂花的分针移动了两格，眼前深褐色的门传来“咔嗒”一声轻响，开了。

门廊处的壁灯灯光下，肖闻郁一身黑衬衣西裤，手指还搭在门把上。他沉落的目光骤然凝在沈琅身上，一时没言语。

他盯着她的目光有如实质，沈琅松了拉行李箱的手，翻转手腕朝他递过来。

她手腕上系着条缎带，缠了两圈，末尾还松松地打着结。

不久前她问助理从礼盒上拿的那条。

沈琅笑得眸光潋滟：“送礼物。”

她叹气：“实在有点儿想你了。”

想他。

走廊深处的壁灯昏黄，衬得套房内打出来的灯色晃眼而明亮。此时肖闻郁整个人都逆着光，眉眼阴影深邃而沉郁。

缄默一瞬，沈琅伸过来的手被他牵住了。

肖闻郁带她进门，又折回身接过她的行李箱拉杆，关门：“什么时候到的？”

“刚刚才到，老林在酒店楼下接了我。”他松了她的手，将行李箱安置在客厅壁炉旁。沈琅笑意盈盈地曲了一下指尖，语调却带上些失落，开玩笑问，“我都这么想你了，就不能给我多牵一会儿吗？”

肖闻郁动作一顿，无声地打量她片刻，随即径直向她走来。

此时沈琅正窝在客厅沙发里，被他撑着扶手笼罩在阴影中。肖闻郁敛起眼底的情绪，薄唇蹭过她微凉的脸畔，问：“吃晚饭了吗？”

“没有。”沈琅拿捏着气氛，轻了声道，“现在有点渴，还有点冷。”

她笑：“过来一趟好不容易，今晚我出机场的时候，差一点就要迷路了。”

听起来楚楚可怜——

如果忽略仅两小时的飞机航程，和机场地铁直达附近牛津街站点的事实的话。

不知道从什么时候开始，沈琅已经习惯向他直言自己的情绪，有时候甚至还会有那么一点儿夸大其词。

露出她天生娇惯的脾性，却不像任性耍脾气。

像撒娇。

光影下，肖闻郁被灯光勾勒的下颌线弧度刹那间收紧，一眨不眨地看沈琅半晌，撤手起身，进卧室拿了一条盖毯出来。

室内暖气很足，沈琅披了一会儿毯子就缓过来了。

客厅里，大理石岛台上正煮着热茶，肖闻郁倒茶加奶，出声问她：“要加多少糖？”

沈琅：“三勺。”

室内弥漫着清甜沁脾的茶香，大理石茶几上摆放着满是茶点的银质三层托盘，气氛静谧。沈琅见肖闻郁理完她的行李后，从卧室出来，在办公桌前回完几封邮件，又打了一个电话。

听对话，像是在安排工作行程。

做完这一切，肖闻郁随手搁下手机，来到沈琅身前，敛眸开口：“还要茶吗？”

到目前为止，他的神色还是矜敛平静的。

“不要了，”沈琅吃饱喝足，连声音都慵懒绵软。她边伸手放茶杯，边弯起眉眼接话，“我以为我特意过来看你，你不会反应那么——”

话音未落，后半句被猝不及防欺身过来的肖闻郁蓦然打断了。

肖闻郁吻过来的力道很重，含欲带情，勾舔着沈琅的唇齿往深处吮，浓重的欲念混着灼热气息交缠而来。沈琅半搭着杯沿的手指跟着一蜷，随后被他攥过手腕向上抬起，直截了当地往后压入柔软的丝绒沙发背里。

沈琅感到对方温热的指腹在她手腕内侧摩挲，而后，修长的手指挑开那根松垮绑着的缎带，汹涌的欲望彻底解了封。

有点儿凶了。她在这个近乎凶狠的吻里被打散心率，“冷淡”两个字咽了回去，怎么都说不出来了。

肖闻郁没忍，几乎是厮磨着沈琅的唇开口，声音低沉而哑：“再说一遍给我听。”

他的气息燠热，挨得极近。

沈琅呼吸着那点微薄得可怜的空气，一口气分几次才狼狈地喘完。她对上肖闻郁晦暗垂落的目光，唇殷红湿润：“说什么？”

“想我。”

肖闻郁睫毛如鸦羽，看她的眼神里情绪浓郁深长。此时他的眼角眉梢，喉结腰脊，每一个曲张或微收的弧度都绷着欲。要命般性感。

他勾起人来不得了了。沈琅这会儿的心像是浸没深海里，没办法再捞起来思考。

沈琅的脉搏心率远远超过五官六感，顺着话回：“想你。”

肖闻郁摩挲她手腕的动作猝然停了。

“想听什么，我都可以说给你听……”说完，沈琅觉得他这个模样实在勾人，没忍住浪了一下，半仰起脸亲了亲肖闻郁的下颌，语调缠绵地轻声补了一句，“想见你，想要你。”

故意的。

此时沈琅被他压在蓝丝绒沙发里，黄色掐腰裙衬得她皮肤白皙细腻。她纤细的腰陷在绒缎沙发中，随着细碎的喘气微陷又舒展。

像鲜活的梦，跨过千百个难挨的日夜终于来到他眼前，点亮他茫茫长夜里辗转反复的渴望。

多年欲念烧成燎原之火，禁锢和理智燃烧殆尽。

下一刻，沈琅身体一轻，被肖闻郁毫无征兆地俯身抱起。

卧室没开灯，沈琅几乎是摸着黑被抱了进去。窗帘未合，三扇拼接的弧面落地窗透着伦敦城的霓光灯影，远处亮着广告牌的BBC大楼醒目高立，丽晶街头人潮涌动，城市陌生而热闹。

房间却昏暗寂静。

肖闻郁指腹顺着沈琅的腕际往上抚，撑开她因紧张而下意识蜷曲的纤长手指，舔吻她温软内陷的唇窝。

他声音很低："疼了就咬我。"

也是在这样喧嚣热闹的晚上，也是在陌生颠沛的异国。

到纽约的第四年，肖闻郁给沈琅打过电话。

那时候他的酒量远不及现在这么好，他在结束酒宴应酬后回住所，醉得半梦半醒。司机恭敬地送他到门廊处，替他开了灯后离开。

灯火通明的公寓内，一片死寂。肖闻郁向后靠在门上，沉默良久，关了灯。

他在黑暗中仰起脸解下领带，脱了西装外套进客厅。随手将衣物扔在沙发上的那一刻，他摸到了放在内侧口袋里的手机。

像是一场僵持长久的拉锯。

那一串数字已经在他心里盘踞多年，像钝刀割肉般折磨，叫嚣着引诱他引刀去给自己一个痛快。

终于，肖闻郁捞回外套，摸出手机，拨通了那个熟谙于心的号码。

沈琅接到陌生电话时，正好从KTV包房里出来透气。

大学毕业在即，临近分道扬镳的时候，同学聚会越发频繁。今天这场聚会上喝多的人不少，包房里醉后痛哭流涕的和唱歌跑调的抱在一起，号成一片，沈琅只好扯了一个理由出来找清净。

没想到人都出来了，居然接到一个莫名的乱码号码，对方听上去也像是喝醉了。

肖闻郁醉后的声音沉而哑，越洋跨国后传到沈琅耳边，声音失真了一半。

身后包房里的声音实在太闹，对方说第一遍的时候沈琅没听清，她转过回廊往前走，来到僻静的地方。

“什么？”

对面沉默半晌，陌生男人的声音传来：“我喝醉了。”

声音听着挺年轻，低沉悦耳，如伏特加里冰块碰壁的泠泠声。

相比起包房里那群聒噪醉汉，这位听上去要安静得多。

沈琅一时半会儿没想回去，闲着也是闲着，打算耐性十足地跟这个醉酒人士聊两句：“所以？”

肖闻郁坐在客厅的沙发椅中，神色安静，淡声陈述：“想给你打电话。”

“不是正打着吗？”沈琅调侃了一句，语调漫不经心地问，“我这里的人，为担心前途喝醉，为失恋喝醉，你呢？这位——”她不知道对方叫什么，只好空了他的名字，继续，“你是为什么喝醉？原来又想打给谁？”

沈琅没听出来是他。

也不会想到肖闻郁会给她打电话。

老爷子出国的这几年，一直都没回国内，于是沈琅逢年过节打电话过来问候。有时老爷子接到电话，肖闻郁在旁，但两人不曾有过交集。

对面酒店的灯火透过落地窗散落进来，肖闻郁眸光幽微，沉寂半晌，回她：“我很想她。”

沈琅并不在意。她边抬眼看长廊墙壁上挂着的艺术插画，边随口问：“她是个什么样的人？”

良久。

“很特别的人。”

这样的形容太过俗套，沈琅从别人口中没听过一百句也听过五十句，她把这当成段普通暗恋的倾诉开端，不甚上心地等着下文。

沈琅的呼吸声平缓轻微，像近在咫尺。肖闻郁合起眸，脑海中异常明晰地浮起她看人时的目光。

骄矜，狎昵，漂亮的眼尾上挑着笑。

肖闻郁：“她很聪明，和很多聪明人一样，她知道和人相处中怎么趋利避害，独善其身。”他声音平静，起伏涌动的情绪都被按捺在内里，疏淡地继续，“但却不够洒脱，有时会因为自己的恻隐心，帮了不该帮的忙，救了不该救的人。”

这个爱情故事的开头和想象中有点不一样。

顿了顿，沈琅的目光从插画上收回来，心里忽然闪过一丝微妙感。

这种感觉似曾熟悉。

“你说的这个人，聪明但优柔寡断，善良但不够洒脱……”沈琅没想起来到底是什么感觉，权当一个童话故事听了，笑着问，“那你是希望她够聪明一些，还是更善良一些？”

这次对方许久都没回。

沈琅当然没那么好的耐心，她思忖着时间差不多了，正要挂断这个意外的电话，就听男人的声音混着酒意，如昆山玉碎般响起：

“我希望某天她肆无忌惮时，我可以是她的底气。”

不久后，沈琅出国留学，换了新的手机号。

再后来，她留学后回国，进入建筑设计事务所工作。老爷子重病，肖闻郁接手恒新在美的大部分工作，忙到日夜颠倒。

再没有发生过像当初那样的通话。

当初纽约深夜十二点，国内正午十二点。他在见不得光的黑暗里，她在阳光明媚的白昼下。

可万物不总是相对相悖，这地球上夜晚在追逐黎明，黎明再往前走一段路就将遇到夜晚。

如今一切都恰如其分地停在了晨昏线上，两者度过漫漫年月，得以重逢。

卧室内，光色影影绰绰。

床头的木雕摆饰在昏暗旖旎间不小心被伸手碰落，落在地毯里发出沉闷的一声响。混着难耐的、低微的呜咽，纤长白皙的手指攥紧了已然发皱的床单。

肖闻郁眼眸一片漆黑郁晦，动作暂缓，低头吻沈琅的眼尾。

她哭得根本不受控，泛红的眼尾泪痕湿润，微颤的眼睫毛闪着晶莹的光泽。在微弱的光线下，神色缱绻而紧绷。

肖闻郁的指腹摩挲着沈琅的下唇，他抵开她陷进唇的齿，低沉的声音含了欲，彻底沉下来：

“咬我。”

沈琅泪眼模糊，顺从地咬了他的手指。

与此同时，难耐而折磨的欢愉倏然而来。

夜色深浓寂静，五官六感在旖旎暗夜中异常明晰。

经年累月，渴望与独占已浸入四肢百骸，成了暗如深渊般的诱惑。肖闻郁在触碰到她的那刻起，就再难自制。

叠影略略分开，触吻着眼睫安抚片刻，复又严丝合缝。

沈琅数不清她求了多少次，而痛楚很快被更深的欢愉淹没。肖闻郁食髓知味，耐心地，极致地，却又强势地加长了这种放纵。

情潮涌动。

最后沈琅被抱去洗澡，夜已过半。

她眼眸半合，整个人如同被水里捞起般酸软沉重，困倦到了极点。

浴室雾气朦胧，沈琅连手指都有点儿抬不起来，含糊着哭久了的鼻音，在肖闻郁颈窝处轻声开口：“你以前说，要疼我。”

她满身的痕迹，因皮肤白皙而格外明显。

肖闻郁替她清洗，眸色转暗，很低地“嗯”了一声。

沈琅困到连揶揄的语调都扬不起来了，裹着轻微的气声继续：“可你现在只会让我疼。”

带一点儿控诉。

像是沉默片刻，在沈琅困意彻底席卷而来前，她听肖闻郁哑声问：“后来还是不舒服？”

沈琅还是要脸的。她没正面回答，决口不提自己娇生惯养疼点低的事，快转不动的脑中想了一句托词：

“你技术不好。”

没想到肖闻郁沉缓地应了一声。

沈琅打起精神，抬眼看他。

“不太好。”肖闻郁眉目沉静地认了，抵额过来吻她殷红微肿的唇，低声接话，“再试一次。”

一室旖旎。

长夜深浓而漫漫，伦敦街头人声寂寂。夜间巴士安静地驶过特拉法加广场，远处天际浮起暗蓝熹微的一道线，曙光微亮。

沈琅不记得她第二次被肖闻郁抱去浴室是什么时候了。

她困倦得根本没办法思考，任人摆布——被清洗、穿衣，直到彻底昏沉地埋进柔软的被子里。

缩在被窝里的沈琅睡颜安静，眼尾的潮红未褪，下唇还留着咬出的浅浅齿印。

肖闻郁垂眸盯着她看了良久，眉宇舒展，仍未餍足地凑近了，吻她的脸。

修挺的鼻梁擦过耳畔，沈琅还没沉睡，半梦半醒间，被窸窣的动静短暂地拉回了神。

她神志溃散着，没睁眼，很低地开了口：“疼。”

声音软而轻，哑得有点儿没法听。

沈琅告状：“哪里都疼。”

她看不见肖闻郁的神情，沉默片刻，察觉到他修长的手指拂开她散落在脸庞的发，薄唇在鬓边落下一吻。

声音很沉：“睡吧。”

沈琅告状式的讨饶起了作用，肖闻郁没再吵醒她，关了床头那盏暖黄的台灯。

静谧的房间内，肖闻郁感受到沈琅近在咫尺的轻微气息，独自在黑暗中按捺着欲念。

她湿润着眼尾喊疼的样子更勾人，偏偏还毫无自觉。

一夜无梦。

醒来的时候，卧室内的窗帘还遮着，室内昏暗。

沈琅摸索到床头的开关，窗帘缓缓拉开。午后灿烂的阳光洒落在床上，她半敛着睫靠起来缓了一会儿，刚挪腰动了一寸，四肢百骸的感觉像跟着被唤醒，刹那间如潮水般一并涌了上来。

酸，又隐隐作痛。

从手指尖到脚踝都仿佛被折腾了一整晚，哪里都酸疼。

也确实是一整晚。

等缓过劲来，沈琅才坐起身想下床。她脚尖勾到柔软的拖鞋，低眸看了一眼，眼前白皙的腿上红痕斑驳，连脚腕上那道不明显的疤痕旁都泛着吻痕。

沈琅凑近了去看自己的脚踝内侧，昨晚被咬的牙印已经消了。

她这一弯腰，随后睡裙随着动作垂下，丝质的裙摆轻擦着她腿上的痕迹滑落，几乎是条件反射地带起一阵敏感的战栗。

沈琅神色有那么一瞬间的迟滞。她逐渐回忆起昨晚的种种细节，指尖在床沿微微收拢，又开始思索一件事——

她以前，到底，是怎么会觉得他纯情的？

正思忖着，卧室门开了。

肖闻郁推门进来，正好对上沈琅循声看来的目光。

他一身西装，身形笔挺颀长。沈琅弯唇跟他打招呼：“早安。”

她没管住自己，看着人总能想起肖闻郁衬衫下紧绷的肌理线条，顿了一瞬，轻声道：“走不动了。”

沈琅乌黑的长发披泻，坐在床边没动。肖闻郁来到她面前，拿过床尾的盖毯给她披上，而后垂眸，扫过对方只勾了一只拖鞋的脚。

肖闻郁屈膝半蹲下来，托起沈琅光裸的脚踝，替她穿上另一只拖鞋，问：“什么时候醒的？”

“刚刚才醒。”沈琅的声音仍有些哑，指尖在绒毯边缘摩挲了一会儿，“现在什么时候了？”

“下午三点。”

沈琅无声和肖闻郁对视片刻，忽然道：“昨天晚上。”

肖闻郁停了动作，眸光暗流涌动。

“送礼物的时候，忘记贴易碎标签了。”沈琅指了指自己裸露着吻痕的小腿，继续，“现在礼物她有点不好，都想返厂休息了。”她扬着尾音问他，“怎么办？”

她的声调微微扬起，有些控诉，带一点儿揶揄。

肖闻郁目光骤然沉了，就着半蹲的姿势，托着沈琅脚踝的手指循着红痕向上抚。须臾，他顺着带起她丝质的睡裙，敛眸吻在她的膝盖处。

“不退了。”

沈琅听他的声音低而哑，他又盯着她问：“现在饿不饿？”

她应声：“有点饿。”

气氛微妙地沉默了一会儿，沈琅对着肖闻郁带了欲的灼热视线，倏然想到了什么。她略带无辜地眨了一下眼，补充了一句：“是真的饿了。”

肖闻郁缄默地看她，没接话。

沈琅的腰还酸软着，难得为自己刚才那句意味模糊的话辩白了一句：“不能怪我多想……”她轻声调侃，“毕竟你现在看我的眼神太招人了，不多想都不行。”

也不知道谁更招人。

看了沈琅半晌，肖闻郁俯过身来吻她，厮磨般舔吻着她的嘴角，寻着间隙开口：“再招我，今天就真的不能下床了。”

不是一句缠绵的威胁，而是一句陈述。

肖闻郁收敛绷紧的喉结下，雪白的衬衫扣得齐整。沈琅平复着呼吸，才注意到他穿着正装：“你要出门吗？”

“今天我有个采访，在客厅。”肖闻郁抚上沈琅隐隐酸疼的腰，力道舒缓，回她，“不会出门。”

昨晚，沈琅行李箱里的衣物就被收进了卧室的衣帽间内，等肖闻郁出卧室叫早餐的时候，她洗漱完，换上衣服出来。

客厅里，恭敬站着的董助对沈琅颔首："小姐。"

此时肖闻郁再次坐回沙发中央，神色沉静，正在接受一家纸媒的采访。

来的几个是伦敦某家金融时报的采访组，特地挑在恒新成功收购那家智能芯片公司前约了采访。

原来采访因为刚刚肖闻郁进卧室而中断，现在继续进行到后半程。华裔的采访编辑见到从卧室里出来的沈琅，明显愣了一下，采访就卡了壳。

肖闻郁抬眸看向沈琅，神色略微一顿。

"小姐，这个采访是一周前就已经敲定的，再有十分钟就结束了，"一旁的董助低声对沈琅解释，"您请稍等，董事长已经替您叫了早餐。"

沈琅也没打扰肖闻郁，在不远处的餐桌旁找了一个座，撑着脸等她的早餐。

不一会儿，套房的门铃声响起，董助径直去给酒店的侍者开门，将餐车推进来，把早餐摆上餐桌。

采访仍在继续。沈琅边用早餐，边听采编按着采访大纲问下来，直到最后一个问题："在这之前，恒新科技已经在美上市，外界讨论此次您在收购 Espid 以后，会将恒新集团的重心彻底转移到海外市场，请问您目前会有这个打算吗？"

"不会。"

"方便透露一下为什么吗？"

采访的问题都是提前过滤了的，在此之前，董助把采访稿给肖闻郁过目，得到的回答客观而官方。

而肖闻郁将咖啡杯搁回茶几，没按照准备好的回答，语调沉稳得波澜不惊："家庭原因。"

沈琅上一秒还用着早餐，闻言将银叉上的培根转了一圈儿，不吃了。

董助多问了一句："您不吃了吗？"

"不吃了……太甜了。"沈琅笑意盈盈地，仗着在场没几个人听得懂中文，看着肖闻郁非常缱绻地补了一句，“要人喂才吃得下。”

视线在沈琅身上停驻一瞬，肖闻郁出声：“就到这里。”

采编是一个能听懂中文的华裔，她及时而精准地掐了录音笔，赶紧提醒摄影师最后多拍两张照。众人收拾布景和记录稿准备离开，临走前，采编笑道：“您跟您太太感情真好。”

肖闻郁默认。

送走采访组，董助鞠躬离开，跟着带上了套房的门。

室内归于安静。

肖闻郁脱了西装外套，来到餐桌前。

桌旁，沈琅正好给助理发了一条信息，转而又给事务所旅行团的领队打了一个电话。她收起手机，抬眼出声：“我打了个电话给旅行社告假。”她声调慵懒，意有所指地逗他，“说我，腰肌劳损。”

肖闻郁给她盛蘑菇汤的动作停了，转过头垂眸盯她，放下了勺子。

他俯下身，声音低沉地询问她：“是垫的枕头不够软，还是我手重？”

沈琅无言以对。

肖闻郁简略的一句问话，蓦然勾起了她关于昨晚的种种细节。腰脊陷入柔软枕头的触感以及抚掐在腰侧的指腹温热，还有她疼得泪眼模糊时咬对方的猛烈心悸感。

他太直白，沈琅再也逗不下去了。

“昨晚你一共喊过九次疼。”经过一夜，肖闻郁没再矜敛隐忍着，长睫遮不住深暗的眸子，又问，“有七声是在第一次的时候，剩下两声是在睡前。除去这些，中间还疼过吗？”

肖闻郁：“浴室里的那次，床上两次，哪个时候比较疼？”

他的神情不像玩笑，是真的挺事无巨细地在问她的感受。

沈琅实在没想到，以前那些调情的话都能对他说得没遮没拦的她，居然也有说这句话的时候：

“别说了。”

吃完早餐，刚想站起来，不知道牵扯到了身体哪一寸隐痛的角落，沈琅很快地蹙起了眉。她不待反应，肖闻郁已经倾过身，打横将她抱起来。

他傲她的双腿，问：“想去哪里？”

“去窗边，”沈琅伸手勾住他的脖颈儿，口齿清晰地再重复了一遍，“窗边。”

不是床边。

她的声调慵懒而绵软，神色也自然，只有从她难得老实规矩的措辞中才能听出来，是有些不太好意思了。

肖闻郁抱着沈琅来到弧面落地窗前，后者转移注意力般看了一会儿街景。等缓过劲，她发现肖闻郁的侧颜轮廓沐浴在午后的阳光里，眉目深邃如画，薄唇弧度微弯。

一个稍纵即逝的笑。

笑了就被笑了。沈琅度过最初的难为情期，嘴上占了一个便宜道：“我总算知道为什么会疼了。”

近在咫尺，她心里一动，伸手拨弄他疏长的眼睫毛，声音带笑：“笑得这么好看，腰疼一点也值了。”

沈琅行动不便，接下来的时间，肖闻郁代步替她做了所有事。他叫了下午茶，将人安顿进客厅最软的那张沙发里，开了墙面上的大屏投影，放一部经典的口碑轻喜剧，陪她看。

闲来无事，沈琅看完电影后，用手机查阅了一遍邮件。她才回复完项目甲方的工作邮件，意外地收到了一封来自恒新总部董事办发来的邮件。

一封临时股东会的会议通知书。刚发的。

沈琅神情稍顿，往下看。

她略微扫了一眼会议的主要议程，在最下方看到一行字：选举恒新集团控股子公司星宿传媒的第四届行政总裁。

在此之前，沈立珩是星宿传媒第三届的 CEO。

而这句话的意思，摆明了是要在这次股东会上罢免他星宿传媒 CEO 的身份。甚至跳过罢免的具体阶段，直接任命候选人。

能提出罢免沈立珩的，除了肖闻郁，不会有别人。

她和他的股权协议内容开始奏效了。

“我看到邮件了。”等肖闻郁接完电话回来，沈琅晃了晃手机，“通知半个月后开临时股东会。”

肖闻郁显然早已知晓，“嗯”了一声。

沈琅：“要是我二哥知道我们早有协议，还是我拿着恒新的股份要罢免他，一定要气疯了。”

“没有协议。”

沈琅穿着长袖，随着晃手机的动作露出腕际明显的吻痕。肖闻郁接过她的手机，随手搁在一旁，边检查她手腕的情况，边继续：“我现在有的，以后也是你的，不需要用协议来交换。”

说完这句，他拇指指腹触碰过那些红痕，抬眸问她：“还疼吗？”

怎么只过了一个晚上，他就如同速成般学会怎么说情话了？沈琅被他勾得实在有点儿心痒，忽然道：“特别疼……亲亲就不疼了。”

闻言，肖闻郁微眯了眼，眸色深沉如墨，扣住她的手腕逼近，垂睫瞥过她殷红而破了一点皮的上唇。

哪里都是他的痕迹。

肖闻郁：“也可以有一份协议。”

沈琅挺好奇：“什么？”

等了一会儿，他道：“合法同居协议。”

结婚协议。

沈琅当然听明白了，两人无声对视片刻，她弯唇刚想回，门铃声恰巧响了起来。

肖闻郁去开门。沈琅在离门不远的客厅沙发里，见董助站在门口，躬身交谈了几句，紧接着——

居然从门外推进来一把崭新的轮椅。

晚餐时间，肖闻郁要带沈琅下楼去餐厅用餐。董助恭敬地道：“确认了一遍，是您要的款式。”说完，又补充了一句，“小姐用起来应该会挺方便。”

送完轮椅，董助语速飞快地汇报完工作，躬身一鞠，离开套房，捎带着关上了门。

沈琅的目光停留在那把轮椅上，斟酌词句，一时间有点儿不知道该说什么。

下楼用晚餐，就八成会碰到老林。昨天她全须全尾地到了伦敦，今天就沦落到了要坐轮椅的地步，换了谁都能看出发生了什么。

平时口头浪归浪，到了这时候，沈琅还是捡起了她那点仅剩的体面。

“以前。”片刻，她的视线落回肖闻郁身上，语带笑意地开了口，“以前你在骨折坐轮椅的时候，我是帮忙推过你……但不用用这种方式谢我了。”

沈琅字句暧昧：“不要轮椅了，想要些别的谢礼。”

肖闻郁随手将轮椅推到客厅角落，径直走到沙发前，俯身垂眼问：“抱你下楼？”

沈琅没答应，弯眼笑：“你亲我一会儿，我就能自己走了。”

昨晚沈琅被折腾得狠，后半夜几乎是泪眼模糊地任他予取予求，今天就腰腿不便了一整天。现在她窝在沙发里，还能有闲心口头撩拨他。

肖闻郁没跟沈琅客气，手指抵着她的下颌直接吻过来。直至他揽着她的腰将人压进沙发，才被拉领带制止住了接下来的动作。

“再下去……就真的要坐轮椅了，太显眼了。”沈琅红唇湿润，勾着他的领带，轻声坦言，“我都不好意思一天了，晚上就让我要点脸，好不好？”

缄默片刻，肖闻郁绷着即将汹涌而出的欲望，盯着沈琅，声音低哑：“好。”

晚餐在酒店的自助餐厅，老林听说两人正在酒店里，也跟着下楼来了餐厅。

中途，肖闻郁离席接工作电话。餐桌对面，老林忙并购核资的事忙了一整天，难得清闲下来，还挺八卦，笑眯眯地问沈琅：“怎么样，昨天查岗查出什么事儿来了吗？”

沈琅配合老林的八卦，遗憾道：“没有。”

“是吧，我就说肖出不了什么事。你不知道，这些年他眼里就剩下工作跟挣钱了，连花钱都没时间花。我跟常泓就老觉得他这是在精忠报国呢，挣的钱除了交税，别的什么都没干。”老林笑道，“对女人也性冷淡。”

沈琅支着脸听到后半句话，神情有些微妙，没应声了。

老林见状，会错了意，立即神情惊愕道：“不能吧……”他神神秘秘，“对你也冷淡？”

沈琅略微一顿，刚想接话，余光注意到她身旁的餐椅被拉开，肖闻郁重新回了座。

晚餐前，肖闻郁被沈琅撩拨起来的欲望没纾解，现在她在肖闻郁面前就不能提冷不冷淡的事。但老林见沈琅没回，反倒是不动声色地揭过话题，神情就更古怪了。

老林本来还在犯愁，可一看肖在餐桌上为沈琅倒水取餐，举止优雅而颇具绅士风度，不像是对女人不开窍的样子。

孤男寡女的，哪能一直冷淡下去，可能人家就是缺少契机呢。

等用完餐，老林扯了一个放松的理由，状似无意地提议两人去了酒店某层的鸡尾酒吧。

“我不跟你们去了。”老林摸着肚子上的肉，理由挺充分，“再喝酒我又得胖了，我这还没到中年呢，发福的事还是留到以后再说吧。”

肖闻郁低下眼，问沈琅：“想去吗？”

没等沈琅回，老林搭腔：“想去，肯定想去。”

老林背着肖闻郁，在旁边可劲儿地给沈琅使眼色，简直就像两人即将去喝的不是鸡尾酒而是喜酒。沈琅承了他的情，弯眸顺着回：“去看看吧。”

酒吧氛围惬意而有情调，角落的钢琴曲缓缓流泻，灯光迷离。暗金色吧台前，坐满了闲谈的客人。

侍者引着两人到卡座，拿了几本不同的酒单过来。

肖闻郁没看酒单，翻开后递给了沈琅：“老林说了什么？”

“刚才他跟我说，”闻言，沈琅不看酒单了，弯起嘴角，改看他，“说你在美国的这几年，身边没有异性，只有工作。”

肖闻郁看她，眸光微动，声音低缓着接话：“也不只是有工作。”

“我在美国给你打过电话。”他眉眼沉落，淡声道，“还有一年，我来这里出差，住在威斯敏斯特，离你的大学很近。”

沈琅怔住。

这些她全然不知情。

沈琅脸上缱绻的笑意敛了，哑然良久，轻声问：“什么时候的事？”

顿了顿，肖闻郁回：“在你毕业的时候。”

五年前，沈琅国内本科毕业，在毕业前天，接到来自异国他乡的醉酒电话。后在她的UCL硕士毕业礼期间，有人跨洋而来，住在她的学院附近，在人潮拥挤的毕业日当天，坐在驶向机场的车里远远瞥上一眼。

本科毕业，硕士毕业，在沈琅记忆里，她都在拨穗结束后独自离校。

这么多年，她以为无人问津的两个重大场合，却有人无声参与。

不仅仅是巧合。

像是过了一段漫长的沉默，沈琅问：“为什么不让我知道？”很快，她自己驳回了，思忖一瞬，自言自语地接了话，“现在知道了。”

肖闻郁像一幅落尘满布的古画，沈琅用软刷一点点刷开，逐渐露出内里趋近完整清晰的脉络。以前她将这种逐渐了解的过程当情趣，现在却忽然有点儿觉得，两年沈宅的相处，加上未曾有交集的八年，自己了解得太慢了。

“在没见我的那几年，你是什么样的？”

闻言，肖闻郁抬眸盯住沈琅，眸子漆黑而深沉，情绪未明。

回忆起来，他的那几年经历乏善可陈。应酬酒宴上的觥筹交错，金融商圈里的无声硝烟，这些都在记忆里落了灰。

然而，这些记忆却在多年后的今天，因为沈琅的重新参与，忽然变得鲜明生动起来。

两人聊天中途，沈琅总算想起来还没点酒。肖闻郁叫来侍者，身穿马裤的侍者给两人推荐了一款限定酒单。

酒单最上方印着“Moments（时光）”。沈琅初看一眼，接着饶有兴致地仔细看下去，转而将酒单翻转，递给了肖闻郁。

酒单上各列酒的命名别出心裁，用岁数给酒命名，在介绍那一栏，则写的是岁数对应的人生履历。

肖闻郁的目光落在沈琅身上，听她对着酒单的格式，开口：“一岁——”

沈琅：“我们肖朋友出生了。”她笑意盈盈，带着哄人的语气，“福利院里所有的孩子在那天都气得没喝牛奶，因为院里来了一个最聪明漂亮的男孩。”

肖闻郁神情微顿。

“三岁。”沈琅语气自然地继续，“第一次叛逆期。所有小孩都学会了用摔东西来表达不满的时候，他再气就只是皱着眉不说话，拿到了院里的‘生气最安静奖’。”

“十岁。第一次被养父母领养……”

…………

“二十岁。”这回沈琅停了一瞬，“第一次喜欢一个人。女孩对他的态度轻慢又爱捉弄他，看起来不值得他喜欢，可能是一段很不明智的暗恋开始。”

一开始是玩笑般的、调侃式的安抚意味居多，后来沈琅渐渐敛起笑意，简略叙述肖闻郁从沈宅到美国回来的经历，神色也正经了许多。

直到最后，沈琅眸光潋滟：“三十岁，重新遇见女孩，总算结束了一段暗恋。但他不知道，这是一段麻烦的开始。”

肖闻郁此时的目光低暗，接近灼热逼人：“为什么？”

沈琅没正面回，隔着狭小的桌子看他，转而道：“以前的你我已经了解过了，以后的你也在了解过程中。可能要缠着你到很久了，因为……”

她把话补充完：“我已经很喜欢你了。”

自此，他的人生在她这里变得完整。

02:05 03:15

第十六章
她是他的心

沈琅在伦敦待的这几天，肖闻郁多数时间在陪她。

两人喝下午茶，在西区剧院看一场音乐剧，回酒店的路上逛了一圈沈琅的母校。

老林得知后惊得连表情都没收住。

这边收购的进程即将进入尾声，按理来说，剩下细枝末节的事确实用不着肖闻郁来决策。但老林知道归知道，见识到肖为女人撇下工作还是第一回，当即感慨地给沈琅发了一条信息，表示深切佩服。

收到信息的时候，沈琅已经回到酒店套房内，在卧室收拾行李箱。

明天是事务所员工旅行在巴塞罗那的最后一天，有始有终，沈琅订了明早飞巴塞罗那的机票，打算跟着旅行团一起回国。

恒新收购的流程没走完，肖闻郁晚几天才能回国。沈琅收拾完最后一件衣裙，合上行李箱起身，刚抬眼，发现他已经洗完澡出来，在浴室门口盯着自己看了有一会儿了。

目光沉沉，穿着黑色浴袍，整个人像裹着浴室潮湿未干的水汽，气质低敛而沉郁。

沈琅眼尾弯着笑，出声逗他：“别看了。再这样看下去，我就不走了。”

室内静谧而温暖，夜色已深。肖闻郁径直走过来，垂眸看沈琅，问她：“明早几点的航班？”

“九点。”

肖闻郁一言不发地看沈琅，半晌，抬手将她乌黑垂软的长发拨至肩后，随后贴过来，修长分明的手指顺着白皙细腻的肩臂触碰下去，五指交缠上她的指节。

沈琅下意识地勾了勾手指，却被他缠得更紧，顺着力道带向了他。肖闻郁俯过身吻她的颈侧，气息渐深，沉缓道：“少带了一件。”

她不记得自己哪件衣服忘收进箱子里了，分神问：“什么？”

肖闻郁没接话。暧昧旖旎的吻中，沈琅感觉自己的手被牵引着向前，摸到他浴袍的系带。

等到被压进床里时，沈琅绷紧了腰脊，不由自主地往后撤了撤，却被紧揽过了腰。那一下有些狠了，她的泪顿时掉得有点儿收不住。

沈琅的眼尾染上潮红，蹭着他的唇开口，连声音都在颤：“六点我就要起床……”

肖闻郁吻她，睫毛阴影垂落，深邃含欲。

“我尽量。”

翌日肖闻郁送沈琅去机场，后者靠着车座补觉。等车停在红绿灯前时，沈琅察觉到他的视线，也跟着侧过脸看他。

安静片刻，沈琅漂亮的眼尾微抬起来，伸手勾开一点儿自己的长袖袖口，让他看。

少了遮掩，小臂上的暧昧吻痕悉数显露出来。

“应该穿裙子的，这样，全世界都知道你这么舍不得我了。”她在对视间倏然轻声开口，上半句字句缠绵，下半句却转了话题，问得挺真诚，“这个尽量的量，是不是有些太多了？”

“回国后给我打个电话，下周我回来。”肖闻郁的视线顿在她那些明显的痕迹上，低沉道，“等我回来。”

沈琅指了指自己的吻痕，声调带一点儿控诉，揶揄接话：“我和它会一起等你回来的。”

结束事务所在巴塞罗那的员工旅行，沈琅跟着旅行团回国。倒了一晚上的时差后，回归到了以往正常的工作节奏。

假期前被沈琅搁置的跨期项目重新继续，与此同时，她手里还有两个等着最后做汇报的方案设计。为了这两个收尾项目，全组日夜颠倒地连着忙了好几天，等沈琅总算轻松下来，一周时间已经过得差不多了。

正好闲着没事，沈琅在午休间隙去隐市坐了坐。

茶馆里，荀周一盘游戏打完，抬头瞥了一眼，见沈琅正在对着手机回信息，心情很好的模样。

大半年了，他游戏掌机都换了三个，她还处在给人发短信的阶段，荀周挺稀奇：“我看你那个攻略对象耐性是真不错，这么久了都能忍着没把你拉黑，有这耐心做什么做不好。”

没想到沈琅搁下手机，笑得眸光流转：“没有攻略两个字了。”

荀周了然。

在一起了。真不容易。

“哎，对对，”他忽然想起一件事，对着端茶过来的厨房小妹道，“玲玲，我那天淘来的那个貔貅还在吗？帮我拿一下。”

茶馆二楼有一整面墙的博古架，锁着荀周平时从四处淘来的古玩旧物。厨房小妹拿给荀周一个墨绿色的小方盒，他把盒子打开，递给了沈琅。

盒子里放着一个玲珑小巧的陶瓷貔貅。荀周温文儒雅，语调深沉：“这貔貅我费了好大劲儿才淘到，能招福镇宅。等以后你们真结了婚，就当我随份子的礼物了。”

沈琅还没回，旁边厨房小妹忍不住咕哝了一句：“老板，您这个不是讨价还价买的吗？原价一百折后价八十八，送给琅琅姐随份子是不是太少了。”

荀周以理服人：“八十八怎么了？以前我住地下室的时候，八十八都快供我活四五天了。”

随后想想，八十八随份子是少了。荀周退而求其次，做到了物尽其用，又对沈琅道：“那就当生日礼物吧。”

厨房小妹：“琅琅姐生日还有一个月……”

荀周忍无可忍，拍案沉痛道：“你跟她走吧，我这个老板管不住你了。”

沈琅大大方方地收了貔貅，眉目含情，道：“玲玲别跟着他了，以后我对你好。”

荀周有点儿被她浪到了，无言了半天：“你对象知道你在外面都这样吗？”

正巧，沈琅搁在桌旁的手机屏幕倏然亮起，收到了一条肖闻郁的短信：

【明早到。】

沈琅问他：【是哪一趟航班？明天我去机场接你。】

很快，肖闻郁的回复又至，简略的四个字：

【我来见你。】

翌日下午两点，恒新将召开临时股东会。就在前一天，肖闻郁在伦敦的收购结束，董助订了机票赶回来。

飞机抵达航站楼时，已是上午十点。

沈琅前段时间的项目告一段落，今天请假在公寓，正好等肖闻郁回来。她起床起得晚，等洗漱完，意外地接到了沈立珩的电话。

自从沈立珩收到股东会的会议通知书后，就处于一种难以抑制的躁郁和荒诞感里。

他如今在恒新虽然势弱，但公司留下来的老人有一半是他这么多年培养扶植上来的。现在恒新要拓宽海外市场，不能够只靠新势力，还可能需要他手里的人情。因此，即使肖闻郁想动他，也应该权衡当下的利弊。

从去年开始，恒新的新旧势力就在暗地里拉锯了。沈立珩早有心理准备，但没想到，肖闻郁会这么快就选择在明面上跟自己对立。

罢免他星宿传媒 CEO 的身份，无异于给他当下难堪的局面雪上加霜。

再有四小时是恒新股东会，只要在决议时肖闻郁那边没有三分之二的票，那自己就还有希望。

于是思来想去，沈立珩还是给沈琅打了电话。

从最初的不可置信，到阴鸷愠怒，直到给沈琅打电话时，他的语气已经带了一些颓然的最后挣扎。

“琅琅，”电话里，沈立珩态度温柔，带着从未有过的软和，“下午的股东会决议，我认为你还是需要好好考虑一下。中午你有没有空？我们可以谈谈。”

厨房里，沈琅正煮着牛奶。她搭着电话，垂眼观察小奶锅中微微泛起的奶泡，没出声。

“上次你说，你担心我在知道你不是我的亲妹妹以后，不会放过你和你手里的股份，这话说得太没依据了，不是吗？”沈立珩也不恼，打了感情牌，“即使你不是我亲妹妹，但我们这么多年的情分不是假的。现在你因为这种担心去帮一个外人，不值得。”

沈琅听得还挺认真，她舀出奶泡，终于开口，不答反问：“二哥，你已经是恒新的总经理了，为什么还要对一家传媒子公司的CEO这么上心？”

至于为什么，两人都心知肚明。

恒新总部有肖闻郁在，沈立珩总经理的位置名存实亡，而对方顾不到每一家子公司，因此他在星宿的话语权要更多，能动用私权做的事也更多。

沈立珩听出沈琅在兜圈子，心里开始不耐烦，只好耐着性子做承诺：“琅琅，如果你实在不放心，我们可以签协议，交给专业的律师团队，今天就能拟出来。”

“拟了协议，然后呢？”牛奶煮开，沈琅关了火，声音在静谧的厨房里异常清晰，“你仍然是星宿的CEO，仍然能在出事的时候替自己遮掩过去。”顿了顿，她语调有些懒，“我不想这样。”

闻言，沈立珩拧眉：“什么意思？”

“二哥，三年前的事已经发生过一回了。”沈琅回他，“我不想再发生在另一个陶芸芸身上，也不想发生在我身上。”

沈立珩想起来了。

是有那么回事。三年前恒新的工程发生重大事故，他动了一点权力将事态重心转移到了设计方那边，听说还有人因此自杀了。

只是大概有印象，当初事情得到解决才是沈立珩的目的，至于后续细节，并不是他想关心的。

另一边，沈立珩阴着脸没回，半晌，又问沈琅："所以你选择帮肖闻郁？"

他冷笑，为她的天真觉得不可思议："你觉得肖闻郁他能走到今天这一步，是因为他善良仁慈，还是他大公无私？"

沈琅倒牛奶的动作微顿，极快地蹙了一下眉，刚想开口，似乎听见了密码锁自动打开的声音。

她放下奶锅，边通电话边往厨房外走，正好看见刚进门的肖闻郁。

他一身剪裁精良的衬衣西裤，西装外套搭在臂肘，坐了十几个小时的飞机，英隽的眉眼间不见倦色。

沈琅抬眼看着肖闻郁，对上他打量过来的视线，心里像是微微被挠了一下，还真想了想沈立珩这个问题。

从初见面开始，她是随手帮过他几个忙。至于为什么帮他，有很多理由，每一条拎出来都能说得冠冕堂皇。

觉得大小姐生活太无聊，闲着逗人家打发时间。

想看像他这样格格不入的人，能在沈家这样的环境里走多远。

思忖片刻，挂断电话前，沈琅回沈立珩："我不知道。"

也有可能这些都不是伊始。

第一次见肖闻郁，他在沈宅客厅，沈琅挺新奇地绕过去看了一眼。他也像今天这样，沉静收敛，漆黑的眼梢弧度非常漂亮。

或许在那瞬间，沈琅心里扫过的那点几近被忽略的痒意，才是一切契机的源头。

挂完电话，沈琅将手机搁在客厅岛台上，弯了眉眼，走过去道："是我二哥。"

"嗯。"

肖闻郁并没多问，将行李箱推进来，反手合上门。他没换皮鞋，直截了当地倾身攥过沈琅的手腕，在玄关处抱住了她。

沈琅猝不防地被拉过去，而后，对方身上清冽熟悉的味道紧跟着笼过来。

她抱一下也不老实，勾着肖闻郁的脖颈儿，脚尖踢了拖鞋，往他鞋面上借力。肖闻郁任她挨蹭着踩上来，呼吸骤然深了。

“回国快乐。”沈琅前几天忙起来还好，从昨天闲下来后就开始时不时地想起来，这会儿终于抱到人，心情很好地开口，“太想你了，要是再晚来一天，我今晚就打算去伦敦接你了。”

肖闻郁箍着沈琅后腰的手紧了紧，唇抚过她耳边的发，问她：“我不在的时间，你在做什么？”

他已经离开大半个月。

“你不在的时候，”沈琅好整以暇，“我睡了你的床，用了你的浴室，还进了你的衣帽间。”

她说这话的本意是想撩拨撩拨人。

没想到肖闻郁垂眸敛睫，气息灼热，牙齿在她耳廓不轻不重地厮磨咬过，低声道：“你的。”

“好，这些都是我的，”沈琅接受，语带笑意地回他，“那以后只有我是你的了。”

下午恒新的临时股东会照常举行。中午，沈琅下了厨，她和肖闻郁吃过午饭，司机来公寓楼下接两人去公司。

股东会上，沈立珩神色极难看，模样颓唐。

约莫在大半年前，他还想着如何扳倒肖闻郁，现在仅不到一年就已经节节溃败。利益面前不讲人情，那些他一手扶植起来的公司老人，有一些也在会议上倒戈了。

到如今，成败已成定局。

股东会决议结果下来，通过的票数过了三分之二，最终沈立珩被罢免星宿传媒CEO的职位，与此同时，星宿高层接连被停职罢免了数名。

星宿这沉疴痼疾的内里，也终于换了新血液。

开完会，沈琅闲着没事，在肖闻郁的办公室等他下班，两人的晚餐在附近的餐厅解决。晚上肖闻郁开车，带她回公寓。

客厅的灯光明亮，餐桌上还留着出门前未来得及收的碗筷。沈琅前两天买来装饰的百合和香槟玫瑰插在白瓷花瓶里，裹着馥郁馨香。

一切都是温馨柔软的模样。

肖闻郁脱了西装外套，进门，将碗筷收进厨房的洗碗池内。

他撑着水池边缘冲水的样子实在好看。沈琅靠着看了一会儿，难得闲不下来，过去想搭把手。

肖闻郁让了让，没给她盘子。他转眸，目光落在沈琅思忖的脸上："怎么了？"

"也没有什么事，"沈琅对上他的视线，弯唇道，"就是把想了很多年的事突然做了，有些不太习惯。"

肖闻郁将最后的盘子收起，关了水，听着她的下文。

"我去看望过我那个助理的父母，两次。"沈琅像在回忆，语气轻描淡写，"都是在出事第一年的时候去的，后来两年就没再去了。"

面对伤心过度的陶父陶母，沈琅实在有些不知道如何开口。虽然她惯会哄人，但也是在无伤大雅的前提下，面对直接袒露的痛苦，她无能为力。

对视片刻，沈琅踮脚仰脸亲了亲肖闻郁的下巴，轻声，开玩笑："多亏你伸张正义了。"

肖闻郁看着她，神色微动，没接话。

而后，沈琅切了一盘水果沙拉，从橱柜里翻出两根银叉，踱步过去喂人。

肖闻郁垂眸盯着她，低首咬过苹果，绷紧的喉结上下滑动寸许。

眼神深沉而直勾勾。

有点儿勾人了。

沈琅还没开口，就听他忽然出声："琅琅。"

他声音低沉，蓦然含情带欲地叫了她一声，沈琅顿时有些没缓过来。

下一刻，肖闻郁拿走沈琅手上的沙拉碗，随手搁在一旁。他逼身过来平视她，把话接下去："我不是一个多有正义感的人。"

能在短短几年内不动声色地在华尔街声名鹊起，肖闻郁并不良善。商界风起云涌，这一路，他步步为营，手腕狠戾。

不合时宜的心软与善良对他来说毫无用处。

两人相隔咫尺，沈琅打量他疏长垂落的眼睫毛，一时间没说话。

"我身边没什么正义，"肖闻郁触抚沈琅的脸，声音很低，"如果能在我身上看到正义，只能因为是你。"

当年，肖闻郁的第二任养父母跟随亲生儿子移民到国外，他被留在国内。

这对夫妻平时在外没有亲戚往来，儿子又常年在国外，一年仅回来一趟，家里异常冷清。

领养肖闻郁算是给家里增添了热闹。

几年后，亲生儿子终于来接父母移民，夫妻毫不迟疑地留下了他。

像只是养了一只逗趣的宠物。

在走之前，肖闻郁听见房间里的养父母商讨。

养母嗫嚅："他考上名牌大学了，以后也会过得很好。"

隔了片刻，养父赞同："带他过去到底不方便，这么多年，我们也算是尽到责任了。"

这是他第三次被撇下。

两年后，二十岁的肖闻郁被接到沈家。

厨房里灯火通明，肖闻郁指腹摩挲过沈琅的下唇，神色郁晦。想起当年他从冰冷咸腥的海水里被救起来，在医院醒来的那一幕。

沈琅和沈立珩被老爷子押来向他道歉，病房门口的保镖和医护人员站了一片，看热闹的有，冷漠的也有。

肖闻郁靠着床头醒来，转过眸，只看着沈琅。

她救了他。

当着老爷子和沈家两兄弟的面，沈琅哪会承认。她不说，随即被划入罪魁祸首的一列，被呵斥着给人道歉。

注意到肖闻郁的目光，沈琅在床边打量他。

少女的瞳仁很浅，剔透澄澈，很漂亮，对着他骄矜轻慢地开口："活着呀。"

如同她先前每一次不动声色地伸手。

肖闻郁神色敛淡，面上不显，身体的每寸肌理和神经却如同渴求生存一般激烈地叫嚣起来。

他收回视线，将目光随意落在病床旁的点滴上。

透明点滴滴落的刹那，他像是感受到了胸腔处骤然紧缩的心跳。

她是他生而为人的一颗心。

夜幕已深，厨房的玻璃窗外灯火黯淡，万籁俱寂。

肖闻郁箍着沈琅的腰吻下来。

她被抵在黑色大理石台边深吻，模糊间手胡乱摸索着向后借力，不小心碰倒了搁在台边的沙拉碗。

玻璃碗顺着磕入水池，"咣当"一声清脆的声响。沈琅从旖旎交缠的吻中稍回神，下意识地微微仰脸后撤，刚想回头看看情况，却被肖闻郁蓦然抵着下颌重新贴上来。

接下来的一切都失了控。

两人从厨房到卧室，几乎是一路彼此牵制拽扯，前一刻刚碰翻了厨房杯碗，下一刻就撞偏了客厅的立式台灯。满地狼藉。

当沈琅被肖闻郁压进柔软床垫里时，上唇已经被舔咬得泛起红肿。她在空气稀薄的间隙喘气，心跳一声比一声剧烈。

"不应该那么久没见的，"她扯过肖闻郁的领带，眼尾水光潋滟，轻声笑，"要砸家了。"

家。

肖闻郁手指摩挲着沈琅内陷的后腰窝，额角相抵，目光深得可怕，默不作声。

沈琅勾着他的领带结，示意床头那盆花，弯唇：“那是我好不容易挪过来的，不能砸了。”

象牙白的床头柜上，摆着一盆圣诞玫瑰。已经过了花期，虽然没开花，但郁郁葱葱。

片刻，肖闻郁收回目光，垂眸看沈琅，声音低哑：“什么时候搬的？”

“你出差的第二天，”沈琅回，“每次回去浇水不方便，就抽时间跑了一趟，都搬过来了。”

暖黄色的灯光下，沈琅的皮肤像泛着细瓷的光泽。肖闻郁低头吻她的脸，吻得若即若离，情绪不明地重复了一遍：“都搬过来？”

沈琅被他勾得有点儿难耐，应了一声：“没有别的能带过来了。”她补了一句，“在找中介，打算下个月把那套公寓挂出去。”

顿了顿，沈琅语调揶揄，问肖闻郁：“以后要拖家带口来缠着你了，要是被赶出去，我是不是又要去住地下室了？”

肖闻郁动作一顿，盯着她看了一会儿，半晌低低沉沉地接话：“嗯。”

沈琅挺遗憾，神情煞有介事，声音却暧昧而狎昵，问他：“那怎么办？”

话音刚落，沈琅腕际一紧，被攥着手腕禁锢在身侧，她刚微撑起的上半身失去着力点，彻底陷入舒软的床里。

房间昏暗，肖闻郁锁着她的双腕逼身吻过来，汹涌而来的渴望将理智烧得丝毫不剩，连抚摸的动作都带着极致的欲念。

喘息间，沈琅顺着他眉宇看下去，落在他泛红的耳廓上，借着微弱的光线，见男人下颌处的咬肌小幅度地动了动。

一个极其紧绷而性感的动作。

肖闻郁的动作欲得接近狠了，声音却是低沉的，唇贴着沈琅的耳侧，回她上一句话：

“你哄哄我。”

夜色深浓，一室缱绻。

后半夜，沈琅终于被肖闻郁抱着从浴室回到床里。

沈琅困倦得根本睁不开眼，撑着那点少得可怜的清醒，在被窝里摸索着勾住了他的手指。

“以前……”她捏着肖闻郁的手指，声音倦懒而沙哑，“一定没人纠正过你。”

肖闻郁低眸看沈琅，问：“什么？”

沈琅回忆起，他说过自己自私，说过自己不正义。

每回还都神情疏淡、理所应当的模样，这就有点儿张口乱说了。

“你既不自私，也没有不正义，还特别讨人喜欢。我特别喜欢。”沈琅的眼睛实在睁不开，合着眸，语调缠绵，“不笑的时候喜欢，一笑就想亲你，不说话的时候想逗你，说话的时候想把所有的糖都塞给你。”

“都这么喜欢你了，不太能接受别人说你不好了。”她叹气，“你也不行。”

肖闻郁定定地看沈琅，目光落在她殷红湿润的唇上，呼吸骤然深了。

缄默良久，沈琅听见他的声音沉缓响起：“是你。”

这话说得没头没尾的，沈琅困得转不过脑思索：“嗯？”

肖闻郁没说话，拨开她的额发，替她掖好被子，让她睡。

阴暗潮湿的筒子楼，面热心冷的养父母，暗里争权的沈家，这些都在记忆里灰淡下去。直到阳光铺满的那个白色病房，是沈琅让他明白。

这世界光华灿烂，只要一息尚存，仍有爱与被爱的能力。

因此他驯服自己，纠正自己。

交给了她。

02:05 03:15

第十七章
然后是你

沈琅说要卖掉她那套公寓，就真的抽时间找了中介来看房。

周末，许许听说她要卖房，顶着头上锃光瓦亮的光芒都不得不来当一回电灯泡了。

趁着肖闻郁在和中介谈的空当，许许回头看了一眼客厅沙发里的人，悄无声息地把沈琅拉进厨房，聊上了："你们现在到什么地步了？"

"扯证了？还是打算结婚了？"许许太震惊了，"这房子你住了这么多年，这才不到一年说卖就卖，万一……靠不靠谱啊？"

"还没呢。"沈琅靠在岛台旁接了两杯水，递给许许一杯，顺着她的话笑，"怎么办，那到时候我就只有你了。"

许许喝了半杯水冷静，透过厨房的玻璃门远远打量肖闻郁，忽然就接受了："也是，我想应该挺靠谱的。"

对方的态度实在转变得太快，沈琅握着杯子，虚心请教她的下文。

许许感慨："毕竟能忍受像你这么浪的人，已经不多了。"

半小时后，中介事无巨细地记下了谈话内容，跟身旁的律师握了握手，随后对肖闻郁殷切赔笑："哎哎，肖总您放心！我们肯定好好安排！"

见律师和中介要走，许许也不留下继续当闲杂人等了，跟沈琅两人打声招呼，跟着离开了公寓。

沈琅踱步到肖闻郁面前，被他敛眸牵过手，顺势坐在他身旁，问她："还有什么要带走的吗？"

眼前公寓的装潢摆饰都是沈琅熟悉的模样。此前，她已经把自己养的那些花草搬进了他的公寓，连带着书房里那一小缸鱼都搬了过去。

"都搬完了，没有了。"沈琅搭上肖闻郁的腿，撑身凑近了，屈指叩了叩他的左胸膛，笑意盈盈地逗他，"请'肖红帽'开个门，'琅外婆'准备住进来了。"

要卖房的不只有沈琅一个，六月初，沈立珩将当初继承得到的沈宅也挂了司法拍卖。

这消息，沈琅还是从助理那里知道的。

华慕会议室，一场小组会议正巧开完，助理拿着手机看新闻，随后边理图纸边郑重地对沈琅道：

"沈工，这世界太不公平了。"

沈琅正在关电脑，闻言抬眼，好笑地问："怎么了？"

"我们辛辛苦苦投标的时候，百万级的报价已经很难得了，但人家卖一套上亿豪宅，卖房子的中介费就能拿到几百万。"助理把手机拿给沈琅看，"您看，今天早上的新闻，说是沈家要卖房子了。"

沈琅神情微顿，将新闻完整地看下来。

自从大学后，她已经有几年没回沈宅了。新闻里的豪宅俯拍图陌生又熟悉，玻璃花房反着光，草坪被修剪得葱郁整齐，泳池粼粼泛着波光，却掩不住别墅砖墙的年代感。

豪门人家的事瞬息万变。助理小声感叹："听说去年沈家出事以后，就不太行了。我记得那个好有名的影后之前嫁进的就是沈家，她老公去世以后她复出了几个月，前段时间又宣布息影了，听说是心理压力太大。"

沈琅再一次见到沈立珩，已经是一周以后的事。

在某家私人会所的保龄球室外。

沈立珩最近过得并不好，自从被罢免星宿传媒 CEO 后，他在恒新的地位日趋降落。恒新总经理的名声打得再响，也要处处受制于董事会。哪天肖闻郁要摘去他的职位，就是一念之间的事。

从小到现在，沈立珩习惯了随心所欲的日子，习惯气焰嚣张，从来没被这样打击过。

两人在走廊碰到，对方身上的戾气被锉去大半，脸色不怎么好看地打量沈琅："你现在和肖闻郁在一起？"

"嗯。"沈琅对她这个有名无实的二哥谈不上喜欢，但也没遮掩，"听说你要把家里的宅子卖了。"

"家？早就不是了。"沈立珩点了一根烟，闻言笑了一声，"老爷子和沈立新死了，你不是我的亲妹妹。你看看现在的样子，还是吗？"

沈立珩模样颓唐。在权势颓败的时候，竟然会想起以往在沈宅里争权夺势的日子来。

想起某次他跟沈立新竞标同一块地，落标后沈立珩差点没气疯，在宴会上对沈立新冷嘲热讽："哥，你这一次不错啊，总算能向老爷子邀功了。"

沈立新面色沉稳，评价他："我没做什么，倒是你起价抛得太高，加价给得太急。"

见沈立珩要发脾气，一旁的沈琅接话："你们吵得我好烦。"少女的笑靥很甜，带着稚气，"谁竞到了都是家里的，不吵了。"

后来。

沈立珩瞧不起肖闻郁的出身，却还是败在了自己赖以仰仗的血统上。

他觉得老爷子和沈立新的死没什么好伤感的，却在某天忽然想起他们，便自己开车去扫了一次墓。

没有人能一直活在肆意妄为里，看不清孰是孰非。

活到这么久，沈立珩才被命运上了这一课。

"有时间去看看，"沈立珩抽完烟，神情复杂地看了一眼沈琅，微微嘲讽，"毕竟是你以前住过的地方。"

十五分钟后，沈琅重新回到保龄球室，见肖闻郁正捞球，打出最后一球。

一球全中。

“High game!（最高分！）”旁边常泓看了一眼积分器，兴致高昂，“不错啊。”

常泓换了肖闻郁下来。

沈琅拿了一瓶水给肖闻郁，他接过水没喝，垂眸看她带着笑意的神色：“出什么事了？”

“也没有什么事，”沈琅回视他，弯起眉眼，“刚才在外面碰到我二哥了，觉得有些感慨。”

肖闻郁手脏，没碰沈琅。他盯着她看了一会儿，俯下身略微蹭过她的鼻尖：“沈家的房子你要是想要，我明天就让人办手续。”

“不想要了，已经有一个了。”沈琅见状，主动去牵他的手，调侃他，“躲我干什么，不嫌你脏，怎么样都喜欢。”

常泓打完一球，回头一看，没忍住：“我看你俩也甭打了，等会儿老林来了就把球台交给我俩吧，跟你俩打球能腻歪死人。”

这话沈琅挺爱听，非但没避嫌，还坦然地接受了。

她还没浪够，手指就被肖闻郁回牵住，交握着缠紧了。他眸子漆黑如墨，声音低沉着问她：“今年生日想做什么？”

下周就是沈琅的生日。

沈琅很多年没过生日了，以往每年生日，忙的时候就直接忘了，想起来也就是跟许许吃顿饭的事。

闻言，她笑：“跟你一起，看电影，下厨，吃晚餐，好不好？”

顿了顿，沈琅补了一句：“顺便回去看看吧。”

很不凑巧，沈琅生日那天，是一个阴雨天。

前一天晚上她被肖闻郁折腾得很晚。零点的时候他边吻沈琅，边替她戴上生日礼物，一路顺着舔咬她的耳颈，说了一声“生日快乐”。

沈琅情动得每寸皮肤都泛着热，锁骨蓦然传来一阵冰凉，低眼去看，是一条项链。

“谢谢……”沈琅眼尾的泪痕未干，却没管住嘴，暧暧昧昧地对肖闻郁轻声道，“今年的生日愿望是希望你疼我，不让我疼。”

声音很快被肖闻郁堵住，隐没进唇齿交缠中。

后半夜，沈琅因为她这句话遭了殃。

清晨，沈琅陷在丝质床垫中沉睡。等转醒时，她按开了窗帘，滂沱细密的雨打在玻璃窗上，水痕蜿蜒。

天色昏霾而暗沉。

洗漱完出卧室，肖闻郁并不在客厅里。沈琅在书房找了一圈，也没见人。厨房里留了早餐，腾起袅袅的热气。

肖闻郁没带手机出门，沈琅吃完早餐，他搁在客厅岛台上的手机倏然振动起来。

有了前车之鉴，沈琅这回看了备注才接电话。

“雨下得太大，根本飞不起来！这天气预报报的美国天气呢，忒不准！你那边怎么样？”电话那头人声嘈杂，常泓像是在雨里，吼着声问，“你现在在哪儿呢？沈琅她醒了没？”

沈琅很给他面子，笑着回：“醒了。”

电话那头的声音戛然而止。

常泓尴尬地笑了几声，迅速转移话题：“那什么，闻郁他人呢？”

沈琅：“我不知道。”

“哈，哈哈，巧了吗不是，我也不知道。”常泓现在特别尴尬，“啊对，今天你生日吧？生日快乐，生日快乐。”

沈琅笑：“谢谢。”

她还想说什么，隐约听见门锁打开的声音。沈琅偏头去看，肖闻郁正巧从外面进来。

外面雨势滂沱，他撑着伞回来，仍旧被雨淋得浑身湿透。雨水浸洇着他的西装西裤，显出浓墨般的深重感，像多年以前在沈宅，他从室外淋雨回来的那一幕。

沈琅对上肖闻郁深邃的眼眸，随即挂了电话走向他。

门廊的搭架上有毛巾，沈琅拿过，毫不介意地替他擦，揶揄开口：“早知道零点的生日愿望就许，今年的雨淋不到你了。”

刚醒没多久，声音都带着绵软的鼻音。

柔软，干燥。

肖闻郁眸光微动，扣住沈琅用毛巾擦拭的手腕，低缓问：“醒了有多久？”

“很久了，”沈琅不按常理出牌，出声撩拨他，“见不到你，就度秒如年了。”

肖闻郁直勾勾地盯着她看，没接话。

他像是没有进来的念头，沈琅想起多年前的事，指尖顺势捻了捻他漆黑沾湿的发梢，声音很轻：“这里不是沈家，不用擦干了再进门。”

多年前，也是雨天。沈琅趴在栏杆上看着肖闻郁从室外淋雨回来，浑身湿透，在门口擦干了才踏进沈宅。

她以为他是怕弄脏沈宅新换的丝地毯。

沉默良久。

肖闻郁一眨不眨地看着沈琅，接着低眉敛眸，毫无征兆地屈膝。

半跪了下来。

“当时我想，”他眼梢疏长，半跪在沈琅面前，微凉而潮湿的手指牵起她的手，顺着她纤细的指节抚过去，声音低沉而富有磁性，“你太干净，碰见会弄脏你。”

沈琅的手温热，柔软，干燥。

如当初他在沈宅门口抬眼看到趴在楼梯栏杆上沈琅的模样。可望而不可即。

他潮湿，狼藉，浑身狼狈。

却对她欲念沉重，渴望至深。

一个人灵魂的欲望，是他命运的先知。从一开始，他就想有那么一天，靠近她，攥紧她，即使自己狼狈不堪。

沈琅还在发愣，见肖闻郁从西服口袋中摸出一个黑丝绒盒，打开了。

一枚完整切割的钻戒，在门廊暖黄色的灯光下，熠熠地闪着细碎的明光。

肖闻郁执起沈琅的手，垂眸吻着，片刻，替她戴上戒指。

“琅琅，我要你。”肖闻郁抬眸看她，眼底浓烈的渴望讳莫如深，低声继续，“嫁给我。”

室外雷雨交加，天色阴沉而晦暗。

而门廊温馨光明，这方天地温暖而明亮。

安静许久。

沈琅捏着肖闻郁微凉的手指，低垂着眼睫看他。

“我以前想过。”她倏然开了口，“逗你的时候，红着耳朵都要挺直脊背，再气也不多说半个字。这样的人——”

这样精神永远体面、自尊永远生长的人。

沈琅笑得很漂亮，轻声接话：“这样的人，在什么时候才肯屈膝，才会低头。”

现在。

周围狭小而静谧。

肖闻郁执着沈琅的手收紧了，眼睫毛疏长，眸子漆黑，却有光。

对视须臾，沈琅也没表示愿不愿意，倒是反握住他的手，跟着矮身下来，与他平视。

“如果我不答应，你是不是就要一直待在这儿了？”沈琅觉得自己挺坏的，顿了顿，弯着眼笑问，“现在太惊喜了，不想这么快就答应，怎么办？”

缄默一瞬，肖闻郁屈指去触沈琅的脸。她没躲，大大方方地任他抚摸，甚至还主动挨蹭着碰了碰。

肖闻郁声音很低，问她：“为什么？”

“因为有些事还没完成……生日愿望还没许完，”沈琅勾着指尖捏了捏他的指腹，而后松了他的手，站起身来，“你先等等我。”

说完，沈琅折回卧室，回来的时候手里多了一件小东西。

肖闻郁仍在原地，一动未动。他的目光凝在她身上，见她拿着小盒子过来，又重新半蹲身下来，与自己平视。

“本来今天凌晨就想给的，谁知道太累了，没想起来就睡着了。”沈琅在他面前打开手里的戒指盒，想起昨晚，语气狎昵地逗他，“没想到你为了提前求婚，对我那么不择手段。”

戒指盒里立着两枚对戒，简约大气的款式，细腻的铂金质地。

肖闻郁的视线锁在戒指上，眸光骤然低暗下来，薄唇自下颌的弧度也逐渐收敛绷紧了。

沈琅：“我的生日愿望只有一个。”

她挑出那枚男戒，牵起肖闻郁的手，低垂着眼睫毛给他戴上。而后，沈琅敛了揶揄的意味，语气诚恳，看着他问：“不知道你肯不肯娶我？”

戒指的大小正巧合适。肖闻郁紧盯着那枚男戒，像是还没反应过来，没说话。片刻，修长分明的手指收拢，又伸展舒张。似乎在适应。

沈琅看着，觉得心痒得不行，顺遂心意地伸手拨弄了一下他垂落的眼睫毛，道：“你怎么这么讨——”

“讨人喜欢”四个字没说完，沈琅的手腕蓦然被攥住了。她后颈倏然受力，肖闻郁微侧过脸，毫不客气地吻过来，舔舐吮吻她的齿列舌尖，翻腾汹涌的情绪再也压抑不住。

经年累月的夙愿得偿，连带着所有露骨的欲望，在他心里烧尽一把火。

沈琅被他拉起，转而箍紧腰，垫着后脑顺势压在了门廊处的墙上。她手里的戒指盒在混乱中脱落，被吻得也有些难耐，不嫌事大地要替他脱去湿透的西装外套。

刚摸索到肖闻郁的西装领，他贴着她的嘴角，哑声开了口：“好。”

“什么？”沈琅与他对视，平复了喘息，才故意回，“隔得太久了，不记得好什么了。”

片刻，肖闻郁牵起她的手，循着指尖吻到那枚戴着的戒指。他蹭上她的鼻尖，目光深沉而勾人，道：“我爱你。”

对他来说，已经是最极致的表达。

“我也一样，”沈琅从来不吝啬情话，一句句说给他听，“我爱你，喜欢你，觉得你在这世上独一无二，中意你，只想和你在一起。”

沈琅见他的耳廓已经泛了红，还觉得意犹未尽，眼尾微微弯起：“还想听什么，我都说给你听。”

肖闻郁一言不发，箍着她后腰的手微收，顺着腰脊往上抚，找到她裙背后细小的拉链。

正要继续，客厅里的手机又嗡鸣起来。

打电话的人锲而不舍，中途手机振动声断了三次，仍在继续。

“可能。”沈琅在暧昧旖旎的吻中稍稍后撤，气息细喘，“……是常泓，刚刚我接过他的电话。”

她想起些什么，又问：“你们是不是准备了什么？”“嗯。”肖闻郁看她，承认，“原本想给你一个完整的求婚。”

原本确实是一个盛大，而完整的求婚。

电话接起，常泓的声音混着雨声传过来：“这边问过了！试飞几次都不行，今天雨太大，直升机没法飞！”

另一边，市中心某酒店顶层的停机坪上，正停着四架中型直升机。三架盛载着自德国运来的坦尼克玫瑰，另一架后座空无一物，用来载人。

公寓楼下等着一辆加长普尔曼，在等沈琅答应求婚后，将带人驶向酒店。而后换直升机，跨过大半座城市的航线，来到近郊的半山公馆。

那里早已提前一个月，开始布置起了隆重的订婚宴。一周前，许许秘密受邀，按照沈琅的尺寸，帮忙选了临时婚纱。

在这场急迫却完成度极高的订婚礼开始前，所有人都在隐隐期盼一个结果。

用许许的话来说，这是一场“浮夸却注定会登上新闻头版”的订婚。

但没想到直升机航飞申请程序办过了，订婚宴礼堂布置完了，宾客也宴请了，临时却突发状况下起了雨。一切都要往后耽搁。

现在糟糕中的最幸运，只能期盼至少求婚还能顺利些。

电话开了免提，沈琅听见常泓问：“你那边的进展怎么样？”

等了片刻，肖闻郁没接话，沈琅的声音却传过来，回得笑意盈然：“他接受我的求婚了。”

而在全城暴雨的四个月后，这份推延已久的心思得以继续。

这回不是订婚宴，却是结婚典礼。

十月末，沈琅与肖闻郁的婚礼在西太平洋上的某海岛举行。

沿海的白色尖顶教堂外，香槟玫瑰铺开数里。这座未开发完全的小岛静谧而绮丽，午后的海面深邃平静。

从酒店到教堂的路上，许许在车里给沈琅念：“来，你听听，今天国内的新闻，‘继内资巨头恒新集团成功收购英国知名智能芯片公司Espid之后，其董事长肖闻郁跻身沃特斯富豪榜第十八。好事成双，近日传言恒新前董事长孙女将嫁给肖闻郁，豪门嫁入新贵……’”

“听听，这么有话题度的新闻，你家那位非捂着不放。”许许身为媒体人的职业病犯了，“忍得太难受了，你都不知道我这两天到现在拍了多少照，居然一张都不能发。肖闻郁是把你当宝贝藏着呢？”

旁边，沈琅眉目含情，笑问：“我不是吗？”

“别浪了。”许许有点忍不住，“他也真不管管你。”

车平稳驶过环岛公路，远处海鸥翻飞，两人正在去往教堂的路上。

许许上下打量了一遍一袭白婚纱的沈琅，越看越惊艳，心里忽然涌起一阵嫁女儿的心酸，发自肺腑地感慨：“太快了，你们两个太快了。怎么就要结婚了……”

一年前的这个时候，许许只知道肖闻郁回国掌权了沈家的公司。仅一年时间，沈琅跟他就已经把证都领了。赶潮流都没那么快。

没想到沈琅顿了顿，声音压得缠绵悱恻，轻声道：“只要你一句话，现在我就可以下车和你私奔。”

许许涌起的那点心酸顿时散了。

跟这女人聊天真的就没几句正经的。

很快到了教堂前。

以香槟玫瑰团簇成的花毯一路铺上白石台阶，恢宏耸立的教堂外，引导和花童已经等在门口。

下了车，许许替沈琅戴上面纱，嘱咐两句，提前和引导一起进去。

此时宾客已经入了堂，门口只有几个褐发碧眼的礼仪。沈琅微弯下腰逗了花童两句，正说话间，教堂内已经奏起舒缓悠扬的管风琴乐。

花童是当地小镇上的孩子，口音浓重，带着咬字含糊的稚气，眨着大眼问沈琅："你紧张吗？"

沈琅单手提着繁复的婚纱裙，手上还捧着妖妍欲滴的花束，叹气回："可紧张了。"

这样的对话，在两天前也发生过。

由于婚礼最后的筹备，新郎和新娘需要分开各自住一天。分开前的最后一晚，肖闻郁送沈琅回酒店，随后要下榻在海岛另一端的酒店里。

离开前，肖闻郁终于放过沈琅，指腹摩挲她湿润殷红的下唇，嗓音低哑地问她："紧张吗？"

关于婚礼。

"不太紧张，"沈琅勾着他的脖颈儿，回他，"就是明天见不到你，要挺想的了。"

说完，她还没觉得够，语调缠绵地补了一句情话："见你一面怎么就不吉利了，能见到你，要怎么样都行。"

肖闻郁垂眼盯着沈琅，眸色深浓，没接话。

半晌，他复又吻她的嘴角，沉了声开口："给我打电话。"

缠绵愈深的吻中，沈琅像是想到什么，蹭着他的唇出声："我给你的来电改了备注。"

"改成什么了。"

"只改了一个字，"沈琅笑，"想见了面再告诉你。"

回忆结束在这里。

沈琅还在教堂门口。逐渐地，依稀听见教堂内的管风琴乐渐弱，门口的礼仪预兆般纷纷躬身弯下腰。没过多久，乐声换成了婚礼进行曲。

花童闻声，抬起小脸看向沈琅。

新娘该入场了。

沈琅思忖着，前两天确实不怎么紧张，这会儿开始紧张了。

教堂内庄重而热闹，脚下的花瓣淡白碎黄，铺成一条长到教堂尽头的路，两旁宾客的视线尽数齐聚在了新娘和花童身上。

眼前的面孔大多陌生，有来观礼祝福的岛上小镇居民，笑容善意而热情。

一条路走得意外地漫长，沈琅只分出神扫过一眼，随后抬眼远视，目光定定地落在了教堂的尽头。

尽头有光。

教堂尽头，几乎高到穹顶的镂空花窗外，远到天际的深蓝色海平线连成一线。阳光自窗外打进，勾勒出站在礼坛前的男人身影。

肖闻郁一身的黑色燕尾服，身形颀长挺拔，深邃的目光紧盯着锁住沈琅，像是已经在原地等了许久。

司仪的话沈琅一句都没听进去，她见肖闻郁径直向自己走过来，站定了。

一路走来，沈琅没有长辈的引导，这会儿从伸手挽住肖闻郁的臂膀。也不知道在替谁说，她轻声揶揄了一句："以后我们琅琅就交给你了。"

肖闻郁落在她身上的视线寸许未挪，半晌，低低沉沉地回她："好。"

上礼坛，宣誓词，最后到交换戒指的阶段。

出乎众人意料的是，有两对戒指。当初两人撞了求婚，许许那里的那对是沈琅买的，常泓手里的是肖闻郁的。

平时都只会戴对方送的那枚，现在婚礼上却全拿出来了。

旁边的神父没有事先知道，惊诧的神情简直和底下的宾客如出一辙，生怕其中一对是哪个伴娘伴郎自己带的，下一秒就能当众演一出抢婚的戏码。

婚礼却仍在继续。

肖闻郁执起沈琅的手，拿过常泓手里的那枚女戒，眉眼沉落，垂眸给她戴上。

“刚才。”两人离得很近，沈琅抬眼看他，倏然弯唇开口，“我进来的时候，不知道有多紧张。”

闻言，肖闻郁握着她的手指收紧了，问她：“现在呢？”

“一见到你，就不紧张了。”沈琅轻声逗他，“要是能再亲一下，就更好了。”

神父不怎么能听懂中文，旁边常泓离得近，听清了。他挺有伴郎的自觉，负责地低声提醒：“你俩先忍忍，还没到程序呢。”

也许这两人就是不打算跟着程序走，因为下一刻，他就听见肖闻郁问沈琅：“还有一枚，要戴吗？”

沈琅声音带笑：“嗯。”

常泓无言以对。

还真两个戒指都戴上了。

众人还在愣神，沈琅已经牵起肖闻郁的手，拿了其中一枚男戒，挺认真地给他戴上。

戴完第二枚，她心情很好，评价道：“圆圆满满，双双对对。”

沈琅刚想松手，却被肖闻郁反攥住手指，握紧了。

他的情绪按捺着，神色像带了浓郁的欲念。教堂高窗外的光线打进来，扫起漆黑眸子中一片星星碎碎的微光。

肖闻郁声音很低：“你说给我改了备注，改了什么？”

停顿片刻，沈琅摊开肖闻郁的手，戴着白手套的指尖在他掌心描摹而过，写了一个简短的词。

The Lure。

他是她的情难自抑。

交换完戒指，司仪笑着对肖闻郁道：“你可以亲吻新娘了。”

肖闻郁不再等。他敛眉垂眸，俯身掀起沈琅的白色面纱，与她无声地对视一瞬，抬起她的下颌，吻住了她。

同一时间，耳边欢呼声与掌声热烈如潮。

沈琅踮脚回吻。忽然想起，两人在英国的时候，去西区剧院看的那场音乐剧。

就像一个盛大的开幕。

去迎接所有光华的、璀璨的、绚烂的到来。

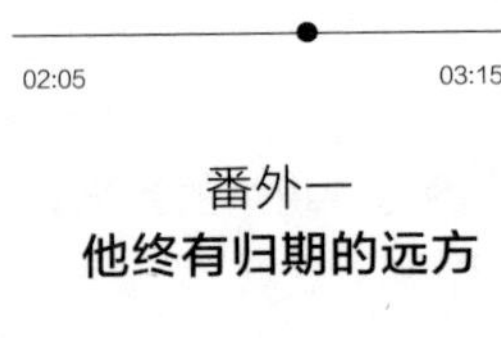

番外一
他终有归期的远方

海岛上的婚礼前后持续一周，等肖闻郁和沈琅蜜月回国，已经是大半个月后的事。

国内，恒新集团掌权人新婚之事还是传得沸沸扬扬。

沈家千金与恒新董事长喜结连理，豪门嫁入新贵，恒新的股价又攀上新高，连带着公司员工都收到了额外的员工福利。而等集团董事长肖闻郁的照片印上财经报刊版面时，那个传闻中的沈家千金却一直未在大众面前露脸。

对此，众人的口径倒出奇一致。许许离八卦中心最近，闲着没事就截图给沈琅看新闻媒体的评论：

“现在内资四大巨头，恒新要算首位了吧。”

“人家真豪门还是低调，不声不响就出国把婚礼办了。”

“肖总英俊多金，娶妻也会找相貌家世门当户对的。沈家小姐没露脸，不还是因为肖总想金屋藏娇吗。”

“人家是千金小姐，又嫁得好，不靠关注度吃饭，平时指不定在国外哪里购物喝下午茶呢。”

而传闻中低调的沈大小姐收到截图时，还在建筑事务所里当她的工薪白领，并且正为某商务楼项目连着加了三天的班。

事务所办公室内，沈琅边画方案图，边抽空看了一眼许许发的截图，弯了弯唇，随手就给肖闻郁转了过去。

不多时，对方打了电话过来。

对面，肖闻郁的声音低沉悦耳，问："还在忙吗？"

"还在忙收尾，明天项目就要交图，今天下班又要晚了。"沈琅握着鼠标的动作顿了顿，，叹气回，"没有你忙。"

就在两天前，肖闻郁出差去了日本，现在仍在国外。

两天没见到人，沈琅挺想的，正打算上嘴撩拨几句，就听他接话："今晚我回来。什么时候下班？我下了飞机来接你。"

"那现在就下班了……我家先生呢？"沈琅逗他，还真的转身去窗边往楼下看了一眼，语带笑意补了一句，"看不出来楼下等的哪个是你，太想你了，看谁的背影都像你。"

沉默一瞬，肖闻郁呼吸渐深，微微哑声道："下次带着你。"

其实肖闻郁出差的时候并不让人觉得难挨，无论两人相隔多久的时差，他总能一天给沈琅打三通电话。除了见不到摸不着，沈琅对这样的相处模式还算感到舒适惬意。

小别胜新婚。沈琅摩挲了一圈戴着的戒指，心上的软肉像被人掐起，轻声揶揄："这么舍不得我？"

肖闻郁的声音却更低，如陈酒开窖：

"我很想你。"

助理进来送标书的时候，正巧看到沈琅倚靠着办公室的落地窗，鬈翘的眼睫略微垂着，嘴角铺满笑意。

在看手上的戒指。

沈工前段时间请了大半个月的假。

事务所实行加班调休制，这么多年，沈工攒下来的假期都能环球旅行了，突然请这么长时间的假当然不免让人好奇。然而没猜多久，假期回来，一见到沈工手上忽然多出来的戒指，大家就什么都明白了。

请的是婚假。

所里除了助理和另外一个知情人，谁都没把沈琅和这段时间传得风风雨雨的新婚沈家千金联系在一起，猜什么的都有。

但谁都没想到，沈工那个谜一样的先生是极负盛名的恒新董事长。

先前，助理只隐约猜到沈工出身富裕家庭，却没想是豪门沈家千金。

沈琅还在加班，助理将标书放在桌边，欲言又止："沈工您……您不下班吗？"

"还剩点工作没做完，你先下班吧。"沈琅看了一眼时间，瞥到助理犹豫不决的模样，好笑地问，"怎么了？"

"沈工，其实我想问很久了，"助理有点儿想不通，实在好奇，"您都……"她适时留了白，问道，"为什么还要继续工作呢？我是指，为什么还要留在所里做像这样又累又苦的工作呢？"

沈琅愣怔一瞬，随即听明白了。

小助理是想问，她分明有充分享受生活的资本，大可以甩手辞职去过清闲舒逸的日子，没必要困在一家建筑设计事务所里当项目负责人，干着既高强度又不讨好的工作。

助理原以为自己会被沈工顺势喂一碗"梦想成就感等等"的鸡汤，没想到沈琅撑着脸看她，笑盈盈地承认："是太累了。"

助理有点儿蒙："啊？"

助理见沈工挺无辜地眨了眨眼，姿态有些懒，模样有点儿勾人："可要是不累一点，怎么让人心疼我呢？"说完，又叹了一口气，"你看，哪天要是我家那位不要我了，我还能靠工作混口饭吃……"

语调可怜兮兮的。

助理是见过肖闻郁有多在乎沈琅的，心说就那个大boss的模样，怎么可能不要沈工。

归根到底，都是人家的情趣。

助理没从沈琅这里喝到鸡汤，自觉地领了一碗狗粮，出了办公室。

晚上，沈琅在市中心餐厅订了位子，等肖闻郁回国。

餐厅坐落在某家酒店会所的顶层，临窗夜景极好。沈琅等得也不急，正侧过脸赏夜景，耳畔传来熟悉的一道女声：

“琅琅。”

宓玫今晚和朋友出来吃饭，没想到在这里碰到了沈琅。

自从年初除夕夜时沈琅见过宓玫一面后，两人就再也没碰过面。宓玫在沈立新车祸后重回影坛，而没过多久，又悄无声息地宣布息影。

如今宓玫以自己的名义开起了画廊。画廊开业那天还邀请了几个圈内好友出席剪彩，登上了当天的娱乐新闻。

沈琅对于她这个昔日的大嫂谈不上亲近，碰上后寒暄两句，正好消磨时间。

“我听说你已经结婚了，和肖闻郁。”宓玫画着淡妆，笑容温婉，在沈琅桌前暂坐下来，“新婚快乐，今天什么都没带，礼物只能下次再补了。”

沈琅招来侍应生，为宓玫倒上柠檬苏打水，礼貌客气：“心意到了就好。”

沈琅手指上戴着一枚设计精致的戒指，在餐厅的顶灯下折射着璀璨熠熠的光芒。

新婚燕尔，和睦圆满。

两人寒暄的事不多，桌上陷入短暂的沉默。宓玫抿了一口柠檬水，一时不知道该如何开口，半晌主动道：“立新的事……我真的很抱歉。”

沈立新的车祸，宓玫终究有责任，即使除夕夜那天她将忏悔和盘托出，但心里始终还是没过那道坎。沈琅面上不显惊讶，静静地听着下文。

“我和那个导演，已经彻底断了。”宓玫捧着杯子，笑意渐淡，逐渐陷入回忆，“其实当初我跟他联系……确实，只是想再回圈内演戏。”

这些话宓玫本来不想提，今晚见到沈琅手指上那枚新婚的戒指，像回到多年前自己嫁入沈家的那段时光，话说得多了些。

宓玫：“立新当初向我求婚，我退出娱乐圈嫁给他，是真的想过，要做好他的太太。”

两人新婚的日子甜蜜而美好，而过了起初那段时光后，浪漫的爱情转入平淡缓和期，沈立新开始全身心投入了工作，每晚每晚都不着家。

沈立新的应酬酒宴接连不断，身边献殷勤的女人也不少，即使知道沈家大少早有妻室，也仍为沈立新的钱势所吸引。

作为曾经万众瞩目备受宠爱的对象，如今成了在深夜里独守豪宅等丈夫应酬回家的家庭主妇，不再抛头露面接受赞美，宓玫心里不是没有落差。

而这些压抑已久的隐藏矛盾在某个晚上尽数爆发。

那天晚上，沈立新应酬喝醉回家，宓玫替他脱外套的时候，发现他不知道什么时候摘了结婚戒指，悄无声息地收进了西装口袋。

无端的慌乱不安一瞬间涌来，宓玫叫醒酒醉的沈立新，问他："为什么要把戒指收起来？"

沈立新酒醉得难受，没解释太多，只是不耐地回："戴着不方便。"

诸如此类的事发生过不止一次，两人的感情终究在日复一日的日常琐事中被消磨减淡。

沈立新并没有给足宓玫一个女人应有的安全感。

从那时开始，宓玫就开始想着重回影坛。

"当初觉得很美好，甚至现在想起来也觉得幸福。但一个男人的爱能持续多久呢？"宓玫已不复当年在荧屏上的光彩照人，五官仍精致，淡妆却掩不住岁月的痕迹。她笑得有些自嘲，"他可能喜欢的是原来自信骄傲的宓影后，而不是后来的那个沈太太。"

她的声音是落寞的，沉寂片刻，她又问："既然这样，为什么当初说要让我幸福，说要养我，建议我淡出娱乐圈呢？"

这些话宓玫一直想当面问问沈立新，只是现在再也没机会了。

从宓玫三言两语回忆起，沈琅就一直缄默听着。她给宓玫续上柠檬水，难得耐下心陪她闲聊两句。

"抱歉琅琅，耽误你这么久了。"良久，宓玫起身要离开，问道，"你是在这里等人吗？"

沈琅微笑回："在等我先生。"她垂眼看了一眼时间，补了一句，"他差不多该到机场了。"

这么晚了，一个从异国出差赶飞机回来，一个不急不催地订好餐厅等人。

真够有心思折腾的。

宓玫不免有些羡慕。她提着手包起身，略微迟疑，接话道："肖闻郁他，不太一样。"

聊天间，宓玫了解到沈琅婚后仍过着随心所欲的生活。肖闻郁默不作声地将她纵容到了极致。

是肖太太，却也是沈琅。

沈琅没想到话题倏然转到肖闻郁身上，抬眼看宓玫："嗯？"

"我知道他应该是喜欢你很多年了，"宓玫道，"在美国的时候，有一次，他为了别人跟爷爷闹不愉快。现在我才知道那个人是你。"

肖闻郁跟老爷子闹僵。

这回沈琅是真有些诧异了。

一直以来，肖闻郁在人前沉默寡言，即使心机深沉也是藏在内里，很少有情绪外露的时候。遑论当时有沈立新在旁虎视眈眈地找差错，他更不可能直接和沈老爷子对上。

唯独有一次。

"四五年前，他从英国出差回来，忽然跟爷爷提出要回国。"宓玫略略回忆，多说了一句，"这些也是立新告诉我的，当时立新和他在暗争什么，挺久了，他就这么放弃了，说要回国。"

四年前的初夏，正值沈琅UCL硕士毕业。

肖闻郁借着英国出差的闲暇，在她的学院附近遥遥瞥过一眼。人海万千，他没望见她的身影，思念却如陈酒般浓烈，汹涌地湮没了理智。

那时，肖闻郁已经和沈立新为恒新科技子公司的执行权暗自拉锯了数月，局势紧张。他要放弃执行权回国，就等同主动放弃现如今的优势，甘愿受制于国内掌权的沈立珩。

说不上前功尽弃，却也毁了先前布下的一局好棋。

带着荒唐而令人出乎意料的意气用事，不像肖闻郁能做出来的事。

沈老爷子极欣赏肖闻郁，私底下将他作为继承人培养，不会允许他在此刻出差错。

宓玫有次去公司找沈立新，绕过会议室，听到有人在争执。

会议室内，常泓的声音传来：“Shawn，我不知道你怎么想的，现在回去的后果你比我要清楚。你到底在想什么？”

常泓知道肖闻郁以后会回国，却没想他选在这个节骨眼上回去，觉得难以置信。

两人已经谈话许久，实木会议桌上，烟灰缸里积攒了不少烟蒂。

沉默片刻，肖闻郁掐灭最后一支烟，淡声回：“想一个人。”

谁都没想到他能说出这句话。谁能想到这些年应酬工作到胃出血都能跟个没事人一样的肖闻郁心里竟然装着女人。

会议室内的常泓与室外的宓玫俱是一愣。

“行吧，那回了国呢？”工作上常泓撼动不了肖闻郁的决策，私事上更干涉不了。他妥协了，随口问，“是不是几个月后，我就能收到你的结婚请柬了？”

这次宓玫等了良久，却仍旧没等到肖闻郁的回答。

隔天，沈立新心情并不爽利地回到家，宓玫才知道肖闻郁终究没选择回去。

终究选择了最难挨的那条路。

经年累月地蛰伏，不动声色地按捺，直到又过了四年，回国遇见沈琅。

宓玫知道的有限，三两句聊完，和沈琅打了招呼，拎着手包离开了座位。

餐厅音乐舒缓，窗外夜色已深。沈琅看了一眼腕表，这个时间，肖闻郁大概已经出了航站楼了。

宓玫的话仍在耳侧。不知怎的，沈琅忽然想到很久以前，肖闻郁对她说过的一句：

“你没见过我不冷静的样子。”

以前她总以为这句话多少带着点暧昧缱绻的意思，只是情动难抑时，他按捺着对她的一个低缓而轻微的警告。

现在想想，她确实没见到过。

他最荒唐，最不冷静，最不自持的那段时间湮没在了她错过的年月里。

正出神，沈琅搁在桌上的手机嗡声振动起来。

沈琅接起，嘴角不由弯起弧度，指尖摩挲了手机边缘，轻声问："到哪里了？"

司机将肖闻郁送到酒店门口，后者边接电话边往里走，声音低缓："在楼下。"

"不应该在外面订餐厅的，早知道今天在家里下厨等你回来了。"沈琅可惜，"等会儿想亲你，都要顾及这是在外面。"

肖闻郁迈上酒店台阶的步伐微顿，他敛了眸，眉宇舒展着，任沈琅口没遮拦地揶揄自己。半晌，他沉沉开口："给你带了礼物。"

沈琅："什么？"

另一边，肖闻郁进了电梯，手机信号就此中断。

沈琅耐心地等在座位上，直到五分钟后，远远见到男人由侍应生带着，朝这里走来。

肖闻郁一身的西装未换，黑色西服外套随意搭在肘臂间。他下了飞机径直赶过来，深邃的眉眼间却不见倦意。

两人在刹那间对上目光。

像经历过漫长的一段年月，到达终有归期的远方。肖闻郁在粲然的灯色下，穿过人群餐桌过来，在沈琅桌前停下。

沈琅抬眼看他，眼睫弯而鬈翘，笑得灿烂："欢迎回来。"

肖闻郁还真带了礼物来。

他手上拿着扁平而宽薄的礼物盒。沈琅还在思忖着盒子里装了什么，就见肖闻郁递礼物过来的手腕微翻，将礼物盒转了一个角度。

沈琅没反应过来，愣怔间，见肖闻郁隔着餐桌俯身倾来。

餐桌旁，黑色燕尾服的侍应生显然也没反应过来。

等侍应生终于反应过来，也没跟上眼前的一幕。

竖起的礼物盒挡住了眼前两人的脸侧，看不清动作。

礼物盒后，肖闻郁径直而利落地吻上沈琅，在她温热柔软的唇上舔一吻而过，一触即分。

沉默须臾，肖闻郁垂眸盯着沈琅，情绪蛰伏着欲念，道：“很想你。”

过去，现在，直到将来。

沈琅没接话，笑盈盈地凑过去接着吻了一下。

夜幕挂满星月，餐厅环境静谧。背景声中，歌手迷人的音色与钢琴乐融在一起，像一句应景的诺言。

How long will I love you?

As long as stars are above you.

对你的爱会持续多久？

只要你头顶的星光依旧停留。

02:05 03:15

番外二
你是我的四季

年末，沈琅和肖闻郁搬进了新房。

原来两人住的肖闻郁以前的那处公寓，虽然环境宽阔，但说到底还是单身公寓，而搬去郊区的别墅住又不方便。于是肖闻郁在筹备婚礼时，顺便带着沈琅看了房，最终定下了这套新房。

装修近半年，在市内下过第一场雪后，新房终于装潢除味完毕。

居所坐落在市中心，闹中取静的一处高级住所，环境清幽雅致，又处黄金地段，离两人的工作地点也近。

搬进去的那天，正巧周末，一群朋友上门来给两人添宅。

许许到得最早，将上门礼递给沈琅后，连茶都没喝，拉着沈琅带自己逛新居。

肖闻郁太舍得花钱，这片住房区国内有名，他却毫不犹豫地砸下一套近三百平的双层公寓。装潢也极尽心思，随处可见精致巧思，廊壁上还挂着一幅八位数的名家画作。

除了该有的厅室书房，二楼的房间主娱乐功能。许许跟着沈琅上楼，参观完观影房，转进了挨着观影房的健身房。

肖闻郁平时有健身的习惯，许许看人身材也能看出来。但她逛完健身房后，发现有些健身器械被调到了女士的标准。

沈琅也在健身。

许许诧异了，确认般问了句沈琅："你家那位终于感化你健身了？"

沈琅不置可否，眉目流转地睨了许许一眼，指尖摸到上衣衣角，像是要掀起一点，温声道："要看我的成果吗？"

许许发自肺腑地问："他能感化你健身，怎么没能感化你做个正经人呢？"

这不能怪许许大惊小怪。换成原来的沈琅，就算是三催四请地拖着她下楼跑两步，她都不一定愿意。

除去工作辛劳外，对于不必要的体力劳动，沈琅能免则免，更别提健身了。

而最近沈琅的作息却非常健康规律。

有好几次，许许晚七八点的时候想约沈琅出来小聚，却被告知她已经准备睡下休息了。当时许许还由衷感叹了一句："太早了，你俩的夜生活开始得太早了。"

果然近朱者赤，生活习惯这种事，还是会互相影响的。

逛完二楼，许许边感慨，边跟着沈琅下了楼。

沈琅进厨房，给许许倒了一杯蜂蜜茶。许许总算喝了一口茶，突然想起一件事："对了，怎么就你一个，你家那位呢？"

先前许许以为肖闻郁是在书房里，逛完后才发现，这屋的男主人不在。

"他上课去了。"沈琅正窝在客厅沙发里，闻言，看了一眼墙上的壁挂式古钟，笑回，"还有半小时结束，差不多该回来了。"

上课？许许以为自己听错了，疑惑地问："上什么课？谁的课？"

沈琅："食疗营养师的课。"

许许没反应过来，喝了一口茶，顺着问："营养？你男人上营养师的课干什么？他那厨艺，做菜不是就差摘个米其林三星的牌了吗？"

没想到沈琅道："因为要照顾有孕人士。"

许许一口茶尽数呛进喉咙，猛咳了半天，才缓过来。

许许不可置信地打量窝进沙发里的沈琅，目光从她白皙精致的脖颈锁骨皮肤往下，游到她平坦的小腹，顿时震惊了。

许许咳得气都喘不过来，话说得有些磕巴："怀，怀了？"

看神情，沈琅这个当事人都比许许要坦然得多，她语带笑意："还没有，打算要了。"

一时间，许许就什么都明白了。

这段时间以来，沈琅作息规律，反常锻炼……

这些都是因为，要备孕。

这事还要从两个月前开始说起。

两个月前，老林的妻子怀胎满十月，胎动得厉害的这段时间一直静养在市医院的监护病房中，终于在某天凌晨临产征兆明显，随即被推进了产房。

自此老林家多了一个女孩。

女儿满月的时候，老林在家里摆了满月酒，请了平时关系熟络的朋友庆祝。当天肖闻郁带着沈琅上门。林太太热情地招呼人进门，顺便让月嫂把刚睡醒的女儿抱出来见见客人。

眼前的婴孩模样乖巧安静，睡醒后的脸蛋粉扑扑的，不知道多讨人喜欢。沈琅没碰过这么小的婴孩，正不知道怎么下手，小指就被小孩儿肉嘟嘟的小手给握住了。

手里的触感温热而柔软，沈琅任她捏着没动，弯唇轻声对肖闻郁开口："她不怕生。"

沈琅哄人的本领覆盖男女老少，连这么小的小孩儿都喜欢她。肖闻郁打量她逗小孩儿玩，片刻忽然开了口问："你喜欢？"

"喜欢。"他意有所指，沈琅缓慢地眨了眨眼，像没听懂，暧暧昧昧地回，"你不会连小孩子的醋都要吃吧。"

餐桌上，等月嫂抱着婴孩进卧室，话题不知不觉转向了催婚一列。作为被催婚的首要攻击对象，常泓实在有些扛不住，想了一个损招祸水东引："你们甭光聊我啊，看看那边，那两个，他俩结婚也有个把月了吧，一点儿动静都没有，你们也不催催他们啊？”

常泓指的就是肖闻郁和沈琅。

被指到的时候，肖闻郁正在敛眸剥虾，闻言动作一顿，抬眸瞥了一眼常泓，没接话。

老林循着看过去，见肖闻郁剥完虾，神色疏淡地将完整的虾仁搁在沈琅面前的瓷盘里，动作熟练得仿佛重复过无数遍。

“人家好着呢，哪里用得着我们操心，我看是你这边比较急。”老林笑眯眯地摸肚子，边拿起酒杯，边问自己的妻子，“是不是？”

“是是，”林太太很配合，手上也没含糊，一筷子打掉丈夫伸向酒杯的手，蹙眉轻斥，“别喝了，你也不看看你那肚子，比我怀的时候都大。”

老林讪讪地收回手。

眼前出双入对的，单身老男人常泓来劲了，就着刚才的话题继续：“他俩怎么就不能急了？闻郁三十了，再过两年该七老八十了，我都替人着急。”

常泓的本意是想暂时转移战火，没想到沈琅放下筷子，语调颇为赞同，煞有介事地回了一句：“是该急了。”

餐桌上声音戛然而止，众人在刹那间沉默。

肖闻郁动作猝然顿住，沉寂几秒后，骤然转眸看向了沈琅。

一时间，没有人接话。肖闻郁拿过手边的毛巾，眉眼平静地擦拭干净手指，而后修长分明的手指握上沈琅的手，缓缓攥紧了。

他的声音低沉得有些泛哑，半晌问：“什么意思？”

沈琅对上肖闻郁暗流涌动的目光，也没管在场人聚焦过来的视线，弯起眉眼凑近他，轻声解释：“字面意思。”

肖闻郁没回，盯着沈琅的眸光却很深。

常泓怎么都没想到，自己随口一提，居然无意间炸出了惊天消息。他震惊了半天：“你们什么时候打算要——不是，等会儿，明年冬天我是不是就能当上干爹了？”

老林也回过神来了，又重新伸手去拿自己被妻子扣下的酒杯，笑道：“好事，好事，来来，肖，我提前先敬你们一杯酒……”

沈琅一番话说得毫无预兆，说者有心，听者也有意。当天晚上，两人回到公寓，她在门廊处还没换下鞋子，就被背后的人箍紧腰拉了过去，毫不客气地抬起下颌吻了下来。

欲念来得铺天盖地，直撩卷着一簇火烧进四肢百骸。肖闻郁舔咬着沈琅的下唇，声音隐没在炽热缠绵的吻中，沉得像浸了水，问她：

“要不要我？”他漆黑的眸子如浓墨，在微弱的光子下慢慢顺着沈琅的脸畔吻过来，贴在她白皙细嫩的耳颈处又重复一遍，“要我吗？”

不得了了。

肖闻郁故意撩拨人的模样实在要命，沈琅勾着他的后颈挨紧了，踢掉鞋子踩上他的脚背，轻声回：“我是你的。”

夜色旖旎而漫长。

最后沈琅困倦得手指都懒得蜷起，却仍撑着那点清醒，在半困半醒间捏了捏箍在腰际的手。

肖闻郁没松手，反而变本加厉地揽过她的腰，将人搂进自己怀里，吻她的额角，声音低低沉沉：“还不睡？”

“要睡了，”沈琅在他怀里找了一个舒适的姿势，道，“就是忽然想起来了，还有两句话没说完……”

肖闻郁：“什么？”

卧室内温暖而静谧。沈琅弯唇：“我晚上在老林家说的话，不是开玩笑。”

他呼吸渐深，垂下眼，一眨不眨地盯着她。

“家里只有一个肖朋友，好像太少了。”沈琅笑，“想要再来个小朋友和他作伴了。”

于是一切都发展得异常水到渠成。

公寓书房里，许许扫过红木桌上那一堆备孕书籍和资料，中文英文都有，粗略翻了翻，居然还有法文的。她还没消化过来，问：“有点太多了……这些书都是谁在看？”

沈琅没怎么翻过，她跟着翻了两页，又笑盈盈地合上了："他。"

"你家那位，又是去学营养师的课，又是在书房里翻资料的……不知道的还以为备孕的是他呢。"许许出了书房，感慨道，"这年头这种好男人居然是活的。太难得了。"

沈琅挺乐意听人夸肖闻郁，她欣然受之，边听边转进厨房切了一盘水果出来，递给许许。

两人靠坐着闲聊片刻，沈琅的手机嗡声振响起来。

常泓和老林已经到了这片住宅区外，被拦在安检前。

沈琅接了电话下去接人，等把人接上来，才发现几人提的上门礼不是些母婴用品，就是些亲子玩具。

"你俩还缺什么，甭跟我客气，能买的我都给送来。"常泓挺有要当干爹的觉悟，又检查了一遍自己带的亲子玩具，防患于未然，"这个抓手是不是太素了？万一你俩生的是个女孩儿呢，不然我改明儿换个嫩黄的送过来？"

沈琅给他们倒茶，将许许介绍给几人认识，而后接了常泓的话，坦然笑着回："太早了，我们还没定呢。"

"他哪有经验，肯定不会选礼物，"旁边的老林也笑道，"来看看我送的。"

林太太抱着女儿，微微瞪了一眼提着礼物的老林，对沈琅歉然一笑："我就跟我们家老林说送得太早了，他非得送什么婴儿水杯衣服，劝都劝不住。"

老林安抚妻子："都说送礼不嫌早……"

许许在一旁看热闹，想起书房里那堆参考书籍，悄悄对沈琅说了一句："我觉得这些事都用不到其他人，我严重怀疑你家那位现在已经是母婴专家了。"

肖闻郁不在，沈琅带几人逛了一圈新房，最后大大方方招待人在一楼客厅坐下。众人聊得热络，沈琅抽空想去厨房备茶点，刚起身，公寓门锁刚巧传来了轻微的开门声。

回来了。

室外下着薄雪，肖闻郁一身黑色大衣沾满晶莹细碎的雪点。沈琅脚步一转，踱步到他面前想接过大衣，却被他让了让，避开了。

“太冷。”肖闻郁将大衣脱下，换鞋进门。他俯身下来，薄唇碰了碰她的额，注意到她换下了家居服，“今天出门了？”

肖闻郁没让她拿大衣，沈琅反倒得寸进尺地去牵他的手，果然泛着凉意。她温暖的指尖摩挲片刻，语调悱恻道：“下了趟楼去接人，其他时间都用来等你了。”

“看不下去了啊，这儿还有人呢。”常泓显然是被他俩腻歪到了，远远地插了一句进来，“老林怎么着，我们去阳台抽根烟回避回避？”

老林跟他一唱一和：“戒烟呢，不抽。肖这样多难见啊，拍下来都没人信，再多看两眼呗。”

傍晚，几个男人进厨房捣鼓准备，众人热热闹闹地留下来聚餐。

老林的女儿睡得早，一家人吃完饭，最早告辞。

室外的雪仍旧在下，下午时还是薄雪，此时越下越大。积雪逐渐堆砌，远处马路行道上的车辙压得深，怕再晚回去不方便，常泓与许许也相继打了招呼离开。

家里复又陷入宁静。

一楼阳台外是一间非露天的小花房，玻璃罩隔挡住茫茫细雪。花房内，种着的圣诞玫瑰不知什么时候悄无声息地开了。

又是一年。

沈琅站在花房里看雪，正出神间，倏然周身一暖，柔软的盖毯自身后裹了上来。

肖闻郁自身后拥住沈琅，将她拢进温暖的毯中，搂进怀里。

夜色深重，花房里却亮着几盏立式灯，漾着暖橘的色调，衬得这方天地温暖怡人。

肖闻郁俯身下来，低首垂眸，贴在沈琅耳侧问："不冷吗？"

"不冷。"沈琅微仰着脸看玻璃穹顶，眼尾微微弯起，顿了顿道，"我在想，以后家里多了个小朋友，要起什么名字好。"

顿了顿，肖闻郁收紧了臂膀，顺着问："你想要叫什么？"

"还没有想好，"沈琅确实没想好，目光扫过花房里的圣诞玫瑰，随口揶揄道，"不如男孩子叫圣诞，女孩子叫玫瑰，也省得再想了。"

沈琅信口胡诌，没想到肖闻郁并没反对，甚至低低地应了一声。

太驯良了。

也太好哄了。

沈琅微微撤开，转身去看肖闻郁的神情，坦白道："其实我不太想这么快就把名字想好了。"

肖闻郁看她，眸底情绪不明，问："为什么？"

"以前我以为，结婚约誓，成家生子，这些都是消磨彼此感情的方式。"沈琅抬眼与他对视，眸光流转，"但现在不太一样了。"

"明天雪会不会停，早餐的煎蛋要几分熟，包括以后我们的那个小朋友叫什么……这些琐事，一想到是和你一起经历的，就觉得什么都有趣了。"沈琅笑，"所以想把这些事都过得慢一些。"

她说起情话来从不吝啬。

肖闻郁轮廓分明的侧脸被暖橘色的灯色勾勒，映照出深沉而暖融的色调。

沉默几秒，他倏然勾唇笑起，眉眼也舒展开，昔日的疏淡冷厉不再，英隽如画，得像捧被焐热的霜雪。

沈琅还想再说些什么，肖闻郁已欺身过来，以吻封缄。

人间四季里，爱情不总是新鲜，很多时候，光烦琐的事就占了生活的大半。

而春花秋月，夏风冬雪，若你能在身旁，便是人间好时节。

情已言明。

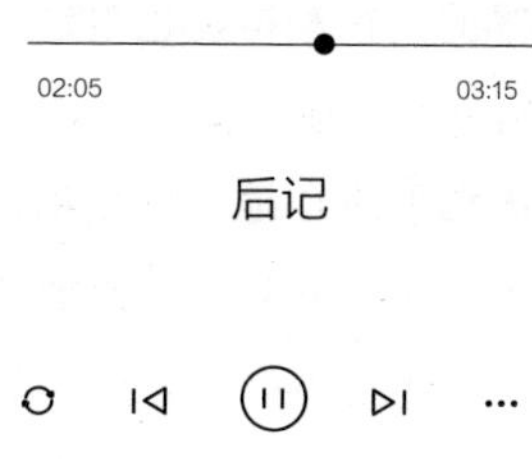

后记

一个故事的结束，是另一个……咳，另一个后记的开始。

首先，要感谢出版社以及我非常耐心温柔的责编早早，还要感谢读完整本书的你们。

这篇文从起初构思直到完结成书，经历了一段还算漫长的时光。中途我有过推敲斟酌的瓶颈时期，所幸最后呈现出来的故事完整圆满，总算能满意地挥舞着小手帕送走闻郁和琅琅了。

说回故事本身，闻郁和琅琅两人之间是我最喜欢的爱情，他们两个人互补又矛盾。

以往琅琅看似口没遮拦，却因为大小姐的身份而处处受制于家族规矩；闻郁沉默寡言，却因为不囿于上流的规则而显得格格不入。

他们身上都有着双方需要的某种特质，也因此在生活中有了交集以后，得以将这个故事牵扯出一个线头，抽丝剥茧地发展开来。

在多年以前，琅琅一次又一次无意间的伸手教会了闻郁感受爱，自此成了他的执念；而等到经年以后，闻郁又回来找到藏起棱角的琅琅，用同等甚至更深沉的爱将她纵回原来的那个沈大小姐。

所以你看，爱情始终是一个圈，只要有所付出，有所期待，终有可能等来最完满的结局。

闻郁和琅琅之间的爱情很纯粹，无关地位，无关尊卑。如果非得分出个尊卑来的话，她一直是他的大小姐，而他也将一直是她的先生。

相互尊重并且彼此对等的爱很难得，也很迷人。

希望你们的爱情也一样。

祝愿每一个你都能被人珍而重之地捧在心上，做回最自由舒适的模样。

终有人会跋山涉水，历经未知的年月，来到你身边。

江山不孝

2019年6月3日